读客® 知识小说文库

读小说，学知识

历史上真实的鲁班，不仅是木匠祖师，也是暗器与杀戮机关的祖师爷。

鲁班的诅咒

圆太极 著

江苏凤凰文艺出版社

图书在版编目（CIP）数据

鲁班的诅咒 : 全 5 册 : 珍藏版大全集 / 圆太极著
. -- 南京 : 江苏凤凰文艺出版社 , 2018.3
ISBN 978-7-5594-1664-3

Ⅰ . ①鲁… Ⅱ . ①圆… Ⅲ . ①长篇小说－中国－当代
Ⅳ . ① I247.5

中国版本图书馆 CIP 数据核字 (2018) 第 041757 号

书　　名　鲁班的诅咒（全 5 册）: 珍藏版大全集

著　　者　圆太极
责任编辑　丁小卉　姚　丽
特邀编辑　唐丽娟
责任监制　刘　巍　江伟明
策　　划　读客图书
版　　权　读客图书
封面设计　读客图书　021-33608311
出版发行　江苏凤凰文艺出版社
出版社地址　南京市中央路 165 号，邮编 : 210009
出版社网址　http://www.jswenyi.com
印　　刷　三河市龙大印装有限公司
开　　本　680mm x 990mm 1/16
印　　张　87.5
字　　数　1231 千
版　　次　2018 年 3 月第 1 版　2018 年 3 月第 1 次印刷
标准书号　ISBN 978-7-5594-1664-3
定　　价　248.00 元

如有印刷、装订质量问题，请致电 010-87681002（免费更换，邮寄到付）

目录

引 子

距今两千五百年的鲁国，出了一个了不起的木匠，名叫鲁班。他是一位技艺工匠，精通建筑，是最初人类推崇到神的位置的人之一。可是很少有人知道，他死后留下了一本奇书——《鲁班书》。传说书中大都是些整蛊秘术，其中也有一些阴险的机关暗器，但奇怪的是，书中没有写明制造方法。而且据说鲁班本人还下了毒咒：要学此书，必须鳏、寡、孤、独、残任选一样，因此《鲁班书》又被叫做《缺一门》。

春秋战国，楚王伐宋。鲁班奉楚王之命制造的九种攻城器具，被前来劝和的墨家始祖墨翟一一指出破绽。事后鲁班又摆出九攻之外的九种变化，墨翟无一能解。鲁班却说：此番较技我自甘拜下风，因为点拨这九种变化的，另有其人，你随我来。

鲁班所说的这个人，其实是一位得了天机的道士，常持一管笔，跟在鲁班身后，凭空写写画画，却从不发一言，很是奇怪。鲁班与他素不相识，却十分客气，总是邀请他同吃主人家敬奉的师父饭，开、收工宴。那道士跟在鲁班背后足有三年，弟子门人都管他叫笔道人。

笔道人见鲁墨二人一同前来，便邀他们同坐在一块黑色巨石之上，开口道出了一段天机。

原来，昔日大禹划分了九州，定下了疆界，但是这片土地有八处极凶的凶穴[1]，破了一元俱统的风水，导致战乱不断，民不聊生。要化解这千古第一风水厄局，必须用上古时代遗留下的金、木、水、火、土、

1 指天地形成时留下的破败处，集聚世间最为凶煞恶气相，使神州大地形成凶局。

天、地、人八件神奇古物，分别镇住这八处地点。这些凶穴附近暂时有风水宝地牵制，不会造成厄局，但当八极数满[1]之时，如果凶穴未封，天下必有劫难。

鲁墨门人必须先将八件宝物置于凶穴附近极阳的风水宝地，让它们吸收天地精华，待到两千四百年后，再分别投入八处穴眼。在这之前，为防止宝物被盗，鲁墨两家要使出各自的奇工异术，分别在八处宝地设下奇门遁甲[2]，机关消息[3]，并且世世代代都要尽职尽责，保守秘密。

鲁墨二人接受了这一使命，也就接受了这个缠绕两个家族两千多年的诅咒。

两千四百年后，正是民国初年。鲁家唯一的正脉传人鲁一弃以及失散在各地的鲁墨家族的后裔联合起来，踏上了寻宝封穴之路。鲁一弃逐渐发现，朱元璋朱家后人居然是他们最凶悍最强势的敌人。原来墨家在藏最后一宝“火宝”时，家中已无人手，于是想到了出过屠龙之人的朱家，便邀他们帮忙。但朱家因为一己私欲，在此行中并没有将宝物藏于墨家指定的地点，而是偷偷占为己有，后来竟凭此“火宝”位极天下。

三百年后，“火宝”神力即将耗尽，朱家已成为鲁墨两家共同的敌人，又苦于得不到其他七件宝物，便强占鲁家祖屋，企图从中找到线索，同时又在鲁一弃等人的寻宝途中设下埋伏，打算借鲁家人之手取得宝物。在一番番你争我夺中，鲁、墨、朱三家各驰所长：鲁家靠机关防守，墨家擅技击兵法，朱家专攻控尸蛊惑……

1　带有灵气的古物一般是“百年兴，百年平，百年蕴”，三百年一个轮回，八极数满就是两千四百年。

2　奇门遁甲，说白了就是摆阵法、设局，安装摆置一些东西或者安排一个范围，配合天时、地利、人和，从人的心理和错觉上下手，让人迷失其中。

3　机关消息，奇门遁甲的组成部分。人为设置安装精巧机械用来困住、抓住、杀死对手。它的形式很多，有人为操控式、触发式、踏压式、定时式等等。

第一章　我的祖师爷是2400年前的木匠鲁班

本来从时间上来说，八极之数已满，到了他们这些鲁家正脉子孙完成祖先遗命的时候。可时过境迁，很多线索都已经遗失，再加上几百年前火宝被盗，朱家门人朱元璋称帝，让他们占尽先机。眼下的情形已经不容回避，只能采取主动。当年朱家在鲁家祖屋外设下坎面，并打算将鲁家门人赶尽杀绝。

夜袭人

民国初年，军阀割据，外强窥扰，灾祸四起，民不聊生。众多厚道良民迫于生计铤而走险，取偏门捞财，更有许多祖上有旁门左道之能、奇工秘技之术或强取巧夺之手段的，都重新拾掇起来。使得好好一个世界变得处处险恶、步步危机。

这年，又是秋尽时节，天气已十分寒冷，在盛产水蜜桃的无锡阳山地界，有一山丘旁，孤零零坐落着一宅。

说起来很是奇怪，本来靠山建房从风水学上来说，不管是山前山后、山左山右，都是吉瑞之局，但是唯独不能建在枯穷相的山峦旁。何为枯穷相？山上没有高大翠绿树木，土石暴露，怪石嶙峋，并有断崖峭壁。而此宅背面偏偏紧靠着山丘的北向峭壁。在江南，房屋背山朝北非常少见，这类位置不但难见阳光，而且还多吃西北风和回壁风。更何况此山也非润泽之山，山上灌木杂生，草黄叶枯；特别是北面崖壁，整个见不到一片绿荫，黄茫茫一片，连石色的深浅变化都很难看出。倒是在宅子的东西两侧，各有绿幽幽两片林子，东面是竹林，西面是松林。

一般来说，此地房屋多为青瓦白墙，或绿瓦红墙；而此宅却是少见的黄瓦黄墙，几乎与山壁混为一色，又由于山丘的阴影覆盖和两片林子的抱绕以及屋前十几棵桃树的遮掩，不走到近处，很难发现它的存在。

到了夜间，宅子会有几个窗户整夜都亮着微弱飘忽的灯光。但是当地的桃农们发现，夜里循着灯光，怎么都走不到房子那里，总是在周围桃林田埂间转悠，所以他们都管这宅子叫“鬼障房”。

这一夜的天色似乎特别黑，秋霜暗降，虽然没什么风，却显得异常寒冷。已是过了二更时分，宅子的主人鲁盛义仍坐在二进院的书房，对着洋油灯细看着一张发黄且未裱的字画。

鲁盛义已然年近花甲之龄，但依然身板挺直，面色红润，双目放光，一双大手骨骼粗壮、肌筋毕露，怎么看都不像是个摆弄字画的人。

这时门环一响，鲁盛义随手将字画翻盖过来，抬头看去，原来是管家鲁恩走了进来，给鲁盛义端上一把贴绘云峰的老紫砂壶。

“老爷，该歇了。这东西不是一两天能看出来的，要不然早叫人给掏啦，怎么也流不到我们家呀。”

“是啊，可就是心里老放不下。”鲁盛义抬头看了一眼书房中挂的“藏宝布瑞”的堂匾，轻叹一口气，“天机不可知，遗命不可违，下一步的路数是吉是祸很难说呀。要么明天你和陆先生也一起来看看，说不定能瞧出点端倪。”

“行，明天一早我就叫陆先生一起过来。”

“那你就早点歇着吧，这两天可是辛苦你们啦。五郎的伤怎么样？柳儿那边也该睡了吧？”

“都睡了，陆先生给五郎用了点药，应该没什么大碍。那我也先去歇了。”

鲁盛义点点头，于是鲁恩退了出去，把门带好，然后摆弄了几下门环，这才往一道房走去。

夜更深了，依然无风，院中很静很静，就连平时前道房里鲁恩和五郎的鼾声也没响起。天也更冷了，仿佛都可以听到霜降的声音，“沙沙沙，沙沙沙”。

埋头看画的鲁盛义忽然感觉出一点异样，那沙沙声越来越清晰，从院子里慢慢向书房靠近。他没有抬头，因为眼睛的余光已然可以清楚地看到，一个高大的黑影渐渐在书房的花格门上伸展。一丝彻骨的寒意像刀子似地从他的脊椎划向天灵，两肋处一下绷得很紧很紧，令他感到酸痛和僵硬。他依然没抬头，虽然那身影越来越近、越来越高，已非一个正常人的高度；他还是没抬头，连眼皮都未动，就连呼吸都好像停止了，他把手中的紫砂壶握得更紧，手背青筋全鼓了起来，微微跳动。

鲁盛义害怕了，这样的恐惧他已好多年不曾有过。他害怕的不是那越来越近、越来越高的怪异身影，他害怕的是，大门外设下的五分连索障[1]怎么没能挡住它？头进院的颠扑道[2]怎么没一点作用？二进院的大石龙行绕[3]怎会让它如此轻易地靠近书房？他更诧异的是，一道房和东吊楼的那几个人坎[4]怎么也一点反应都没有？他心中现在只存最后一点侥幸，就是书房门上的蹄踏蝴蝶扣[5]。

那个身影已高近檐额，在门口停住，森森然地站着，一动不动。

鲁盛义慢慢抬头，屋内洋油灯的扑朔使得屋外的身影有几分迷离。

身影依然一动不动。

鲁盛义慢慢站起来，身体紧张僵硬后的运动使得血流直冲头顶，他的眼睛有点恍惚。

身影还是一动不动。

鲁盛义向门口挪动脚步，一步，两步。门环轻微地一响，他立刻停

1　以绳索连接做成的障碍，绳索形态有直、有斜、有交叉、有曲折、有迂回，连接巧妙。人若陷入其中会被布置搞得眼花缭乱，一根绳索似乎变成了五根绳索，无落脚之隙。

2　在道面上设下不容易觉察的连续四个缺陷，第一步有侧滚设置，第二步有旋拧设置，第三步有前滑设置，第四步有拦挡设置。必须采用“一顿二点三跨四转”的走法，否则会摔倒得头破血流、骨断筋折。

3　以石块为障碍物，以奇门遁甲之法则布置，类似八阵图。所谓神龙见首不见尾，从石间绕过，如见龙身翻腾，云雾重重，总也走不到底。

4　坎：江湖中大多数门派对机关消息、奇门遁甲的统称。人坎就是用活人做坎。

5　三瓣蹄形扣和四翼蝴蝶扣相互穿插叠压的一种结扣。只要分辨出三瓣和四翼起始位和相互关系，再找到线绳头子走向规律，就能轻松解脱。否则会越绕越紧、越绕越繁，只能打破收放线绳的总部件才能将整个结扣松脱掉。

住脚步，全身绷紧的肌肉让他觉得呼吸困难。

许久，许久，他轻轻嘘出憋住许久的一口气，继续向门口挪动脚步。门环又轻微一响，他再次僵住。

又是许久，这许久的时间让他存有的一点侥幸变成了信心，于是他继续迈出脚步。

就在他这步迈出并落地的同时，他听到一声响亮的金属碎裂声，声响未息，两扇花格门瞬间大力打开，打开后就紧贴住两边侧门不再回关。与此同时，洋油灯骤灭，那高大黑影一步迈进，与鲁盛义相对而立，此时才有金属碎片落地之声传来。

屋内漆黑一团，但现在已不需要灯，鲁盛义完全可以感受到那黑影的存在，也准确判断出黑影足有两人高，因为离得太近了。

黑影还未来得及迈出第二步，鲁盛义也未来得及做出反应。猛然间，院中传来鲁恩的一声闷哼，接着一道圆形白光弧线飞来，带着沉重的呼啸向那黑影劈斩过去。而那黑影也在这一瞬间突然分做两段，其上半身直扑书桌，罩向那幅字画，而下半身则滚向西墙角处的猫洞，一声轰响，将猫洞撞成一个两尺见方的大洞。

那道圆形白光正好从瞬间分开的两段身体之间飞过，钉在了牌匾“藏宝布瑞”的“宝”字上，原来是一把桃木柄的八卦铁斧。

鲁盛义迅疾转身，也扑向书桌。手中的紫砂壶在转身的同时飞出了手，砸向那上半身的黑影，准确说应该是砸往那伸向字画的手；但那手已经拿到字画，正向黑影中缩回。于是紫砂壶只砸破字画，而拿到大半张残破字画的手已经躲进那一团黑影之中。

鲁盛义人也已到桌边，他伸手抓向那黑影，而那黑影却在他胸前一撞，借他前冲之力斜落向西墙角处的大洞，一晃间踪迹不见。

鲁盛义没有追，他定定地站在那里，像一尊石俑。

鲁恩奔了进来，起脚横扫，地上两块碎砖直飞入洞口。接着退步侧身，一手撑地，曲臂伏身，另一手箭掌护住面目向洞外望去。一望即起，动作很是敏捷。随后满脸失望地捡起地上的小半张残画，小心地擦掉紫砂碎屑和茶叶，双手递给鲁盛义。

鲁盛义没有接。

这时柳儿也冲了进来，接着是五郎，陆先生最后一个喘吁吁地赶过来。大家看着鲁盛义都没说话，整个宅院又回复到一片死寂。终于，鲁盛义开口了："让一弃回家吧。"说完一口鲜血喷出，一抹红艳冲开了黑暗，也冲开了死寂。

气波动

外乡人到北平做古玩交易的有两种人。一种是到琉璃厂，在那你是爷，买卖家、铺子里都把你敬着捧着，为啥？你要么是腰缠万贯的主，要么是身怀重宝的客，否则绝不能往这街上的铺子里走。这里的铺子逮到一个这样的就够吃三年。另一种是到鬼市，一大早，天还没亮，提个灯笼，买的卖的都模模糊糊，只有讲价的手指可以分辨得清清楚楚。

鬼市上的货大多是冒面儿（仿制真品）的和做面儿（凭空做假）的，这种摊主千万别理，一个比一个猴精，腮帮子甩开了晕你个财货两赔。也有些虽然是好货，却是来路不正没处卸链儿（出手）的，这种也不能粘，粘上不把链儿缠你手上就得和你玩命。难得可以碰到个不知好坏，偷拿祖上留下的玩意儿换点急钱去抽大烟、逛窑子的，那你就叫捡着了，得货付银掉头就走。鬼市上一天是不捡两回的，别多溜儿步再把刚捡着的给弄丢了。

鲁一弃正提着个四方的梨筐灯走在鬼市上，他很慢很慢地迈着步，悄无声息地从市口向市尾走，却并不向器件儿瞄一眼。

鲁一弃是独子。鲁盛义快四十才得这么个宝，来得很是不易，老婆为这宝贝把命也丢在了炕上。他并没有把鲁一弃留在自己的身边，满五岁时就把他送到河北天鉴山的大哥鲁盛孝那里去了。

鲁盛孝一生未婚，中年以后突然笃信道法，在天鉴山千峰观旁搭一草庐，终日与观中道长谈经论道、解虚破幻。

鲁盛义送儿子过来时，修了一封书信给大哥，信中言道：“受绝后之厄，本不该得此子，且此子有别常人，天生异能，不知福祸，本欲一弃又不心忍。或许道力能疏解善引。但愿日后此子以其能为我家遗命承力……”

鲁一弃刚到天鉴山，鲁盛孝就请千峰观的道士们给他做了个算场。一班精通道法的道士围着鲁一弃坐了整三个时辰，从其八字、手面相、骨骼、神情举止各方面，竟然算不出其天性与归属，最后只下了一个结论：“此子性情不在五行之中。”

在天鉴山十年有余，鲁盛孝并没让他这唯一的侄子有别于其他小孩：不但教他读书写字，明理辨非，而且还时常带他到观里听道讲经，跟道长们学一些易理卦象。鲁盛孝也很是宽容，从来不管他是否听得懂、学得会，都随其兴致而为，这也是应合了道家随性自然的法理。到十二岁时更是将他送到北平读洋学堂，自己则落得清闲。鲁一弃生下来就没起过大名，这名字还是大伯给起的，取“舍一弃而后百得”之意。

鲁家有一远房四叔在北平做买卖，开一个小铺子，也是倒腾老玩意儿。鲁一弃就托给他照顾，平时上学，闲时帮着看看铺子。一晃又是八年，鲁一弃从没回过家，他甚至连家在哪里都不清楚，只记得五岁时被父亲从一个黄土连天的地方送到大伯这里。北平求学期间虽然回过大伯家几次，但大伯也从未提及家里的事，他也没问，不是没有那份好奇，而是因为这就是他的性格，可知与不可知都顺其自然。

四叔一家对他很好，好得都有点异样，总带着卑微和恭敬，就像是下人对主子。全家除了四叔，其他人都管他叫大少爷，他不知道大家为什么这么叫他，但也从不过问。

四叔虽然是琉璃厂小有名气的陈四老板，却好像不大会做生意。铺子里很少有人光顾，不过倒的确是有不少好东西。对鲁一弃来说这里是个好地方，可能是因为在天鉴山的几年总与青灯古卷为伴的缘故，他天性不大与人交往，但对古物的兴趣反倒出奇地浓厚。在这里他见识了不少真正的好货，让他最难释手的是店里经常收到的一些孤本、残本书籍和一些书简、绢册的残片，特别是那些甲骨、石片、玉玦上的文字和图案符号，他会整天把玩，凝视默念，不知是在试图破解内里的含义和隐藏的秘密，还是在和它们默默地交流着。

店里要真是有些什么好货，又总是很快就被买走，奇怪的是鲁一弃从来没见到过买主。他也没在意，也许四叔觉得没必要让他知道。庆幸的是，那些他感兴趣的东西已经在脑中留下了八九分的记忆。

鲁一弃常逛鬼市，不是为了收古玩，而是喜欢这里的氛围，喜欢享受发现的快乐。只要这样悠悠然地走过，不闻不问，就像走在死寂的废墟里；也不需要看，只凭自己的超常感觉，就能知道路两边的摊子上什么是宝贝，什么是废物。然后突然间有上好的东西闯入感觉之中，让脑子微微一晕，心猛地一提，那种欣喜、兴奋便一下围绕住他。

这样的享受他已经碰到过好几次了，但他都没有收货。这是因为他没钱收，也是因为四叔没让他收，更是因为觉得不该收。

鲁一弃已快走到市尾，他依旧盯着脚下的路，没有向两边看。如果不是为了行走，他甚至可以闭上眼睛。在他的感觉中，两边的器物恍然间都是活的，在微微地呼吸，只是呼吸得不一样，大多是有如垂死般许久才能微吐一口。极少有沉稳悠长而且周围有气息围绕的，只有那样的才是有年份的器件，也只有那样的才可以叫做重器，叫做宝。今天他就没有碰到一件气息鲜活灵动、起伏旋绕的。

鲁一弃走出了市尾，他吹灭了灯笼里的洋烛，就在烛火已熄灭而青烟尚未散去的时候，他觉察到一股不同于刚才的怪异呼吸。

他站住了，然后索性闭上眼睛，更细致地去感觉，呼吸就来自前面左侧的胡同。

他睁开眼睛，看不见那里有什么。是太靠里了，还是贴在这一侧的墙上？总之看不见。

他没挪步，又闭上眼睛，静静地感觉那呼吸。不！不是呼吸！因为只有呼没有吸，那只是一股气，似乎是紫黑色的，带着腥臭味。

他还没睁开眼，所以看不到一点光，无尽的黑暗笼罩着他，仿佛在把他渐渐拉近。

慢慢地、慢慢地，他睁开眼睛，不经意间嘴角露出一丝笑意。是的，他在笑，他竟然在笑，在这黑暗和腥臭味胶合弥漫的时候。

他向那胡同口迈步走去。

那是自嘲的笑，他从小就经常出现一些和今天类似的奇怪感觉，但总会在大人的解释后被否定，就连鬼市上的那种感觉，也只有他自己知道，从未向别人提起。更何况，他从没怀疑过几年来在洋学堂里获取的知识，那些是与他这种种感觉有悖的知识。

他不知道那里有什么，但他肯定那里的东西不是他能想到的，记忆中有过太多感觉都和实际的情况相去甚远。他没有再闭着眼，只是眨巴了几下。就在这眨眼之间，脑海里已经搜扫了几遍，突然，不知是哪本古册残本里的两个字悚然而现："尸气！"

一朵指头大的火苗在挣扎了几下后亮起，火苗跳动着向他逼近，从黑暗里直接逼到他的灯笼上方。鲁一弃一惊，感到一阵难受涌来，胸口气息顿时滞塞。

但他的表情没有丝毫慌乱，而是定睛细看。那是一只手，一只苍白却不失弹性的手，一只修长却满是伤痕的手。这手的中指和食指捏成剑诀形，夹持一纸煤子，煤子的端头正跳跃着蓝橘色的火苗。

持纸煤子的手很稳，没有一丝抖动，这让鲁一弃突然感觉到这人的渴望，但手肘往后的部分依旧躲在黑暗里。

煤子头的火苗悄然一落，点亮了鲁一弃手中的灯笼，灯笼里的洋烛奋力扑腾了几下，终于把手肘后面的那片黑暗照亮。

依然看不见脸。只有一只夜枭般的眼睛，射出淡漠的光。

除了那只手，这人的身体全都包在一块和夜一样黑的布里。

“看看这个。”

那黑布里伸出了另一只手，这只手躲在鹿皮手套里，而且还紧紧地攥成拳头状。

拳头张开，顿时，鲁一弃感到一团浓稠的、腥臭的气息扑面而来。

“尸气！好重的尸气！”他在心里惊呼。

那掌心里有一团紫黑在弥漫盘旋，紫黑的正中是一颗心脏在跳动，充满了冤灵的哀怨和亡魂的诅咒。

这些鲁一弃看得见也听得见，这让他感到一种压力，像在深水之中，刺耳，头痛，恶心，额头的青筋在飞快地蹦跳。

他惊奇黑衣遮盖的那人能如此无动于衷，在这穿越阴阳的旋涡里纹丝不动，夜枭般的眼里依旧是那淡漠的光。

“要吗？”声音和眼光一样淡漠。

“不要。”鲁一弃的回答很轻却很肯定。

“为什么？”还是淡淡地问。

“我不知道。”回答的声音高了一点，因为他已经开始适应尸犬石的压力。

“是不知道这是什么，还是不知道它的价值？”发问的声音已不再那么悠闲了。

“都不是，是不知道我要它能干什么！”回答越来越轻松。

“你确定？”三个字里似乎带点遗憾。

“不确定，好多事要到死的时候才能确定。”

鲁一弃的回答让那只夜枭般的眼连眨两下，闪出一道很亮的光芒。

黑影没有再问，也没走，只是把那道很亮的光芒长时间地停留在鲁一弃脸上，那是一张和许许多多平常人一样的脸。

长时间的凝视让鲁一弃很不安，太久的沉默也让他觉得应该离开。

“如果你想知道谁会要，到琉璃厂街尾的梅瘦轩。”鲁一弃说完转身就走，语气很像命令。

胡同口只留下那满是惊疑的眼睛，还有那鹿皮手套托着的尸犬石。

千山阻

尸犬石只是一块紫黑的石头，一块心形的紫黑石头。它原来是一颗心，食尸犬的心。

远古时代，战乱连年，灾祸不断，遍野尸骸，一群群的野狗以腐尸为食。在每群野狗中都会有一个巨大体型的狗王，能斗狮搏虎，也吃食腐尸，但是只吃尸体的食指。据说，人死后的冤魂所有的怨气都会凝聚在食指之上，久而久之，狗王终会尸毒发作，全身石化而死，最后化作尘埃，只留下一颗心，一颗凝聚无数冤魂怨气的心。

鲁一弃确实知道这块石头，古籍《伏邪录》[1]里提到过，他不知道这石头算不算得上宝贝，但《伏邪录》却称它极有妙用，能以邪克邪，以毒攻毒，镇妖去晦防尸变，却没提是否会造成厄局。

鲁一弃从没见过尸犬石，但他却肯定那人手里的那块是真的。他自己也奇怪，石头出现之前他还在嘲笑自己的感觉。而现在，最让他引以为豪的是，那感觉还告诉他应该怎么说，应该怎么做。

走进梅瘦轩侧门的时候天还没亮，而前堂太师椅上端坐的一个身影让他有点怀疑自己的眼睛，好慈祥的面容，好仁厚的目光。

“大伯！”刚刚还沉浸在自豪和洒脱中的鲁一弃，一下变成了快

1　讲述了十八个故事，都是使用各种技法和器物来克制各种邪异现象的。此书无名氏著，唐朝时很是流行，至元末便已不见。其中故事被拆解运用到其他著作中，其中有一段“玉灵蛇”，据说就是民间故事“白蛇传”的前身。

乐的孩子，“哎呀！你怎么来了？也没提前告诉我一声，啊，真太好了！”

鲁盛孝见到鲁一弃也很高兴：“你这孩子，别把我摇散了，这么大了，快娶媳妇儿的人了，还这么不稳重啊？”心里却想：“也难为这孩子了，他也就在我面前能是个孩子。”

鲁一弃欢快地笑着，他有太多的话藏在肚里，现在唯一可以倾诉的人站在面前，他不会再让嘴闲着。

鲁盛孝微笑着，认真地听侄子讲述，他不会放过任何一个细节，这是他每次和侄子相聚时都必须做的。他想从这些诉说中了解一些东西，也想确定一些东西。

天大亮了，四叔让人买来早点，鲁一弃开始边吃边说。

吃完早点，四叔让人泡上香茶，鲁一弃便边喝边说。

他说学堂的事，说学生运动，说西医体检，说话剧影画，总之，他想把他见识的所有新鲜事都告诉给大伯。而鲁盛孝一直在听，很认真地听，只是不再微笑。他开始质疑自己是否该来。

鲁盛孝从怀里缓缓掏出一张皱巴巴的信纸，递给鲁一弃：“看看吧，你父亲的书信。”

鲁盛孝是十天前收到鲁盛义的书信的，信中详细说明了鲁家目前的困境：与对家暗中的博弈越来越艰难了，几乎是处处受制、无处藏身。搜集的各种信息也对鲁家的使命越来越不利，对手朱家明显是走在自家前面。本来从时间上来说，八极之数已满，到了他们这些鲁家正脉子孙完成祖先遗命的时候。可时过境迁，很多线索都已经遗失，再加上几百年前火宝被盗，朱家门人朱元璋称帝，让他们占尽先机。眼下的情形已经不容回避，只能采取主动。当年朱家在鲁家祖屋外设下坎面[1]，并打

1 坎面：坎的一个表面形态，也是整个坎的存在范围。

算将鲁家门人赶尽杀绝。所以这次他们必须闯回去，赶在朱家之前夺回《机巧集》和记载八件宝物位置的玉牌。这是关乎天下人命运的线索，只有鲁家的正脉传人，才有可能悟出其中的奥秘。这个人就是鲁一弃。

鲁盛义信中所说不无道理，原来二十多年前兄弟二人在破解别人坎面时，误伤镇坎眼[1]的真婴性命，中了断后厄咒[2]，注定此身无子嗣。可奇怪的是就在祖屋中，鲁盛义的老婆却意外得孕，生下身具异能的鲁一弃。鲁盛义害怕断后厄咒之外还中了其他什么毒咒，生下个祸害乱了鲁家，所以将其舍弃，寄养在远房亲戚家中。但是他也知道，家中藏着一件鲁家祖上留下的宝物，也说不定就是那宝物所带的灵性解破了断后之厄，如果真是这样，那么鲁一弃就会是解决所有难题的一个撬点。

话虽是这样说，但鲁盛孝心中很是清楚，其实就是孤注一掷。这样一番明闯，不管是否获取自家想要的东西，对家都再也不会放过鲁家的人。但综合各种情形来看，这也是最可行的法子了。与其坐以待毙，倒不如反戈一击。只要有运气和能力闯入宝构[3]而不死，那么就算自己没有得到想要的东西，对家也肯定会认为自己掌握了什么秘密，也算是给自己留一注活命的筹码。

不过，收到信后鲁盛孝还是犹豫过，因为鲁一弃是自己的侄子，唯一的侄子。而且从感情上来讲，更像他的儿子。很久以前，他就盘算着，祖先的遗命最好就在他们这代给了结了。所以鲁一弃到他身边后，他从未亲自教授给他鲁家祖传的技艺。

现在，鲁一弃就在自己面前，鲁盛孝看着侄子的脸，他开始后悔

1　坎面能发挥最大效用的位置。

2　在某个物件上注入邪毒的意念，然后或放置于对别人来说非常重要和关键的地方，或长时间反复地催动意念，从而达到损害别人的目的。广东一带的打小人，西川一带的毒死咒，江苏一带的枕头破、钉头梁，诸如此类，均属于厄咒。

3　藏放宝物的建筑，首先要能让宝贝吸收到日月精华、天地灵气，另外还要隐秘，很难被外人发现，并且设有多重机关守护，防止宝贝被盗。

了。这是一张平凡的脸，却充满活力和希望，让他从此闯荡在艰难和危险中，鲁盛孝很是不忍。但世事并不能如人所愿，鲁一弃身上具备了超常能力，他又确确实实是鲁家正脉唯一的传人，这两个条件注定了鲁一弃必须从此在危险中闯荡，在生死间徘徊，用单薄的身体支撑起一个千古使命。这对鲁一弃而言，对鲁家而言，都确是不知福祸。

鲁一弃放下信，抬头望向大伯，目光中充满了不安和疑惑，几度欲言又止，终于开口问道："父亲大人现在何处？"

"他们正在苏州……"就在鲁盛孝犹豫时，鲁一弃突然站起身来，向店堂大门迈出几步，面对大门泰然而立，一语不发，好像在等什么人的到来。对于他这突兀的举动鲁盛孝满面疑惑，还未来得及询问，一个黑影就遮住了大门口的光线。

黑影没有丝毫停滞，直接走进店堂，径直走向鲁一弃，而鲁一弃没有避让。今早的遭遇让他对这满身尸气的黑影毫不避让，尸犬石的气息也不会让他感到不安，更何况现在那让人恶心的气息已变得很淡。在他们快撞在一起的时候，那黑影却轻巧地绕过了鲁一弃，奔鲁盛孝而来。

这举动让鲁一弃大骇，他不知道这怪物要对大伯干什么，但不管干什么，他都不能让大伯受一点伤害。

就在他转身紧赶一步想抓住黑影的瞬间，黑影猛然站住了，鲁一弃那已快触及黑布的手只好也一下子停住。

黑影对鲁盛孝弯腰一躬："我是赔给你的儿子。"

鲁盛孝一怔，接着放声笑起来。鲁一弃茫然。

鲁盛孝停住笑："你没见过我，怎么知道是赔给我的？"

"见过你的画像，又坠（跟踪）在你后面几天，见你掏出过班门的信符。"

鲁盛孝闻言一愣，心想：啊，坠我几天我都没发现，看来这江湖人和手艺人确实不一样。

“这儿子是你自己愿意做的吗？”鲁盛孝又问道。

“不是。”

“那为什么来？”

黑影转身，用独眼盯住鲁一弃，答道：“是因为他。”

鲁盛孝茫然，鲁一弃更茫然。

“嘎嘎、嘎嘎！”一阵笑声从门口传来，比夜猫子的叫声都难听。随着笑声一个嘶哑的声音响起：“我不欠你儿子，我欠你命，所以我自己来啦。”

又一个人走进梅瘦轩的大门，这人带来一个黑暗的世界。

是的，一个黑暗的世界，一个活在黑暗世界里的人。进来的是一个持盲杖戴墨镜的算命盲爷[1]。

鲁盛孝又放声笑起，笑得更开心也更得意。他上去一把抓住盲爷的肩膀，连连说道：“盲爷，来得好！来得好！”

今天的鲁盛孝是鲁一弃以前从未见到的，温敦慈慧的大伯竟会如此豪气如云。虽然很早以前他就知道，大伯绝非等闲之人，但他到底是哪一路的神仙，鲁一弃从未问过，他认为，该知道时自然就会知道。

鲁盛孝有点激动地说：“我将事情的艰难在信里明说了，你们还能来，还来得这么快，真给我老面子，太谢谢了。”

“我要谢谢你，干完这事我就不欠你的啦！”盲爷说。

“我更合算，还了一家子的债。”一只眼的人说。

鲁盛孝又干笑两声说：“你们两个真是实在人。既然都到了，不管最终成与不成，我们三个都要同心协力闯他一把。”

“不成，肯定不成，有一样宝贝万不能少。”一只眼的人边说边把头扭向鲁一弃，鲁盛孝随着他的眼光也看向鲁一弃，奇怪的是那盲爷竟

1　过去江湖下九流中将算命的叫做盲爷，就好比把小偷叫做佛爷一样。

然也把头转向他，并且盲杖蛇般一翘，指着鲁一弃问道："鬼眼三，你说的是他吗？"

是不是真瞎啊？鲁一弃心里在嘀咕。

但暗自嘀咕的同时，他忽然感觉到自己很重要，冥冥之中似乎好多人都在期盼着他。

"是的。"一只眼的鬼眼三答道，"我们见过。"

此时鲁一弃还感觉到，自己早就身处一个大局之中，必须去开局，也必须去破局。鲁一弃更感觉到，他面对的是一个可怕的局相[1]，路路危、步步险，是一个血的旋涡，他会在其中付出极大代价。

"让我来摸摸看。"盲爷抬起手向他走来。

盲爷的手伸向他的脸，他退后半步，把手伸给盲爷。在快触及鲁一弃的手时他却停住了，然后慢慢曲回手指，慢慢收回手臂，回转身体，回到鲁盛孝面前。

"真要他去吗？"鲁盛孝希望回答是否定的。

盲爷却非常坚定地点了一下头，沙哑着嗓子一字一字地说："他、得、去。"

鬼眼三上下牙咬了一下，轻声说："我不怕死，我怕白死，我只会跟他去。"

鲁一弃放下手臂的同时发现他们几个一直都在站着说话，于是他随口说了一句："坐下说吧。"可不知道为什么，语气明显有些像是命令。于是鬼眼三和盲爷很自然也很听话地坐下了。

鲁盛孝扶了一下椅背没有坐下，他走到鲁一弃面前，伸出右手，与鲁一弃的双手紧紧握住。他有点无奈地想：早就是已知的卦数，还反复印证，枉我修道许多年，竟不抵一情所牵。

1　指风水局的外貌特征。也有江湖门派用作指机关布置的外形特征。

握着大伯右手的鲁一弃能明显地觉察出他的激动。

“孩子，你要回家了！回你自己的家。”

大伯这句话让鲁一弃心中猛地一震，全身的血向头上涌去，他一阵晕眩。

梦中寻，几番醒，家在镜中浮，家在云深处，兰舟枉然渡，水横千山阻。

“我的家在哪里？”这是他第一次这么问，但表情却是出奇的平静，语气也出奇地淡漠。

看着刚才还欢快的孩子此时犹如稳静的山岳，鲁盛孝才真正相信了鬼眼三和盲爷的判断。直到这一刻他才体会到“道由天予”的意境，自己几十年的修行竟解不开这简单问话中的玄机，脱口而出的只有两个字：“北平。”

第二章　踏入古老机关中永无尽头的回廊

当年我和老爹为盗取双龙朝圣玦，误入咸阳古城一个无名地宫，也为燕归廊所困。我丢了招子，老爹丢了命，连尸骨都没能收回，幸亏老大你把我救出。可老大，那次的燕归廊却未曾与颠扑道、诸葛八阵图两道坎一起布置，比起今天这趟差太多了。

门扉开

天坛东八百步有巨木林立，大概是取《河图》中天地合五方、阴阳合五行之理，因天三生木，地八成之。巨木东大约六百步有一池，五行之道讲木克土、水克火，一般建宅最忌土动火起，而且水能生木，那这林与池之间就成一行运活道[1]，是建宅大吉的局相。又邻皇家祭天之坛，能得天佑护。

这地方确有一座大宅，也只有这么一座大宅，很大。从外围看却非王府也非官邸，从开在宅子东南角的青龙门规格上可以看出，这只是一个比平常人家大许多倍的四合院。

此宅门前倒也算是一处热闹地方，每天都会有些小商小贩、算卦要饭的在此处聚集，为什么呢？因为这里是出入天坛东门的必由之地。民国后，天坛已经允许老百姓进入，一睹皇家的气派和风范，这里的热闹也是意料之中。

而这所大宅却从来没热闹过，甚至连门都没开过，谁都不知道里面住的什么人。这里原来一直十分静谧，但现在朝代都改换了，北平城里外能保一静的地方真是不多了。

鲁一弃来过这里。他注意过这座四合院，那是他刚看完残本《四象法典》的时候。这所宅子从外看，很合四象圆通之说，而且大门口的撇

1　风水中所谓“道活则通，道活则转”，是指能够带来好运气上佳风水路径。

山影壁，也有叫做“反八字影壁”的，让他很感兴趣。因为它的壁檐结构很少见，更重要的是壁上的青砖雕画让他总觉得有地方不对劲。

可他怎么也没想到这是他的家，坐在大宅门对面一个小茶摊儿上的鲁一弃，呆呆地注视着那红漆铜钉松木大门，心中没有一丝回家的感觉，反而觉得那是一个龙潭虎穴。

鲁盛孝可能看出了侄子的疑惑，说：“这里还不是你的家，你的家在里面。现在你看到的院子，其实是当年朱家门人为了围杀我们而设下的巨大坎面。在家中祖屋内有一处暗构，里面有祖师爷鲁班托付给我们的遗命，也是我们鲁家世世代代需要保守的秘密。可是朱家为了得到那个秘密，竟不惜将鲁家赶尽杀绝。当时你还在你母亲腹中，跟着你的父亲、盲爷、还有我拼死逃了出来。如今二十年过去了，朱家仍然没有动静，想必是还没有找到他们想要的。这趟我们回去，就是为了赶在他们之前夺回我们自己的东西。这是件关乎天下人命运的宝物，只有鲁家的正脉传人，才有可能悟出其中的奥秘。这个人，鲁一弃，就是你！”

鲁盛义不能直接告诉鲁一弃此地是如何的凶险。他也不能告诉鲁一弃，为了防止对家有所准备，此次行动非常仓促。他更不会告诉鲁一弃，邀请的帮手远不止这盲爷和鬼眼三两个，但大都没来，有些是路途遥远没来得及赶到，更多的却是因为不想卷入这样一场杀局之中。

鲁一弃还是认真地喝着水，认真地吃着小点心。只是一双眼睛始终盯着那大门，偶尔才会用钦佩的目光扫一下抱着牛皮水壶，口若悬河给人算命的盲爷，和墙角处缩坐在宽大黑布里低声惨叫着“大爷大叔行行好！”的鬼眼三。那两个人离得很远，鲁一弃早上在梅瘦轩中，就已经发现这两人并不合拍，甚至还有些怨恨。

回家是一件非常危险的事。从临出门四叔满含眼泪拉着大伯的手，一弃就看出来了；从临出门四叔给他一只粗布包，里面装着一支德国造左轮枪和两枚鸭蛋形手雷，他就更知道此行凶多吉少。但他更清楚无论发生多么可怕的事他都没有回头路，因为那里是他的家，他必须回家。

冬天白昼短，再加上一溜溜小北风刮着，谁不想早点回家钻暖被窝？收摊儿了，茶摊儿的老板催了不下八趟。当鲁盛孝背着他的木提箱刚刚走出布棚不到五步，那老板就已经把布棚放下，桌椅板凳、茶壶茶碗全上了车，一溜烟不见了。瞧着火急火燎般赶回家的茶摊儿老板远去的背影，鲁一弃皱了皱眉头。

黑暗降临了，没有月亮。门口立着的伯侄二人，西面树下已经不在算命的盲爷，始终坐在墙角没挪地儿的鬼眼三，全都被这黑暗笼罩了。

一弃已经看不到另外两个人了，但他感觉他们都没动，特别是鬼眼三那边，总有一股极淡的尸气，很容易辨别。

鲁盛孝突然间放下肩上的木提箱，抬腿跑上门口的三级台阶。一弃刚反应过来想抬腿跟上，盲爷和鬼眼三已经鬼魅般出现在他的左右并拉住他的手臂，没让他跟上去。

他明白了，大伯在做一件危险的事，他的心一下子提了起来，本能地挣脱左右二人，把手放进粗布包，攥紧左轮枪的枪柄。他不能让大伯受到伤害，一有异动他会毫不犹豫地拔枪射击。

他打过枪？是的，那是四叔帮大帅府的吴方天吴副官淘换古玩，吴副官为表示感谢，带他和四叔打过一次猎。

那次他打了六发子弹。先打的步枪，第一枪不知道飞到哪里去了，而第二枪他打中一只小鹿的脖子。小鹿中弹后又跑了百十米后倒地死去。就在大家赞扬他是个天生的射击好手时，他抬手打下一只天上飞过的大雁，一枪击碎了大雁的脑袋。大家开始惊讶他的枪法，也有人说是运气。于是吴副官给他换了一支左轮，他一枪打死一只奔逃的狐狸，而且是对眼穿，那是因为有人在叫别弄坏狐皮。后来又打着一只松鼠，对眼穿；最后打死了一只麻雀，对眼穿，而且只有他自己知道，在死麻雀的五步开外一同落下的还有一只麻雀，也是对眼穿。

当即吴副官就要向大帅推荐，让他吃扛枪饭，是四叔好说歹说，又塞给吴副官一对汉代玉件儿才没把事张扬开。

现在他紧握着四叔给他的枪，知道今天必然要用到。这支吴副官帮着搞来的左轮的确是正宗的德国产，柔润的枪柄紧贴手掌，闪着幽幽蓝光的光滑枪身随时可以溜滑过粗布面，快速抽拔射击。

一弃并没有太在意他的枪，枪握在手中，就像长在身体上一样。他一直都紧紧盯着大伯的背影，背影在门前，做着简单的慢动作。看得出，那动作是在敲门，无声地敲门。他的手没有敲在门上，而不断变化的是腿的曲折度，这是在模仿各种身高。这里面的门道，鲁一弃一点不懂。鲁一弃凝聚眼光，把那团黑色盯得很紧很紧，黑暗在他的感觉里变得清晰。

“咯嘣嘣”一阵响，大门“吱呀呀”开了，鲁盛孝松口气回头说了句：“行了。”盲爷和鬼眼三也松了口气，就在鲁一弃也想松口气的时候，他突然发现了危险：有两道微弱的光从两边影壁的檐角向大伯直飞过去！

大伯躲不过了！拔枪来不及了！虽然他的出枪很快，虽然他的枪法很准，甚至都不用瞄，全凭感觉，但真的来不及了！

子弹动了，枪响了，声音不算大，听起来只有一声，但那两个亮点就在快碰到鲁盛孝脸颊的刹那熄灭不见。而那大门也“咣当”一声巨响重新关上。

鲁一弃开枪了吗？对，他开了，他在粗布包里直接开的枪，枪声不是很响。他一枪同时打掉了东西两个亮点吗？不，那不可能，子弹不会劈叉。他开了两枪，但速度很快，两声枪响几乎连成一声。

鬼眼三一只手迅速弹出一支火苗，那是一支燃烧着的洋火棍，火苗的光亮只有一瞬间，但已经足够他们看清，地上到底是什么玩意儿。

更何况还有个不用眼看就明白事儿的盲爷，他已经抢先狠狠地吐出几个字：“竹筒簧尾蛇！”因为就在子弹打烂那两条蛇的蛇头时，他已经嗅到了飘起的血腥味：“簧尾如弓，尺身如箭，牙碰魂归阎王殿。老大，你这趟疏忽了。”

鲁盛孝沮丧地看着重新关上的大门，喃喃地说：“是啊，大意了，大意了，原就不应当只是狗尾双蝠扣[1]那么简单。亏了一弃，不然老命丢这儿不算，老脸还丢这儿了，连个门儿都没进了。”

竹筒簧尾蛇是人工培育的一种蛇，其实是五步蛇的变异，是将五步蛇自小喂以各种毒素，使它比一般的五步蛇毒性更强几倍，而且不畏冬寒。这蛇只留一颗毒牙，这颗牙特大，所有的毒液都集中在牙上，只要被这颗奇毒无比的牙碰一下，顷刻就会命赴黄泉。另外将蛇身在药水里浸泡，使其不能长大，最长只有尺许；并且尾部坚韧如钢，如关在竹筒内，尾部会自行弯转成几圈如同压簧，筒盖打开就能如箭弹射飞出。

虽然是初更，这里的夜却格外的静，能听到小北风刮过的声音。谁都没说话，鲁一弃出奇的枪法他们竟然不感到惊异，就像已经无数次见他表演过似的。

“看看那砖雕和壁檐吧，我好久以前就觉得有什么地方不对劲。”鲁一弃开口了，他觉得这些有必要告诉大家。

鲁盛孝和鬼眼三向影壁望去，但他们都没动。鲁一弃知道他们现在的距离是看不见的，就算走到跟前儿，也要有个明折子才能看清。于是只有让看不见的人去看看了。

盲爷摸向靠近他的西侧影壁，仔细地抠摸着砖雕的每一根线条，很慢，很小心，也很用力。突然，他跌撞着奔到东影壁，随手摸了几下，然后就又跌撞着向鲁一弃奔过来。

1　类似蹄踏蝴蝶扣，但是以一根狗尾双圈绳穿带两只连翼蝙蝠扣。不同的是狗尾是不停摇晃的，这就带动两只蝙蝠不住扇动。解扣时动作力度稍大，整套绳扣移动翻转，连接形式就变了，更加难以解开。不过同样可以打破收放线绳的总部件将整个结扣松脱掉。

鬼眼三一步纵出，挡在鲁一弃前面，拦住盲爷喝问一声：“你想干什么？”

“我还要看看南影壁。”盲爷收住脚步答道。

“可我这里没影壁了，那两块你都看过了。”鲁一弃边说边轻轻拨开鬼眼三。

“不，有！肯定有！”盲爷嘶哑着嗓子叫道。

“那它是一座无形的影壁咯？”鲁一弃有些好奇。

“不，是有形的！它是鬼影壁！”盲爷依旧嘶哑着嗓子叫着。

“那在哪里？”盲爷的话让鲁一弃有点害怕，一个有形的鬼影壁，两对半明亮的眼睛看不见，而一个瞎眼的人却肯定它的存在。

盲爷那狠狠的一字一顿的声音又响起：

“它、就、在、你、脚、下！”

鬼壁现

盲爷的话让鲁一弃一惊，立刻像踩到火炭般后纵一步，浑身汗毛都立了起来。

南影壁，其实就是四合院大门外面的影壁，正对宅门。由于一般房宅都朝南而建，所以也叫南影壁。一般建在离对面宅院一段距离的地方，也有靠在对面宅墙而建的，主要是为了遮挡对面宅院的旮旯和杂乱，保证自己宅门前的整齐和美观，风水学上也说是起藏风聚气的作用，防气散运走。

可这所宅院的对面并无一屋一亭，只有石路一条、荒野几顷，真没必要再建座影壁，更何况盲爷所指之处确实无一点砖瓦之筑。

而鲁盛孝闻言后竟没有丝毫的疑虑，他对鬼眼三发话说："倪三儿，你也过去看看。"

鲁一弃直到现在才知道鬼眼三姓倪，他也直到现在才看到鬼眼三的真面目。

因为大伯的话余音未了，鬼眼三已经一把扯掉黑色包布，露出一张瘦削苍白却年轻的脸，也露出一身牛皮背心、牛皮护腕的短打衣靠，只是那左眼还是藏在一块椭圆形的牛皮片后面，牛皮两端用一根牛筋系着，勒在脑袋上。

他没发一语，把黑色包布掖在牛皮带下，变魔术般翻手从背在身后的皮袋中抽出一把精钢鹤嘴镐，一杯茶的工夫，就在坚实的冻土面上啄出两百多酒盅粗细的洞眼；然后回手收回钢镐，再伸手时，掌中已是一把犁形铲，又是一袋烟的工夫，地上出现一道三尺宽，两尺半深的沟。

鲁盛孝不由感叹一声："倪家的移山断岭之功确实不同凡响！"

"倪家？移山断岭？"鲁一弃不解地重复了一下大伯的话。

盲爷听出了他的困惑，接口说："江西倪家，盗墓族中移茔派的带头人，其门人最擅长移茔破墓，有挖、钻、掏、凿、敲、撬、碎七技，定尸变、破邪咒、读阴文、断鬼缠四术。帝王墓、将相坟，只要被他们家寻到穴，那里面的好东西无不给搬拿个干净。这倪家老三，是他家年轻一辈中少有的高手，江湖名号鬼眼三，挖这点土对他来说那是舔舔小菜咸而已。"

这几句话一下子解答了鲁一弃好多疑问：鬼眼三的手为什么会伤痕累累？鬼眼三为什么会携带尸犬石？鬼眼三身上为什么总带有一点尸气？答案是同一个：他是个吃古墓陈尸饭的。

"老瞎子，话多，做你该做的事。"鬼眼三一边跨上地面，一边简单地对盲爷发话。

盲爷也不再多话，盲杖一扫，找准位置，跨步下沟。

鬼眼三补了一句："靠南侧土面。"

于是盲爷蹲下来，在一侧泥面认真摸索起来，在那里确实有一道矮墙，准确讲应该只是一道砖坎，只有两尺高。

鲁一弃也弯腰伸头向下看去，可什么都看不清。这时鲁盛孝探身过来，从身边木箱的一个小屉里取出一朵光芒。

这让鲁一弃心中一惊，大伯竟然有这么大一颗夜明珠，但他接着发现那不是夜明珠，那朵光芒虽然挺亮，但它的气不足，气息起伏微弱。

借着这点冷光，鲁一弃看清了那道墙。那的确是一座影壁，一座只有两尺高的影壁，一座埋在地下的影壁，它有基座、有壁心、有壁檐，只是壁檐是由宽砖简单地排列而成。影壁砖都是一溜儿的细烧密青砖，黝黑光滑，没有装饰，没有雕刻，简单至极。

“老瞎子，小心，鬼壁破，群鬼围。”鬼眼三说话很是简单，声音很是低矮。

盲爷龇牙森然一笑：“爷们儿，你少吓唬我，你盲爷是吓大的，就你倪家会弄个尸搞个鬼？盲爷就不懂？你小子真能耐的话，你把壁心捣个洞，放些游魂野鬼出来，让我们爷俩比比手段？”

“我不敢，忌讳这个。”鬼眼三依旧低矮着声音说。

盲爷也不与他做口舌之争，自管自认真地摸索着那鬼影壁。

难道这真是地府的墙壁，人间与阴曹的隔断？

鲁一弃听着他们的话，却没有一丝害怕，他已经死死盯着那墙好一会儿了，没感觉到什么让他害怕的东西。

但这真是鬼影壁吗？的确是！

大伯抬起身往鲁一弃移近了一步，说：“别听他们瞎说，鬼影壁是定风水的一种手法，是为了防止地府阴气冲了门楣之吉气，所以在大宅门前的地下做一影壁。”

原来如此简单，鲁一弃又蹲下看盲爷摸索，可盲爷已经叹口气一脸沮丧地站起身来，看来没有一丝收获。于是周围又陷入一片寂静。

“瞎大叔！你是怎么知道这里有座鬼影壁的？”

盲爷一扫满脸沮丧：“不要跟着倪老三瞎叫。你叔叔我姓夏，你叫我夏叔。”

鬼眼三嘟囔了一句：“还下流呢。”论江湖地位，盲爷应该算得上长辈，可鬼眼三对他明显很不客气。

盲爷没理他，接着说：“撇山影壁的西侧砖雕刻的是指日高升，可这砖雕整个画面是反的，人在东，日在西，指的是落日。而且刻出的天官手没正指太阳，他朝下垂了三十度。东侧是拜印封侯，印挂在松树上，猴子本应仰首上拜，而这猴子却拜向斜下方。建这宅子的是高手，功力还在你大伯之上，是不会犯这种错误的，所以那应该是暗指什么。而这门前明明是一片平坦空地，那只可能是暗指地下什么东西。而地下这位置最可能的就是建着一座鬼影壁。”

盲爷的话无意中告诉了鲁一弃一件事情：大伯是建宅的高手。但这信息似乎是在鲁一弃的意料之中，他表情依旧木然淡定，没发一言。只是伸手接过大伯手中的那团光芒向西侧撇山影壁走去。他看清了，砖雕确实如盲爷所说。所不同的是，那天官手指的角度并非鬼影壁正中，而是指向鬼影壁的外侧，另一面砖雕亦是如此，也就是说，它们不是一起指向鬼影壁，而是各指另外一样东西。

那会是什么东西？

大伯恍然叫道：“雁翅！雁翅影壁[1]！”

话音未落，鬼眼三没给任何人有向他发话的机会，鹤嘴镐、犁形铲一阵翻飞。鬼影壁两侧又出现两堵短墙，这就是鬼影壁的雁翅。

盲爷连沟都没下，用盲杖在东雁翅上扫弄了几下，果断地说：“倪老三，左起五寸，上二砖，破了它。”

一个沉稳的声音响起：“慢！我来！”

说话的是鲁盛孝，他从木箱里抽出一把细长铁錾，然后边走向雁翅边吩咐鲁一弃：“扶你夏叔往西走出十步开外。”

再回头对鬼眼三说：“老三，你得搞个家什帮我罩着点。”

盲爷没等鲁一弃扶，自己已然向西走了十五步。鲁一弃只能跟在他后面，然后他尽量把手中那块发出光芒的石头举高。他想看清楚大伯的行动，因为大伯的谨慎让他觉得这又是一个险招，刚才开大门时的紧张感又出现了。掌心有些冷汗的手再次握紧了枪柄。

鬼眼三站在鲁盛孝的后面，他又魔术般从身后的皮袋里抽出一样家

1　并非一道直墙的影壁，而是在中间或后半段有一个转折，就像大雁飞行中挥拍的翅膀。

什，右手拉，左手推，“嘭咣”一声打开。

那是一把伞，一把钢架钢面的伞，此伞鲁一弃一眼就能认出——雨金刚。以前，大伯非常难得地会给他讲一点江湖趣事，有一次聊天时就提到此伞。

据说此伞在《杀器别册》曾有记载：“收如杀人棍剑，张若藏身荷莲；金刚手中持掌，挡却血雨满天。”它由四大金刚北方多闻天手中混元宝伞所悟而制，所以取名雨金刚。这玩意儿虽然也将伞头、伞柄、伞檐、伞骨几处都制成利器，但其最主要还是用来防御箭弩镖梭等各种暗器的伤害。

倪老三身边带着这家伙一点也不奇怪，盗墓中破解机关，此伞是有极大用处的。

雨金刚打开后，鲁一弃的心放了下来，捏紧枪柄的手也松了松。他并不知道这把钢伞到底能承受多大的打击，也不知道鬼眼三使用的功力如何，但他越来越自信的感觉告诉他，这就是一团保神的祥云，这就是一朵护仙的荷莲。

鲁盛孝没有马上动手，他再次蹲下来摸查了一下盲爷说的方位，刚才的失手让他变得分外小心，不能再有一点错失，否则会让他失去最后的信心，会让他放弃最终的使命。

借助微弱的光芒，一弃看到大伯苍老的身躯骤然变得挺拔，身形变得像年轻人一般灵动，平日捧经翻卷的手抓紧铁錾，骨节间竟“嘎巴”作响，然后突然展开身形，右腿后迈一步，左腿伸直，右腿曲成反弓箭步，右手一斜举，掌中铁錾直甩出去。

錾到了……砖碎了……

寂静……更寂静……

等待……再等待……

门泊船

其实也就过了一分多钟，而他们四个人都觉得等了好久好久。

一阵弦响，一阵如暴雨般的弦响。

“总弦[1]动了，全散了。”盲爷自言自语。

暴雨之后是狂风，“呼呼呼，嗖嗖嗖”一阵猛刮。

“暗青子[2]、黑杠子[3]都吐了。”盲爷还在说。

其实他不说，鲁一弃也已看清楚，从两边影壁壁檐里射出的弩箭、标枪、槽镖等暗器里夹有两排火箭，数十支火苗已经把大门口一片空地照得很是明亮。这些弩箭、标枪、槽镖的发射方向很是杂乱，没任何规律，只有零星几支射向鲁盛孝和鬼眼三的立身之地，都被雨金刚挡开。

狂风过后才响的雷，“咔嚓”几声巨响，鲁一弃看到他觉得不对劲的影壁壁檐全都断塌下来。

盲爷又开口了：“怎么了？怎么了？门开了吗？”

鲁一弃一笑，心说你也有不知道的时候，然后平静地告诉他：“壁檐全断塌了。”

“那这里的壁檐是不是檐挑比一般的长一点点而且更平直？”

“对啊，我不是说过这里的影壁壁檐不对劲吗，这就是我觉得不对

1　控制多重扣子的弦簧，也是控制整个坎面的部件。

2　飞镖、飞刀、蒺藜、钉针一类的小型暗器。

3　梭镖、飞枪、飞石、崩棍一类的大型暗器。

劲的地方。”

“这是扯弓檐，总弦不破，你人在它范围之内不管哪个角落，都有刃尖子瞄着你。唉！做得连你大伯都没看出来，高明！高明！”说着话，不自觉间，右手把鲁一弃的袖口扯得紧紧的，仿佛落水的人抓住一条救命的船。

鲁一弃不敢笑了，盲爷的话告诉他对手的厉害，盲爷的动作无意中告诉他自己责任的重大。他开始体会到步步惊心的滋味，他也意识到这惊心的滋味才刚刚开始。

鲁盛孝已拔出铁錾走向鬼影壁西侧的雁翅，看样子他要再次挥錾破壁，因为那大宅门依旧未开。

但站在雁翅前他并没有马上动手，而是先抬头看一眼大门，再回头望望鲁一弃，眼中大有壮士断腕般的豪迈与决断。但鲁一弃没说话，他不知道该说什么。

从两人暂时的沉默中，盲爷好像突然意识到了什么，赶忙叫道：“老大！还是破掉的保险！今天可不是较技啊！”

盲爷猜得没错，鲁盛孝是在考虑不破弦括，直接解了狗尾双蝠扣，挽回刚刚在自己侄子面前丢掉的面子。

鬼眼三也马上领会了意思，很简洁地说道：“要么我来？”

鲁盛孝没答话，而是收回目光，右脚猛然跺下，尾檐砖从平放变成竖立，接着传来一阵不大的摩擦声。几个人借着地上火箭快熄灭的残余亮光，循声望去，西墙壁上出现了一番奇怪的现象，砖雕在动，天官慢慢在向西边移，太阳在向东边移，一阵响后停住不动。随后就听见门廊处一阵鞭炮般的爆裂声，然后门廊上缓缓吊下两根油麻绳，绳子一左一右拴着一块两张板凳宽的青石板。那鞭炮般的爆裂声应该是“簧尾蛇”的竹管被压碎的声音。而这青石板，隐藏在门檐之上，如果有人强破“狗尾双蝠扣”就不是这样缓缓吊下，而是直接砸下。

等了一会儿，鲁盛孝喃喃地说了一句："应该到位了。"说完迈步走到砖雕前面，伸手抓住天官指日的手用力一扭，"咔咔"两声，手转了个方向，指向了东边的太阳。

随着机括[1]到位，大门"吱嘎嘎"一阵响，慢慢地打开了。

鲁盛孝放声哈哈大笑，笑声盖过了大门的吱嘎声。刹那间，鲁一弃看到大伯的眼中光彩四射、豪气万丈。

笑声止住，花白短髯半掩的口中声音响亮："斜调八卦，震巽跳乾坤，线控簧尾，索揽青山塌。歹毒啊！歹毒！所幸我门中之人还没死绝！"两句豪言直冲进大门内的浓黑之中。鲁一弃却微皱了下眉头，他觉得大伯豪壮的语气中好像带了点不自信。

话音未落，大门内扑腾一下亮起两朵鸭蛋大的火光。那左右并排的两朵火光是蓝绿色的，北风吹拂下，焰苗子竟然能纹丝不动。

鲁一弃以为那是电灯，但马上想到，虽然现在也有极少人家用上电灯，但这里肯定没有，电局绝不会把电拉到这么偏的独户人家。那会不会是和自己手中一样的发光石头？也不是，石头的光泽没这么亮。

四人聚在一起向大门靠拢，因为他们知道，现在的大门外已无危险，而门内则危机四伏。绕过门口吊着的石板后，他们一齐停住了脚步，在门槛前站住了。

现在离得近，鲁一弃也就看清了，门里那两盏的确是灯，是悬挂在门洞梁上的两盏油灯。奇怪的是，那灯的火苗如玉石琉璃般风吹不动，不知道烧的是什么油料。

往两边看，没有门房，这么大的宅子竟然没门房，只有墙。再往里看，门洞很深，足有一般四合院青龙门门洞的三四倍长。而门洞的最里面好像也是一堵墙。难道这大门里没有路？抑或原来的路被堵死？还是

1　给机关储能并释放的整套装置。

在暗示你，进来了你最多就能走几步，趁早回头吧？

现在手中的发光石用处已不大，鲁一弃伸手要还给大伯。大伯摇头："留着吧，以后你也许用得着。"鲁一弃听大伯这话就顺手把石头放进粗布包。

盲爷听到鲁盛孝的话，问道："怎么？老大，有光盏子？"

"是的，可不知道盏子稳不稳。"鲁盛孝答道。他的确有些担心，这宅子里任何一个物件都可能是致命的扣子[1]，何况这灯确实怪异。

"老大，那现在进不进？"盲爷又问。

"进！"既然已经来到此处，这就是唯一的决定。

刚听到鲁盛孝坚决地说出这个字，鬼眼三已经一步蹿进大门，手中雨金刚同时打开，人一落地已护住全身。鲁盛孝"哈哈"一笑，说："大侄子，别急，我们一起进。"说完提木箱护住前胸，迈步向里走。可还没等他跨入门槛，盲爷已经抢先一步迈入，然后又紧赶两小步来到鬼眼三身后，搭住鬼眼三的肩，另一手持盲杖快速在两边墙上瞎点一气。

盲爷真是在瞎点吗？不！在场几个人包括鲁一弃都看出来，他点的是正反七星方位。有什么用？除了鲁一弃，都知道那是在试探"对合七星靠"的坎子。如果真布下"对合七星靠[2]"，不管你走过正七星位还是反七星位，机括都会动作，两面墙会对合或对砸而来，将人困住或挤压而死。盲爷的手法那是真准，站在三星半的位置点正反七星，只要有布置，就算不能解也都该知道它的存在。可让他失望的是，此处没设这一坎儿，于是他心里不由一沉。比他慢半步的鲁盛孝从他盲杖的点击劲道上也看出来没有七星靠的坎子，眉头也皱了起来。

1　坎面中设置的一个或者多个设施，用来困住或者杀死进入坎面的人。

2　以可移动的两壁对合来困杀入坎之人。两壁绝非普通砖石墙壁，而是铜铁壁外饰土泥石灰，杀人如同双掌合拍蚊子。它是以脚下七星步为启动点，对应壁上七星位为停止解弦点。

少一道坎儿不是应该高兴吗？错，这是个坎子家[1]中的常识，对手如果放弃了原来常用的布置，那就意味着，他有更高明狡诈的手段在等着你，这样的话，有哪个闯坎之人能高兴起来？

这些道理鲁一弃当然不会知道。他依旧站在门槛外面一动没动，不是不想动，而是不敢动。他感到有一双眼睛在盯着他，寒气从尾椎处慢慢地向上爬，一点一点，就像一条蛇，冷飕飕的，硬邦邦的，已经爬到他的后脑梗处。于是他骤然转身，同时举枪指向那目光射来的地方，却发现什么都没有。

鲁一弃突兀的动作让前面三个人都有些惊诧，鲁盛孝赶忙问道："怎么啦？"

"没什么，可能是我太紧张了。"鲁一弃道。

鲁盛孝和鬼眼三走在最前面，他们两个又向里迈了两步，盲爷的手依旧搭在鬼眼三的肩上紧跟其后。最后面是鲁一弃，不是他害怕也不是他畏缩，因为前面三人的倒品字排列已经把路挡住，让他没理由也没必要从人缝里挤过去。

就在他们再迈出一步时，头顶"扑棱"一下又亮起一对油灯，这对灯和门口的一模一样。它们亮得很是突然，让走在最前面的两人不由得一惊，鬼眼三的身体猛地一抖，导致随后的盲爷更大幅度地一阵哆嗦。

静了一会儿，没有事发生，于是他们继续向前迈步。又走了五六步的时候，头顶梁上再次有一对同样的油灯亮起。这次鲁盛孝、鬼眼三、盲爷三人没有抖，他们好像已经预料到会有这事发生。所以身形基本没什么变化，只是鲁盛孝和鬼眼三随着灯亮，朝前紧迈了一步，这一步与前面步伐节奏相比，明显急促了些。

鲁一弃依旧想笑，满脸笑意已经很浓。他看到了前面的一件东西，

1　指摆弄奇门遁甲、消息机关的门派。

那东西似乎是他前世的缘分，那东西似乎是他今世的宿命，那东西似乎是他梦中的追寻。

那东西是一艘船，一艘桅杆高耸、帆叶满鼓的木船。

鲁一弃的笑意更浓了，充满甜蜜，他仿佛找到了自己生命里最惬意的地方，他感到自己仿佛宽解襟带、提篮携酒，在斜风细雨里散发弄舟。他要奔过去，要将自己的生命与那催发的兰舟一道在云端冲浪、去天溪一游。

他已然挺立舟头，他已然要解缆，他已然意气飞扬，持篙推舟。

就在这一刻，他生命中最幸福的一刻，一道红色模糊了他的双眼。他不得不闭了下眼再重新张开，于是看到一条暗红的淌着血的东西在两眼之间晃动，在眉心处划过。

那是什么？！

啊！舌头！那是一条滴血的舌头！

眉目间

这条滴血的舌头让鲁一弃恶心害怕，急切地想躲开，于是他把头尽量往后让。可偏偏脖领子被一只枯瘦而有力的手抓住，让他无法躲开。

就在鲁一弃将要因恐惧发出惊呼之际，那舌头突然退开了，抓住衣领的手也滑到胸前衣襟处，但依然拉得很紧。这情形让鲁一弃下意识地用力往后退，与拉住的手呈相持状。

鲁一弃此时才看清楚，盲爷满口鲜血，舌头挂在口外，右手横抓盲杖中间拖在身后，左右各挡住鲁盛孝和鬼眼三，而那两人如呆傻般只管往前冲闯。盲爷拼死往回拉，可一人之力毕竟比不过两人，所以体力已明显不支，被拖得不住往前滑，抓住鲁一弃胸前衣襟的手也渐渐松脱。

鲁一弃见此情形忙一把抓住盲爷的手，这一抓似乎给盲爷注入了无限劲力，他右手猛一使劲，将那两人拉回，然后借着空当急促地换气，这才能从嘴里发出两声含糊的惨叫："灭了那灯！灭了那灯！"

鲁一弃闻言左手未放，腾出右手掏枪抬臂。随着枪声响过，灭了后亮起的四盏油灯，只有最靠大门口的两盏依旧亮着，他已没有子弹。

随后他感到前面拉住衣襟的力道猛然一松，那三人反朝后冲过来。几个人一下子都跌倒，慌手慌脚地都压在鲁一弃的身上。黑暗处，他只能听到那三人粗重的喘息声。喘息未平，鬼眼三已一跃而起，"喤啷啷"甩出一把链子飞爪，一抖手将那余下两盏灯全都拉下。

灯灭了，又是无边的黑暗。

没等鲁一弃伸进粗布包的手掏出波斯萤光石，一盏气死风灯[1]已在大伯手中亮起，于是，鲁一弃将捏住石头的手松开，顺便从布包中带出一个弹座，将枪轮填满。

鬼眼三手捻了下灯盏里的油脂，又在鼻子下闻了闻，而后简单地说了一句："云南花谷灵豚脂。"

"南徐水银画。"鲁盛孝喘息间也简单回了一句。

简单的两句话，寥寥十数个字，却不知其中包含了多少的凶险。他们的生命刚才差点就毁在这两句挺有诗情画意的短语中，距离死亡可能也就在半鞋之距。

鲁盛孝抹了一把脸上的汗继续言道："好险，对家竟淘到这样的好东西合做成这么一坎儿！"

"幸亏他。"鬼眼三说，他当然说的是鲁一弃。

"幸亏他！"鲁一弃说，他当然说的是盲爷。

随着他的眼光大家都望向盲爷，盲爷轻咳一声解释道："你们三个同时落扣儿（踏入机关），我用盲杖拦住您二位，另一只手抵住大少的脖子。可我一人怎么都定不住你们三个，没法子，只好用血破，咬破舌头首先舔开大少的蒙眼障。后面枪射油灯可都是大少的功劳了。"

这几句话听起来波澜不惊，但鲁一弃心中已然荡起荡落好几番。一个眼盲的人在用一双瘦弱的手拖住他们三个的同时，还要用咬破的舌头找寻舔洗自己的双目。而他们三个全无意识，只管死力扯着他一步步滑向危险和死亡。这番挣扎和角力怎不让人听着后怕。

想到这里，他不禁满怀钦佩地说："夏叔，还是你行，没你我们这坎肯定过不去。你别叫我大少，挺别扭的，你叫我一弃吧。"

盲爷听他这么一说，嘴里忙道："哪敢，哪敢。"脸上却非常得意

1 古代的一种油灯，最早为军中使用。其照明稳定，风吹不灭。

地笑开了。

旁边鲁盛孝在冥思苦想，自言自语道："灭灯容易，画却该怎么解？这两样东西配合使用其妙无穷，就算单用也是厉害非常的啊。怎么你这老瞎贼就丝毫未受其惑。"

"是啊。"鲁一弃脑海中灵光一闪，"《异开物》[1]里提到花谷灵豚喜食由百花腐败而生成的蛊虫，而后体内积脂，燃其脂无烟无味却摄人心魂。南徐水银画取独特流向，带目而视，勾摄眼魂，导致思想渐入幻境。夏叔眼不能见，不会为水银画勾了眼魂，但不该连灵豚脂也对他无效，真弄不懂到底是怎么逃过心魂一劫的。"

鲁一弃的话可能提醒鲁盛孝，让他也想到什么了："灵豚脂迷的不是脑，迷的是心。其力暗合道家散天花救万生之法理，而这幅南徐水银画画面上是'逍遥一叶舟'，也合道家的自然境地，我与一弃都修习过道学，老三家虽然是吃陈尸饭的，却也鼓捣道家一脉的茅山术，所以我们三个不但是难逃此劫，而且还是快速坠局。当然，此坎对不学道的平常人也同样有效，只是反应要稍缓稍弱些。也就他这老贼瞎，眼不见也就算了，偏偏还心术不正，天生的贼性邪行，所以能在这正门法道前逃混过去。"

盲爷得意地大笑起来，那两人也跟着笑。只有鲁一弃没笑，他知道，盲爷的路数肯定和他们有天壤之别。他没问，他知道有人会告诉他，于是把头转向鬼眼三。

鬼眼三用他孤独的一只眼睛盛着双倍的崇敬望着盲爷自顾自地说道："明招子（眼睛看得见）的时候夏爷是西北贼王。"是的，原先盲爷的"盲"字可是锋芒的"芒"。西北贼王夏芒爷，轻飞快刺无匹敌，那可是江湖中响彻一方的名号。

1　一部收录了古今天下奇异物件的书籍，不知出自哪朝哪人之手。清中期京林印书厂整理重印白话版，改名为《奇异物成录》。而其中所录多少为实，无法佐证。

盲爷也止住笑，他拄着细长盲杖，脸庞微扬。当年纵马千里，夜盗百家，杀伐夺盘的江湖岁月，他是那么的留恋。他好像又见到大漠狂沙、烽烟白杨，耳边似乎又响起那红袄黑妞喊唱的花儿。黑妞那起伏的胸膛是他永远的宝藏，黑妞成了他的婆姨，黑妞的美永远留在他心上。他见不到当年的黑妞已经面若黄土，他心中这辈子只有那唱着花儿的泼辣健美的憨妹娃。

盲爷叹口气，面目变得暗淡，他忽然间是那么想自己的家，想家里的婆姨，想婆姨送他出门整五里，想婆姨为他从庙里求来的红绸绫。

对！红绸绫，怎么就没想到红绸绫？！

盲爷拍一下脑门，伸手从怀里摸出一个绸布包，两角一扯，就散解成一幅红绸，血红血红。这红绸绫在鲁盛孝和鬼眼三面前一展开，他们立刻兴奋起来，南徐水银画有得解法了。

“老大、倪三儿，你们谁来？”盲爷问。

“我来。”鬼眼三答道。

“还真得他来，我确实老了，眼神不济。”鲁盛孝不是客气，他实在是无奈，他希望自己能年轻二十岁，可就算真的年轻又能怎样，二十年前他还不是只能护着弟弟和怀孕的弟媳仓皇逃离此地？

十分茫然的鲁一弃忽然问了一句:“我行吗？”

“不行！”那三人异口同声地喊道。

声音很响，震得手中红绸一阵抖。不只是喊声，从一开始他们的说话声就很高，难道他们不怕惊醒什么吗？不怕，他们知道，这黑夜里本来就有很多东西一直都醒着，等待着他们。

红绸蒙在鲁一弃的脸上，因为他说了五个字，仅仅五个字，三位顶尖高手无法辩驳的五个字，所以必须是他蒙上眼睛，必须由他去面对那幅“逍遥一叶舟”。

鲁盛孝和鬼眼三听到背后的鲁一弃向那画儿迈步了。因为他们根本无法面对那幅画，即使背对它，那勾摄眼魂的劲势也依旧让他们心慌。

提着气死风灯，低着头向前迈步，虽然蒙着红绸，鲁一弃也依旧不敢直视那画，因为他不清楚“血红滞银流[1]”的功效到底有多大。

盲爷跟在鲁一弃后面，左手搭在他的肩上，就和刚进门搭在鬼眼三肩上一样。走出三步，走到了他们刚才摔回的地方，盲爷手里用劲拉住一弃，自己一个大跨步挡到他前面，再次挥动盲杖快速在两边的墙上点划正反七星位。鲁一弃眼中看到火星闪烁，耳中听到叮当作响，这跟前一次点划的情形大不一样了。随后两边墙体一阵晃动，接着又听到“嘣嘣、嘣嘣”仿佛皮球落地般的响声，声音渐促渐轻，直至消失。

盲爷回头说道：“果然有对合七星靠，刚才就差那么一点，再有半步入了扣，我们几个就都得被砸在下面。现在这扣子解了，下面就看大少你招呼那幅画了。”

鲁一弃没敢想象刚才的另一种结果，那种结果令人胆寒。而盲爷刚才的表现还是让他有些想法的：夏叔的杖子原来是钢制的，难怪那么细刚才还能拉住两个人。还有，夏叔这盲眼之人为什么能一下子就点中七星位。啊，对了，墙高是一定的，也就是只要有一方边距和七星的比例，就可定出七星位。其他星位好像也可以这么定，等有时间可以好好琢磨一下。

其实鲁一弃乱七八糟地想这些，是想借此分散自己的注意力，不让画的摄魂流光把自己带过去。刚才的幻象让他仍心有余悸，所以也不敢太依赖红绸的功效。

鲁一弃虽然想得很多，但是动作却不慢，两三步间就纵跃到“逍遥一叶舟”前。透过那血红绸绫，他看到画中水银的流动变得很凝滞，但依旧在一刹那间感到心魂难定。

1　透过血红的颜色，可以让流动的银色变得迟缓，从而使眼睛看清需要的东西。道理其实就是起到些偏光的作用，消减了银色流动带来的炫目感。

他闭眼定了定神，然后慢慢张开眼皮，微眯双目，视角端正。但绝不聚焦凝视那画，而是让眼目放松，将两瞳孔间的距离逐渐放大。这样一来，那画中的船儿在他的眼中叠成了双影，随即那船的双影也渐渐分离开，越离越远，一直到双目可以分视的极点。

“单眼不叠视。”

鲁一弃没告诉他们三个自己怎么会解这南徐水银画的，但这五个字让他们知道自己肯定是四人中唯一能担此重任的。

鲁一弃也不知道自己会不会解，他甚至连这种画都没见过，但只要它真是《异开物》里提到的南徐水银画，那就应该知道解法。因为他和《异开物》一起见到的还有一页不知名的残片，那上面记录了数种摄魂手段的解法，当然也包括了南徐水银画。

现在一遍双影的拉移已经到达他双目分视的极点，却没发现穴点。这让他开始有些怀疑那解坎的方法，不由得感到浑身燥热。

但天生具备的定力让他很快就平复了心境。他重新聚了一下目光，这一趟搜索得更仔细，可仍然没发现穴点所在。额头的汗不由自主地就下来了。

到底疏忽了哪里？

鲁一弃再次闭目定神，回想了一下刚才的过程。他发现如果有什么差池的话，就是双影刚分离的刹那速度较快，疏忽可能就在这刹那间。

于是他再次张开眼皮，尽量把速度放慢。发现了，终于发现了，顶端桅杆刚分离，两杆影左右侧杆线重叠在一处时，重叠部位中有一小段线条显得较粗些。他知道了，穴点在船桅杆的右侧线条上，不，准确地说应该是穴缝。

他知道自己接下来该干什么，于是走到近前，轻抚了一下，缝很细，手上的感觉几乎难以觉察它的存在。于是他把嘴靠上去，用嘴唇包住那道细缝，然后轻轻地、温柔地一吸，就像是在吸吮情人紧闭的薄唇。一根坚韧细滑的丝线跳入他的口中，他轻轻叼住，仰首往后一拉……

“咕噜、咕噜”一阵灌水声，不过只有像他这么近才可以听得见。

画上的水银自上往下在消失，这也只有他蒙着红绸才可以看见。

画面开始有极轻微的颤动，这也只有他能感觉到。

但西侧墙壁猛然间轰然滑开，出现了一条宽敞的过道，却是大家都能知道的。

他们四个知道。

宅子里有人知道。

宅子外也有人知道。

颠扑道

鲁一弃退后两步，撤下罩面红绸，重新打量那南徐水银画，那画原来是一幅空釉瓷壁画，镶嵌在这宅子的第三座影壁上。

对，第三座影壁，这宅子竟然有三座影壁！

面前这座是四合院中最常见的门内一字影壁，却是他们今夜碰到的三座影壁中最可怕也最诡异的。

那三人都急速赶过来，拉着鲁一弃冲出了过道。坎子家都知道，闯坎面过程中应尽量做到一气呵成，多耽搁一点时间就意味着多一份危险，因为那样就会给对手留下改坎和加扣儿的机会。

奔出这惊骇魂魄的门厅处，他们闯入宅子的外院。这外院比平常人家的院子要方正、要大，而且大出许多。更离奇的是整个外院几乎就是个池塘，其设置大概是应合了一般人家的金鱼池，池中耸立几块姿态嶙峋、错落有致的太湖石，它们的摆放位置非常巧妙地挡住向西和向北的视线，让人看不到垂花门的存在。只有从隐约可见的弧形屋脊和翘起的飞檐可以推断，那里也许有个门楼子。

鲁一弃呆住了，心想哪有这样造房的，这让人怎么进入垂花门[1]和内院？

他同时还发现了这外院没倒座，也就是没有南院墙上朝着正厅的房

1　中国古代建筑院落内部的门，因其檐柱不落地，垂吊在屋檐下，称为垂柱，其下有一垂珠，通常彩绘为花瓣的形式，故被称为垂花门。

子。没门房，没倒座，看来这宅子虽然占地很广，房间却少。至少到此时为止，还没见到一个房间，因为这宅子本来就不是用来住人的。

鲁一弃确实有点发蒙，虽然他知道，就算再糊涂的工匠都不会把这后花园里才有的池子当做金鱼缸，摆造在这外院之中；虽然他知道就算再愚笨的住家也不会把水池造得跟整个院子一样大，但刚刚经历的几道坎子更让他知道，在这个宅子里什么事都可能发生，什么布置都不足以为怪。

大伯找到了继续前行的路径。在院子的最南面本该是倒座[1]的位置上，遮掩在池边一块大石和一株高大山茶之间的是一条回廊的中间口。

他们没敢继续走，因为那回廊不像人走的路。回廊是半闭廊，它的一边是封闭的墙，另一边是凭水的坐栏，有高有低，廊内的地砖也有高低。回廊的支柱有粗有细，回廊本身也是宽窄不一。从他们的位置打眼看去，这回廊是可以绕到垂花门的，问题是这回廊能不能走，又该怎么走。试想，连那么齐整的影壁、门厅都凶险万分，更何况这怎么看怎么不顺眼的廊道。

鬼眼三找到了另一条继续前进的路，在院子的最北面，也遮掩在池边的一块大石和一株高大山茶之间。那同样是一条回廊的端口。两边的回廊就像是双胞胎，唯一不同的是，端口处的回廊可以隐隐看到一个门楼子的侧影。

怎么办？

“要是搭座桥直接从池子上面走过去就好了。”也许是因为年轻，也可能是洋学堂里知识的影响，鲁一弃的思维有一定的跳跃性。

“搭桥容易，但更不好走。你夏叔的飞蛾索，你三哥的迁神飞爪[2]

1　四合院中跟正房相对的房屋，通常坐南朝北。一般供访客居住。

2　一种工具，也可以说是个奇门武器。前面是个钢爪子，后面连着链子，链子拉力越大，爪子抓得越紧。可以利用它来攀爬高处、抓抢物品，也可用来锁拿对手。

都可以拉成一座索桥，但在这种地方，从正路走，你可以生死两算，困脱各半。技艺高，你过去；技艺差，你回头。就算失手也不一定死。”大伯说到这里停了一下。

盲爷接着他的话继续说：“自找的路，肯定是死路，主人家早就把这些算计好了，要不我这贼王还费这事儿，大门外我就飞了檐走了壁。”这两人告诉鲁一弃的，又是一个坎子行[1]的常识。

“夏爷，别飞了，您老不如跟我钻洞。”鬼眼三又抓住机会刺激一下盲爷，但话语里已经客气多了。同时也是在明确地告诉鲁一弃，飞天不行，钻地也不行。

盲爷没和鬼眼三计较，一言不发地蹲下来，开始仔细摸索地上那些高低不平的地砖。

那些个地砖是江南小青砖，三指宽，两指厚，巴掌长。这小青砖都是竖铺，这样虽然费砖，但耐用、不易坏，而且铺下来花式繁多、好看。可是再好看的花式首先应该做到铺平好走才对，把砖块高低支楞着，要不是手艺极差，就是故意要绊人摔跤。

“老大，你瞧瞧，我怎么觉得好像跟你们家的颠扑道步法相合？”盲爷摸索了好一会儿才对鲁盛孝说。

鲁盛孝闻言后，把盲爷拉起，让到一边。自己接过一弃手中的气死风灯，摆放在进口往里一臂长，然后侧身，右掌撑地，曲右臂让身体贴近地面，左手捏个七花指诀伸出。

他这姿势一摆，看得鲁一弃眼直跳：大伯这把年纪，还能摆这样的动作。鲁一弃首先心中自问，就自己这个年纪和体魄，也肯定做不了，那个钦佩啊！

鲁盛孝眯着眼睛，将指诀正反比画了几下，然后挺臂收身站起。

---

1 专门从事机关消息研制设计、安装布置以及破解别人坎面的门派。

鬼眼三随口冒出一句："伏龙探根。"这是鲁家六合之力[1]中"定基"的技艺。

盲爷闻听连忙赞了一句："老大，你还能使这招，而且我还没听出来，你身手未老啊。"

"你这贼瞎少给我灌迷魂汤，你是想夸你自己吧；还真让你摸对了，真是颠扑道的路数，只是改'滑'字诀为'绊'字诀了。"

听了鲁盛孝的话，盲爷再次得意地咧嘴笑了，嘴里倒还谦虚着："我也是蒙的，你们家原本就和他们有渊源，路数相近也不奇怪。"

"话虽是这样说，但多少代的相传变化，肯定会有差异。而且他们家几百年前仗着家道，在江湖上很是搜罗变异了一番。就这改了一诀的颠扑道，也不知其中是否另有玄机。"鲁盛孝不无担心地说。

"要不我先走几步瞧瞧。"盲爷很主动也很勇敢。

"还是我来吧，你们只要把一弃护好。"鲁盛孝说完，没等其他三人有任何回应就已经走上回廊。

"一顿、二点、三跨、四转"是颠扑道走法的四诀，每一诀都吻合道面的布置。第一步迈出后要顿一下，也就是稳一下身形再走出第二步，要不你第二步未落脚就已侧跌出去。第二步不能踩死，轻点而过，不然你的脚踝会猛地外扭，错位、断骨都有可能。第三步要大步跨出，跨过坎面，不然迈出的腿会直滑出去，拉坏韧带。第四步则必须向左稍微转向，如依旧直步迈出，那前面肯定有一预设之物撞得你头破血流。江湖上讲不懂坎子的外行叫"木瓜"，而管不懂走各种坎子路却又误入、强走的人叫"破瓜"。就拿这颠扑道来说吧，只要头四步走错，好好一个人也就跟个破瓜差不多了。

鲁家的颠扑道布置完后，坎面儿做得是很好的，从道面上几乎看

1　鲁家的六工技法，包含"定基"、"布吉"、"立柱"、"固梁"、"辟尘"、"铺石"，各有奇妙绝招。

不出来。但这廊道里变化过的颠扑道布置得却比较粗糙，特别是把第三步的“滑”字诀改为“绊”字诀后，原来不经意的斜滑面变成突起的砖块，一眼就可看出了。

鲁盛孝改“三跨”为“三跃”，来回走了三四个组合，没任何异样，就又回到廊口。他没走太远，一个人走太远是很危险的。

廊口处，盲爷正喋喋不休地给鲁一弃讲颠扑道的走法和妙处。其实鲁一弃早在《奇工》[1]一籍里已经大概了解过这颠扑道，只是不知道具体走法和设置。见大伯这么几步一走，再加上盲爷的一通说，他立刻了然于胸。

“第一步从横侧斜的道面开始，不会伏龙探根，你就蹲下看、趴下看，只要头的高度正确，也能看出。”盲爷仿佛知道他的心思，告诉了他最重要的第一步。

“既然两边路数一样，没什么其他问题，那就从这里走吧，离垂花门还近点。”鲁盛孝说这话时眉头间的疑虑并未散去。

仍是鲁盛孝第一个走入颠扑道，鲁一弃紧跟其后。这样他就不需要自己判断起步位了，跟着大伯走就行了。后面是盲爷，鬼眼三断后。他们四个离得很近，相距也就在一个组合步之间。

几个组合走下来，没任何异常，他们渐渐向垂花门靠近。

很快第七个组合走完，鲁一弃觉得前面大伯的身形有那么一点点走样，也没太在意。等他自己走时，也同样不由自主地在“四转”上往前稍抢快了一点，是带一点朝前的冲劲转过步诀，并前冲着走入第八个组合。这一冲让他感觉很自然，也很轻松，好像有股外力在推着他。

第八个组合走完时，那最后的一转一冲似乎更快了点，简直像是云

1　鲁家真传为《班经》，而《奇工》也是鲁家著作，只是收录的是鲁家普通技法，还有鲁家对其他门派技艺的所知，以及对其他门派技艺进行变化、改良运用的方法，是一部涉及面广、综合性强的工具书。

中漫步，毫不费力。

第九个组合走完，他感到自己有点控制不了那股冲劲，差点就撞在廊柱上。就在他努力控制回身的刹那，那力又消失无踪，自己努力回身的力量反而使人不自觉地又要撞到另一侧的廊壁上了，而且这里正好是廊道的一个狭窄处。就在一正一反两股力的作用下，他不由自主地闯入下个组合。

第十、第十一，那冲劲越来越大，他已经开始撞到廊柱和廊壁了。在柱和壁的反作用力下，他觉得更加不由自主，冲劲在不断加大，速度在不断加快。

这时鲁一弃发现，前面大伯的状况和自己一样，甚至比自己还厉害，几乎已经是在快跑了。后面两个人，也不断发出身体的撞击声和衣裾的挂风声，情形应该也差不多。

鲁一弃还发现一件事，那不远的垂花门到现在都没走到，似乎还是那么远。

可怕的事儿又发生了，他们停不下来了！在各种力道的作用下，人必须往前走，而且越走越快，想停下来，除非自己主动落扣儿踩坎子面，但现在各种作用力加在一起，踏入坎子面儿的后果已不是刚踏入廊道时可比，一不小心，骨断筋折是小事，搞不好就是脑浆崩裂。

这时的鲁一弃多希望自己是个不懂走颠扑道的破瓜，哪怕是个呆瓜也好。

他已经满头大汗，是因为很累，也因为恐惧。但他没办法擦汗，手臂的挥摆动作已回转不过来。汗水蒙住了双眼，让他再也看不清前面大伯的身影。唯一清晰的也只剩自己粗重的喘息声，这声音掩盖了其他声音，成为耳中唯一的雷鸣。

他就一直在跌跌撞撞地奔跑，而且碰撞越来越重。面前是一条没有尽头的路，鲁一弃知道，不管这路是通向天堂还是地狱，他到达之前都必须死，而且可能是非常痛苦地脱力而死。

他不想活活累死，他宁愿撞死或者摔死，所以他决定自己落扣儿，踩那坎子面儿……

更为可怕的事情发生了，他竟然连坎面儿都踩不到，这本来只是稍改变一下步伐幅度就能做到的事情。身体已经完全不受控制了，所有动作似乎是机械的，特别是双腿，无法做任何改变。

鲁一弃真的害怕了，他如同掉入绝望的泥潭，只能看到那污泥慢慢掩过自己的口鼻，连个自尽的机会都不给他。

汗水已经掩满了双眼，再流得满脸满颊。

燕归廊

难道这一次真的在劫难逃？

不！有一个人可以救他们，就一个人，而且就在他们四个中间。

一个必须手上拿着东西才能走路的人——盲爷。

对，他必须拿着盲杖才能走路。虽然现在他和大家一样按颠扑道的四步诀在走，虽然他也一样在碰撞狂奔，虽然他也在恐惧自己会脱力而死，但他有盲杖，一根可以把泥潭中垂死的人拉出来的盲杖。

他也想过自投坎面儿，但他也和鲁一弃一样，踩不到坎面儿，手臂的挥摆动作也回转不过来。唯一不同的是，他的手指还是自己的，他能控制；他手中的盲杖也还是自己的，他也能控制。于是他毫不犹豫地搏下最后一把，因为迫切需要停下来。他已经快透不过气来了，胸肺中似乎在往外喷火。而且他更怕等时间一长，连手指也控制不了。

生死就只能看这一招了。

第三步，就在第三步，一纵之后就会转向前面并冲撞廊柱。他已算好，第三步纵出的同时，他按动盲杖上的机关，盲杖瞬间变长，变成原来的双倍长，而这里也正好是那回廊的窄处，廊壁在这里有一个圆弧般的突出，于是盲杖就在突出处和廊柱间卡住。盲爷下一步由转向前冲变成了顺盲杖侧滑，一下子跌坐在坐栏之上，但余力未消，生生地撞碎了坐栏的木靠背，人也不由得仰面往廊外水池中跌去。

这一跌，要是入池，那就等于是进了自找的路，也就是死路！

有人不会让他跌入。谁？鬼眼三，他就在盲爷后面一步之距。盲杖只挡住了盲爷的转向前冲，却挡住鬼眼三第三步的后半步，所以他没转向，他的急奔之力全卸在盲杖之上，那力道把钢制的盲杖推压得如满弦的弯弓。但这一阻，他的手脚顿时活了，就在那盲杖把他弹出的一瞬间，他一把抓住盲杖，侧身凌空用它撑住自己后倒的身体，同时右脚用力撑住廊壁，左脚死死地踩住盲爷的棉袍后襟，盲爷整个身体便完全倒挂在坐栏之外。

他们两个是停住了，而且是完全停住了，停得一动都不能动。鬼眼三盲杖撑地，身体悬空，一只脚撑在墙上，另一只脚在坐栏上踩住棉袍。盲爷呢？完全倒挂朝下，仿佛是一挂湿面翻搭在晒杆上。

盲爷不敢动，他有点蒙，急切间还没弄清状况，所以他只是把身体放松、放轻，然后轻微而急促地呼吸，他必须缓过这口气。

鬼眼三也不敢动，他不能让盲爷掉下去，虽然盲爷和他们家有过节。来的时候，自家老头子和几个叔伯一再强调，那过节此趟活儿中不许提，提了活儿就没法做下去。再说刚才要不是盲爷，他现在还在无望地奔跑着呢。现在他们是一根绳上的蚂蚱，要做好今夜这件事必须保存每一分力量，所以他只是把身体更坚实地撑住，同时大口地呼吸。

很快，也就深换了两三口气的工夫，他们就都意识到必须动，而且必须马上动。刚才的奔跑，就算有几十个外院都跑过来了，他们却始终跑不到位置，这只有一种可能，他们是在一个循环的廊道内转圈，应该是一种类似诸葛八阵图那样的阵法。那么，前面的两个人随时都会从后面奔撞过来。

于是，鬼眼三准备腾出一只手掏迁神飞爪，他要把盲爷拉上来。

盲爷也知道自己必须上来，他依旧不清楚上面状况如何，所以他的希望只能寄托在自己身上。

他是谁？西北贼王！他是年老了点，眼睛也确实瞎了，但这都不影响他上来。只见他腰一发力，双脚已猛然抬上去，膝盖反勾，脚掌在栏座上一拍，整个人便弹起，然后上半身一个卷曲，蹲在了栏座上。

鬼眼三也掏出飞爪，盲爷突然出现在栏座上，反倒吓了他一跳。

“快，准备拦人！”盲爷落下的同时连气都没换就说出这句话来。

鬼眼三收脚站起，把手中盲杖扔给盲爷，然后回身，抬腿踢断过来道上支出的两块青砖。左手从背后拔出精钢鹤嘴镐，一下就钉在廊壁之上，然后把飞爪缠在镐柄上，另一端在廊柱上绕了一道，并用手抓住。刚做完这些，人已奔到。

鲁盛孝依旧在冲撞奔跑，他已双眼模糊，意识也有些不清，看到前面栏座上模模糊糊出现两个人影，有些像盲爷和鬼眼三，他以为出现了幻觉。更让他以为是幻觉的是脚下廊道布置忽然变了，他像突然失蹄的奔马直向前冲跌而去。

鬼眼三飞爪的细钢链挡住鲁盛孝，紧跟其后的鲁一弃又冲压在鲁盛孝身上。如果只是两个奔跑的人还好说，但这两个奔跑的人身上还加注了各种外力，所以这一个冲跌的力量已远远超过奔驰的骏马。鬼眼三赶紧松放钢链，他不是拉不住，而是怕勒坏那两个人，必须把力卸掉。

细钢链在两个人的冲力带动下，把廊柱磨得直冒青烟，鬼眼三戴了鹿皮手套的手也烫得快抓不住。眼见着链条就要放光了，可两个人依旧力道极大地在往前冲。

盲爷还蹲在栏座上，这情形他能听出来，他早就将盲杖再次卡在突出处和廊柱间，鲁盛孝和鲁一弃在钢链拦挡的同时又撞上盲杖。终于，两人停住了。盲杖弯曲如弓，好久才卸去余力弹回一些，却也未马上完全回复原状，因为鲁盛孝和鲁一弃正靠在它上面大口喘息着。而钢链业已牢牢嵌在廊柱上一道焦黑的深槽里，冒着青烟并发出焦臭。

鲁一弃站直了身子，他不能老趴在大伯的背上，但刚站直就又扑通一声坐到地上。

鲁盛孝也站直了身子，他不能老趴靠在盲杖上。他没坐倒，手紧紧抓住盲杖，稳住了自己的身体，突然间停住大口的喘息，紧闭住嘴唇。一滴鲜红缓缓挤出他的嘴角，在下颌上画了一道不规则的弧线，然后艳丽地从他下巴上一跃而下。他的胸口起伏了几下，嘴唇再也关闭不住了，一团红沫喷出，随即在黑暗的廊道里散成一片粉红的雾。

鲁盛孝还是受伤了，他到底是老了，而且在最后的时候，他承受了双倍的冲劲。

四人中鬼眼三的状态最好，年轻、又有功底；其次是盲爷，贼王毕竟是贼王，本就是轻身功夫最好，而且他受的是侧滑之力，虽然撞碎了木靠背，让他觉得骨头断裂般生疼，但大部分的力已在侧滑中卸掉；再就是鲁一弃，他虽然不是练家子，但年轻，又在洋学堂里练过长跑，最重要的是最后阻挡时的冲撞力，大伯帮他挡了大半，所以他主要是累，没其他问题。

盲爷已经跳下坐栏，他听到有人口中喷血。这种喷血的声音对他来说太熟悉了，他曾经听到过无数次，有对手的，有兄弟的，也有他自己的。他伸手从怀里摸出一个乌玉瓶子递出去，说：“取五粒吞下。”

鲁盛孝没接，他连手臂都抬不起来。鬼眼三放下手中钢链，两步赶到，接过乌玉瓶，拔掉塞子，倒出五粒药丸，一把捂进鲁盛孝口里。递回乌玉瓶的同时，又接过盲爷手中的牛皮水壶，给鲁盛孝口中灌入两口水。接着随手把水壶递给鲁一弃，自己小心翼翼地把鲁盛孝斜背的木提箱摘下，把他扶坐在上面。然后自己也从腰间一个斜背布囊中抽出一个书本大小的扁平银酒壶，打开盖，十分仔细地抿了两口，把酒含在口中慢慢咽下，随后又把酒壶塞回腰间。

鲁一弃喝了两口水，终于缓过劲来，于是爬起身，把水壶朝盲爷那里递送过去。盲爷自己到现在还没来得及喝一口水，灵敏的耳朵一听到递过来的水壶发出的“咣咚”声，急切地一把抓住，因为他喉咙中早就像冒了火。

拿住水壶后，手往后轻轻一撤，与此同时，他听到一声惊讶的轻呼：“啊！”水壶依旧在鲁一弃的手中，因为盲爷的手臂一下凝结住了，虽然已经捏住水壶却没再往回拿。突发的情况让他汗毛立竖，他不清楚怎么回事，他看不见，也没听到什么异响，但鲁一弃的惊讶让他感到极度恐惧，那是他自己听到什么可怕事情所难以比拟的。他如雕塑般一动都没敢动。

鲁一弃的这一声也惊动了鬼眼三，鬼眼三猛打个激灵，那第二口酒差点没呛喷出来。他也没敢动，只是将眼角慢慢瞟向鲁一弃。

鲁盛孝也被这一声惊醒，他坐着也没动，只是很费力地抬了抬头，用虚脱迷茫的眼神看着自己侄子的脸。

鲁一弃并未注意到三个人的神情，他只是呆呆地看着水池的中央，从粗重的呼吸中挤出几个字：“我们没有动！”

他的话让鬼眼三和鲁盛孝也不由得随着他的视线瞧去。水池中依稀还是那几块嶙峋的太湖石，依旧看不到对面和两边的情形，只有远处弧形的屋脊和翘起的飞檐告诉你，那里可能有个一进院的门楼子存在。

对，他们眼前的情景和未进入回廊时见到的一样，他们这番差点累死的狂奔竟然没动地方。

不对！他们现在已身在廊中，距离廊口已经不知有多远，但肯定不是在廊外，怎么可能看到应该在廊外才能见到的情景？

鲁盛孝手里的气死风灯在刚才拦阻时已飞出去，滚落在七八步外，但并未摔坏也未熄灭，侧倒着却依旧明亮。借着这光亮向前望，那垂花门的影子依旧模糊，而且好像反而离得更远了。

盲爷看不到，但他没问什么，他现在的脑子在飞快地转着，在回忆，在计算，他试图记起进廊后到底走了几个组合的步子。

鬼眼三也在想，他在寻找进来后的每一个细节，他想知道在进外院的时候有没有疏忽什么。

鲁一弃也在想，他在脑海里翻腾一切他所掌握的知识，搜索着所有典籍绝本的记忆，看能否找到些信息解释面前奇怪的状况。

鲁盛孝想得最多，虽然两个门派间真正的争斗也只是几百年之前才开始，但自己门中似乎总是落在下风。也许是祖宗的立意不一样，出发点不一样，目的不一样，手段不一样，子孙的悟性也不一样。

他在叹息，终究是个匠人，虽然为了冥冥中的定数他不断努力修习技艺，虽然为了知己知彼他半路出家修行道术，虽然为了补齐六合之力他不断网罗江湖人才，虽然他早已放弃门户之别，将家传秘术广传有缘之人；但终究起步太晚，比起对家的千年积累，比起对家曾经位极天下的保障，比起对家不惜代价、手段的搜刮，己方的差距太大了。二十年前他能从这里逃出去，应该是一半能力一半侥幸，而现在更不如前了。

这一趟来了他就没准备把命带回，八极之数已到，祖上的遗愿到了必须完成的时候了。祖宗留下一份技艺，养育了代代子孙，又留下这个宿命，成了整个氏族子孙必须背负的诅咒。但现在那大事要怎么做还毫无头绪，只能指望鲁一弃这孩子能闯回家中，从那祖上遗留下来的无人能知晓用处的东西上悟出些什么来。而现在的问题是，几番险阻让他连冲闯到家的信心都所剩无几。想到这儿他就觉得胸中一阵郁闷翻腾，就像在汪洋中颠簸的一叶小舟那般眩晕。

所以他得抓住点什么，哪怕是根稻草。

他的心平静了，他的思想清醒了，他知道那稻草是什么，那是鲁一弃，是他有异常能力的侄子。何况至少现在他还在舟中，一艘不易翻覆的小舟。他也知道那小舟是什么，那是自己门中掌握的几分天机，只要对家没得到这几分天机为己所用，那他们就不会赶尽杀绝。

于是他知道自己还不到放弃的时候，他还得继续，就算他死了，鲁一弃也得继续，这就是他们的命。

一股无名的力量让他猛然站起，他右手扶住一根廊柱向水池中凝目望去，他看得很仔细也很费劲，因为老眼昏花了，也因为夜色太深了。

看了一会儿，他换左手扶住廊柱，又从柱子的另一侧向池中望去；然后他退了两步靠在廊内壁上，再次望去，最后又贴壁往回廊的来路和去路瞄了瞄。

这几个动作很快，鲁一弃想扶大伯一下都没来得及，大伯就已经重新在木箱上坐了下来。鲁一弃知道这几个动作，《奇工》总章中就有记载，不管什么能人巧匠在造奇宅异所、设置机关消息的时候都会留一缺，也就是在无法辨别的表面现象上留个记号出来，以便自己不被所迷，知道进出之路。虽然每个人留缺的方法各有不同，但有几种基本方法大体是可以辨别出来的，不知道大伯刚才用的是否就是这些辨别方法之一。

鲁盛孝重新坐下来后，没有理会鲁一弃和鬼眼三询问的目光和焦急的表情，而是沉默良久之后念出一句古诗：

“无可奈何花落去，似曾相识燕归来。”

蒙目解

“燕归廊？！”盲爷问这话的同时手一紧，牛皮水壶已拿到他的手中，他抓紧水壶的手有点颤抖，声音里也稍带一点颤抖，不知是激动还是恐惧。

没有人说话，是因为没有人知道怎么回答他。盲爷便自己接着往下说：“我们刚才循环而行，似乎是诸葛八阵图的路数，将颠扑道嵌入诸葛八阵图，诸葛八阵图又嵌入燕归廊，这种布法是扣中扣、坎中坎，而且其中瞧不出一点衔接之处，老大，你给我的那本书可远没这份奇巧。”

没有人说话，是因为大家越来越明显地觉得他语气的不安。

盲爷喝了口水，稳了下心神，把水壶放好，接着说道：“当年我和老爹为盗取双龙朝圣玦，误入咸阳古城一个无名地宫，也为燕归廊所困。我丢了招子，老爹丢了命，连尸骨都没能收回，幸亏老大你把我救出。可老大，那次的燕归廊却未曾与颠扑道、诸葛八阵图两道坎一起布置，比起今天这趟差太多了。”

“不，这不是颠扑道嵌诸葛八阵图，我不知道这道坎儿叫什么，但我能肯定这不是颠扑道，只是像颠扑道。而且这不是两道坎儿合铺，它们其实是单独的一道坎儿，似乎是专门用来对付我们门中之人的。”冥思苦想中的鲁盛孝终于说话了，“不懂走颠扑道的破瓜反而不会落入这挂扣儿。”

“但破瓜一样走不出燕归廊，所以不管是我们来闯宅还是别人来闯宅，都得入扣儿。”盲爷似乎明白了许多。

“你又错啦，这燕归廊也是专门用来对付我们的，我给你的书有没有这廊的解法？没有，那是因为这是对家近两代新悟到的招式，我们门中没人知道怎么解……”

盲爷没等鲁盛孝说完就焦急、疑惑地问：“那当年你是怎么带我走出来的？”

“兄弟！对不住，我瞒了几十年，今天告诉你句真话，那趟我其实也是被困其中，是你老爹救了我们两个！”

“我老爹？”

“对！那天我们无法脱出，你又坏了招子，你老爹不知无路就是死路，撒飞蛾索想自辟一径，他想从地宫中央七峰柱上跃过。我当时拦阻不住……”

“这我知道，你不用说了，我当时听得见。说实在的，老大，那一刻我们是刚见到你，不可能相信你的。”盲爷不无愧意地说。

“你老爹上柱后刚立住脚就被铰龙网扣住，未能出得生天，却给我们留了条生路，一条血指的生路。”

“什么血指的生路？”鲁一弃听得有点惊心，忍不住问道。

“老爹入的是死扣，他在七峰柱上留下两道殷红的血迹。正是这两道血迹给了我辨别的记号，我们才能脱出生还。”

鲁盛孝停了一下，轻咳两声接着说：“所以那天的燕归廊是为了困我，是你老爹救了我们。这些年我一直没告诉你，是想你能帮我把这桩大事做成。兄弟，是我做人差了，硬把你给拖了进来。”

笔直站立的盲爷微微斜仰着头，坐在木箱上的鲁盛孝则低垂着头。

沉默，始终沉默。回廊中变得一片死寂，甚至可以听到小北风推动池水打漩儿的声音。

盲爷突然动了，他幽灵般往前迈出一步，左手快速伸向鲁盛孝。

鲁盛孝没动，不知是因为受伤动不了还是根本就没打算动，他只是坐在木箱上。

鲁一弃和鬼眼三也没动，他们不是不想动，而是盲爷速度太快，等他们反应过来时，盲爷已经完成了他所有的动作，停在那里。

盲爷枯瘦的手是直奔鲁盛孝脖子而去的，他那尖利的指尖就快触到脖子的刹那，却轻轻落下，落在鲁盛孝的右肩上。手指却突然发力，紧紧握住那一块宽厚却已苍老的肩胛。

“老大，这回是你错了，我跟你来，不只是为了还你性命，我还要报仇。我是孤儿，是我老爹把我从黄土沟里捡回，给了我一条命；他早早洗手，让给我西北贼王的称号，给了我个响亮的名声；为了帮我取双龙朝圣玦，他重出江湖，结果把他的命也给了我。我这些年远离婆姨娃子，就带个小闺女，躲在千尸坟里，没日没夜苦苦琢磨你给我的书，对着大漠风沙和千种尸骨锻炼自己除视觉以外的所有感觉，我为了什么？我就为报个仇。我知道老大你干的是福泽苍生的大事，不是为了自己在拼命，能拉上我这废人已然是我的福分。你要算是做人差的，那谁能教我做人。”盲爷几句话声音虽然不高，却说得情真意切。

鲁盛孝抬起头，他的双目中莹光闪动、感激翻涌。但这些盲爷都看不见，他只能感觉鲁盛孝覆盖在他手背上的手，有点湿热、有点颤抖。

鲁一弃在旁边看着、听着，不由得也被这老哥俩渲染得有点激动。

只有鬼眼三无动于衷，非常实际地问道：“现在咋办？”

他的话提醒了那三个人，他们一下意识到自己还身在坎扣之中，还不知如何脱出。

盲爷忙问：“老大，几十年了，你都没琢磨出解法来？”

“不是没想出，是根本无法想。我们上次陷在其中也就两个时辰的工夫，根本没时间慢慢摸出道数，真要解也可以，得待上个十天半月慢慢梳理。可这怎么可能，有这工夫，对家再加两道活扣子进来，死八回都不嫌少。”鲁盛孝有些无奈又有些焦急地说。

“会不会有什么书中记着现成的解法？”鲁一弃现有的本事绝大部分来自书本。

“咱们家所有的秘藏书籍以及近百年里搜罗来的残本字刻，你都在四叔那里读过，现在你可以好好想一下，那其中有没有什么可用的招数？”鲁一弃没想到大伯给他的竟然是这么一个回答。

“要么我开枪打个记号。”鲁一弃这个现成的办法不是书上找来的，但这个方法明显幼稚了。坎子家设下机关肯定知道其存在的弱点，对用暗器、枪或其他投掷黏附物做记号肯定是有防范手段的，只有像盲爷老爹那样靠上坎面，让所有防范措施都动作了，然后才能实实在在做下记号。

鬼眼三思索一会，见其他三人似乎真没什么好办法了，就从廊壁上拔出他的精钢鹤嘴镐说：“我破墙、断柱看看，说不定有路。”他的说话依旧简洁明了，但简单的一句话吓了鲁盛孝和盲爷一大跳。

“老三，别乱来，那肯定是不行的。你只要碰了总动弦和坎面儿自毁的机括，我们几个就都死定了。”鲁盛孝急忙阻止他。

盲爷清咳一声说道：“无路就是死路。你要破了壁，壁后肯定有更可怕的东西在等着你；你要断柱，说不定就是廊塌壁砸，把我们都给埋了。倪家小子，老大给你家的书你没好好读啊。”

“你读得好，你有招儿？”倪老三总是不会对盲爷让什么步。

“哈哈哈、哈哈哈！”没想到盲爷那沙哑的嗓子也能发出如此豪放的笑声，“今天瞎爷不给你小子露一手，你恐怕要把当年的过节跟我计较一辈子，今天我把你给带出去，也算是还了你倪家的一笔账。”

“兄弟，你真有招？”鲁盛孝有些疑惑地问。

“老大，你放一百个心，今天也叫对家知道知道，鲁家的兄弟朋友中最不缺的就是豪士能人。”盲爷把个胸脯拍得砰砰直响。

“那你刚才还问我有没有想出解法，你是考我呢？呵呵！你这贼瞎，什么都好，就是喜欢显摆，有招儿也不早说。”鲁盛孝假作责怪地说道。

“老大，听我一句话，今天不管走到哪一步，你都不能放弃，只要有大少在，那就有成功的机会。”盲爷边说边朝鲁一弃那边抬了抬下巴，“我在千尸坟毁过多少尸骸、散过多少冤魂，可大少我连碰都不敢碰一下，因为他身上有股圣灵之气罩盖着。”

他的话让鲁盛孝惊讶之间带些欣慰，他的话让鬼眼三频频点头，他的话让鲁一弃觉得有点不是滋味，却一时没弄清别扭在哪里。

“倪老三，你过来，你告诉我池中是怎么一个布置，我好解给你看。”盲爷语气中对鬼眼三有了几分客气。

鬼眼三这时已没有多想的余地，他顺从地脱口报出池中石头的方位和高度：“正前十步乾左位两丈高，十一步兑左位丈八，兑位丈六，八步离位丈一，十步巽右两丈一，巽位丈二，九步坎位丈七。”[1]

谁说鬼眼三没好好读鲁家给的那本书，就从他所报方位就可以知道这小子没少下工夫。鲁盛孝一边听鬼眼三报布置方位，一边也凝目细看，结果告诉他，凭自己的眼力报下来肯定没鬼眼三准确。鲁一弃就更自愧不如，虽然他牢记了不少书籍中提到的布置方位的判断法，但真到实用的时候，差距真的很大。别说具体高度的揣度，首先他连池中石头所处位置都看不清。

其实他们不知道，鬼眼三之所以能看得如此清楚，是因为他们倪家盗墓必须先练就夜眼，以便习惯在夜间和黑暗的墓中行动。

“大哥，待会解扣时需要你们配合我，动作要尽量协调。但我的解法是在黑墓之中所悟，我又是盲眼，所以为了不出错，你们也把眼睛蒙

1　这是以八卦数直排再配合高度来定位的一种方法。

上吧，暂时学着我做会儿瞎子。你们三个蒙眼后靠廊壁而站，然后等我叫你们动的时候，你们就快速贴壁而行。”

盲爷刚说完，鬼眼三已经从身上黑色包布边角上接连撕下三根布条，递给鲁一弃和鲁盛孝每人一条，剩下一条他蒙住了自己的眼睛。

鲁盛孝用黑布条慢慢把眼睛蒙上，由于不断在思考些什么，所以影响了他动作的速度。

鲁一弃也把眼睛蒙上，他动作更慢，他也在思考，思考得更多。他觉得眼下事情发展得越来越别扭。

眼前一暗，他的思维反而顺了：“为什么要蒙住眼睛？为了不让我们看到什么？”

一阵窸窣声，盲爷好像在忙碌些什么……

“我们都看不到了，那谁最清楚环境？盲爷，他刚才不是叫把方位都报给他知道了么？”

有轻微的风声，盲爷好像在舞动什么……

“燕归廊的解法要蒙着眼？不，当年大伯不是靠看七峰柱上的血迹才走出来的吗？”

盲爷的站立处好像飞出去什么……

“刚才让人感觉别扭的都是些什么话？还倪家的账，老大别放弃，大少的圣灵之气，办成大事要靠大少……这些像是最终的嘱托！？”

盲爷的身体好像离地飞起……

“不！”鲁一弃一把扯掉蒙眼的黑布条，狂叫一声。

“慢着！”

“等等！”

与此同时，又是两声疾呼响起，那是鲁盛孝和鬼眼三，他们边叫着边扯下蒙眼的黑布条。

乱红飞

晚了，他们都晚了，盲爷已经如一面飘拂的旗帜在凌空摇摆着，如鬼魅，如神仙。

当然，他不是鬼魅也不是神仙，他是踩踏在一根细长的绳索上面，那绳索一头绕在巽位右侧两丈一尺高的太湖石上，另一头绕扎在廊柱之上。绕在太湖石上的绳头是一只飞蛾，环石一道后紧紧扒附在石面上。

飞蛾索、平步青云纵，这时索儿上的人才是真正的西北贼王。

距离太湖石还好几步，突然一张网儿凭空从乾左位向盲爷撒去。

那是一张柔丝精钢制成的网，一张布满锋利刀片的网，一张可以将鳞甲满身的蛟龙绞碎的铰龙网。

铰龙网上的刀片仓啷声不绝，盲爷命在顷刻。本来他以为要到踏上太湖石才会有生命之忧，没想到，这一招提前来了，对家把坎子的扣儿靠前系了。

大概是由于上次让他和鲁老大逃出生天的缘故，对家明白有一些人会不要性命地去做记号，所以扣子提前动作，不让人有靠近的机会。

网到了，盲爷却突然一个踩空，身体直往下掉去。就在整个身体都已掉在飞蛾索下方的时候，他左手一把抓住索儿，一下停住下坠的身体。索儿似乎有些弹性，被他的体重猛地一坠，往下绷成一个直角。于是网贴着那拉紧的索儿横飞过去，没碰到人，也没碰到飞蛾索。

下坠之力消失，索儿向上弹起，盲爷借着弹力又腾身而起，立于索儿之上。

刚站稳，他立刻朝前抢行两步。与此同时，乾左位突然又一张网向他飞来。这次的声响他听得更加真切，但他的反应却比第一次慢多了，他没想到还有第二张网，他更没想到的是第二张网依旧来自同一个方位——乾左位。

他只有把身体腾跃而起，跃得很高，就像一只苍鹰。

他跃起的方向不是向后，他似乎没有试图逃过那网的裹缠，而是直扑向那网。在他跃起的同时，手中的盲杖也抡起、抡圆，划起一扇黑风，直向这张铰龙网砸去。

一阵金属的碰击声，钢网转而落向盲爷的脚下，一下子就裹缠住飞蛾索。只觉得网外有拉力一扯一收，飞蛾索顿时被绞断。

盲爷借盲杖的一砸之力，身体又凭空腾起一尺有余，并且借助了铰龙网横推的力道，让轻飘的身子如掠低扑食的鹰，飘向侧面坎位的太湖石。但他无法落向那石头，因为他的一砸之力已尽，铰龙网横推的力量也不够，他只有右脚勉强能够到石头的侧面。

这时，盲爷那平步青云纵的功力就彻底显现出来，只见他右脚不踏反踢，这一踢之下，他的身体便横过来飞向巽位丈二的太湖石。他知道力量不够登上面前的太湖石，所以他想利用坎位丈七和巽位丈二的落差登上另外一块太湖石。

一个瞎眼的人竟然在凌空之际还把方位拿捏得如此之准，简直就是匪夷所思。

更加匪夷所思的是，乾左位飞过来第三张网，一道坎儿竟然有三个扣儿！也不知是否还有四扣、五扣，这坎面的布置太不合常理。巽位与乾左位离得更近，这网飞过来的声响更清晰，盲爷再也无法躲避了，一是因为他根本没想到还会有网，就算有也不该还是在乾左位；再一个这时的他确实是身无余力了，特别是对乾左位方向，他已经完全是呈空门状态，已经无力逃过那网的裹缠，他甚至连砸向下方的盲杖都还没来得及收回。

就在盲爷的脚刚刚踏上石面之际，惨叫之声也同时悚然发出。于是空中洒落一蓬血雨，那鲜红的血雨在嶙峋的太湖石上喷绘成一朵绽放的烟花。

盲爷被那网缠裹成一个团状，随后摔入了水池，一时间水花四溅，水波涌起，整个池子都在起伏，犹如一块不断抖动着的深色缎子面。

盲爷并没有死，他还在惨叫和挣扎，水池不深，所以他本能地想站起来，他不想被闷在水里。

水波未平息，水面上又划起许多细水纹，犹如缎子面上流线型的图案，直向盲爷围绕、聚集过去，盲爷的惨叫更急促了，挣扎更猛烈了。

水下有东西？是，水下当然有东西，而且它们正在攻击盲爷，攻击一个裹在布满刀片的钢网中的盲人。

回廊里的三个人都被眼前的情景惊呆了，盲爷的惨叫声就好像是他那枯瘦、长着尖锐指甲的手，紧紧揪住他们的心，把它们往下使劲拉扯，让他们觉得心很疼，胸口很空。

鬼眼三反应过来，他甩手把嵌在廊柱上的迁神飞爪取下，一步跃上座栏，他要过去救盲爷。

鲁盛孝也反应过来，一把抱住鬼眼三。

其实最早反应过来的是鲁一弃，他从来没听到过如此惨烈的叫声，从来没见过一个濒死的人如此无望地挣扎。但在瞬间的惊心后就变得异乎寻常地平静，他的思维是如此的清晰，他知道自己应该干什么，也知道自己能干什么。他从粗布包里掏出了一颗鸭蛋形手雷，拉开保险环，向盲爷那边扔过去。

扔出的刹那他忽然有一丝不忍，稍一迟疑，那手雷便失去准头，落在离盲爷较远的地方。“轰”的一声巨响，手雷的威力远远超出想象，水花如暴雨般溅起，喧闹好一阵后，池中才渐渐恢复平静。

鬼眼三弹出一根燃着的洋火棍，在洋火棍掉入水中的瞬间，他们看见了水中的一缕殷红。

震位太湖石离得太远，上面的血迹鲁盛孝看不见，他毕竟老了，又受了伤。鲁一弃能感觉到，那是一些有异石质的黑斑块；而鬼眼三，他练过夜眼，所以他能看见。他能看见那石上的鲜红血迹流成曲折的道道，流成婉转的半圆，溅成四散的菱形；像是菊花，像是玫瑰，像是腊梅，那么的娇艳、那么的鲜亮。可又有谁能相信，这种美丽已然坠下枝头，已然跌落尘埃。

一腔豪情忠义胆，化作漫天乱红飞。

鬼眼三猛然一个退步，让开面前一方平道，朝着池中巽位方向“扑通”一声跪下，连磕三个响头。口中简短有力地说了一句：“夏爷，你英雄！”然后站起身来，背起鲁盛孝的木箱，望向鲁一弃，低声问一句：“走吗？”

“走！”鲁一弃果断地说，然后扶着大伯，再次踏入不是颠扑道的颠扑道。

走是肯定的，问题是该怎么走？脚下的路不是想走就能走过去的。

鲁一弃没说怎么走，大伯和鬼眼三也没问怎么走，但从鲁一弃果断的语气中他们知道，这条类似颠扑道的坎面儿，已不是什么障碍了。

鲁一弃确实知道了。这是刚才盲爷叫他们贴壁而立的启发。《遁甲秘录》[1]中有一篇叫《足障》[2]，里面提到，布置类似颠扑道这样的坎，可以单道独铺，也可以整面儿全铺。整面儿铺一般是在较大面积的场地，那是把许多单道纠缠链接，一扣儿叠着一扣儿，左右皆连环，前后

1 元末湘北人黄岐锐所著。黄岐锐为奇门遁甲大家，专攻消息布置，曾布下“百步空人街”无人能破。年逾古稀之后，他不再出面江湖，而是专心著作，竭毕生技艺和见闻写成《遁甲秘录》。

2 《遁甲秘录》中的一个章节，研究的是人和动物行动时脚步的规律、反应，并针对其设置坎扣的技法。

可互换，一直连到前后和两边的其他坎子位，那样威力会更大。但不管是单道还是整面儿，它都有边道，坎子家中叫坎沿。要没有坎沿，最边上的一道扣是布不下去的。不过一般坎沿都很窄或者宽窄不一，有地方刚够落下去脚的，有地方是落不下脚的。也有的时候坎沿只有步点，且不规则。这样就会让想从坎沿溜过坎面儿的人要么步点没地方踩，要么踩到两边坎面里。

这狭窄的回廊内只能是单道独铺，而且它有一边是墙壁，这在坎子布置中叫“僵面”；所以这里的这种颠扑道也应该有一道布置不到的坎沿边道，因为有僵面，所以肯定是长道而不是步点，而且应该比平常的坎沿还要宽些。要不然坎面没法设，活路也没法走，而且按活路的正常步法会有步点是需要踩在墙上甚至墙外的。

鲁一弃没有按活路步法走，他走的是坎沿边道，虽然会有宽窄不一的地方，但“僵面”的坎沿只要小心些，都是可以落下脚的。

鲁一弃身体贴紧在廊壁上慢慢地侧向而行，像螃蟹一般。这狭窄边道上的小心侧行也实在是快不了。这回鲁一弃走在最前面，一是他有这个能力和勇气，再则大伯和鬼眼三也一定要他走在前面，他心中思量，这应该是因为他们觉得自己感觉好，身上又有神圣之气，在前面开道比较保险。鬼眼三走在最后，他走两步就抬头瞧一眼那太湖石，注意那些鲜血洒成的花瓣是如何移动变向的。

鲁一弃的路走得还很不安分，每走到第三步处总要停一下，后背贴紧廊壁，脚下用力，用脚跟踹断道面上支出的小青砖。那小青砖虽然短窄，倒也坚实，有的要连踹几下才能断裂。他是想留条后路，如果有机会再冲出去的话，就能够快速通过这燕归廊。

走出六七步的地方，他弯腰捡起了跌落在此的气死风灯，灯未熄灭，从地上提起后，照亮了廊内很大一个范围。

“把盏子灭了吧，要不我们的影相儿太明显，一举一动说不定都在别人眼里。”鲁盛孝小声吩咐了一声。

鲁一弃把气死风灯方形四面的琉璃罩打开，吹了一口。那灯光扑腾一下熄灭，灯头飘起一缕白烟，周遭瞬间沉入了黑暗。

鲁一弃的瞳孔在变化，在急剧地收缩，不仅因为要适应黑暗，还因为紧张和恐惧。

就在那黑暗到来的一瞬间，他看到一双眼睛出现在琉璃罩上，他下意识地以为那是自己的眼睛映照在琉璃罩上，但随即就感觉不对。他不可能有这样的眼睛，那像是一对死人的眼睛，眼珠没丝毫转动，眼皮也不眨，但充满怨毒和杀气，还有几分诡异，就像一对跳动的鬼火。

他既恐惧又疑惑，搞不清到底是黑暗瞬间来临，还是自己坠入了阿鼻地狱，怎么会有恶魔般的眼睛紧盯着他，而且这恶魔的盯视好像在大门口已有过一次，只是这次更近一些。

这眼睛的主人应该离得很近，因为他几乎可以看清那眼中的红色血丝，就像是和他面对面。但事实告诉他附近没有别人，也没什么能告诉他拥有这眼睛的到底是不是人。

然而，鲁一弃的动作没有慌乱，神态也非常从容。这就是他的过人之处，这份定力是不在五行的性情所决定的。他也用一双平静淡定、毫无锋芒的目光看过去，就像在用一汪清水去包裹鬼火。在盯视的同时，他的手轻轻转动琉璃罩，他希望随着转动，那罩上的眼睛会发生一些变化，让他找到一丝窍要。

琉璃面并不十分平滑，眼睛在转动中不断地变形扭曲。四方的灯罩每转过一个面，眼睛就变形得更厉害，扭曲得更诡异。但那眼睛没在灯罩的第三面上出现，刚转过二三面间的直角，就突然不见了。

鲁一弃连忙转回到前一个面，没有，他又向前转，还是没有。他没有奇怪那眼睛为什么会消失，因为从刚才变形和扭曲的眼睛中，他感觉出了惧怕和畏缩。

镜中路

鲁一弃舒了口气，把琉璃罩重新盖好，大伯伸手把灯接过去，然后在底部一旋，那灯便成为一册书本般的模样，轻易就塞进木箱的小屉之中。他们都没说话，有些事情语言不一定可以表达清楚。

顺着廊壁继续前行，在走了大约有二十几步的位置上，鬼眼三突然急叫一声："不对，血迹回了。"

鲁盛孝一听，连忙拉住鲁一弃小声说："往后慢慢退，注意周围有什么不一般的东西。"

于是三人一点点地向后移动，后移了大约有两尺距离的时候，鲁一弃忽觉眼前有东西一晃，一个灰色背影从眼前闪过。他不由一惊，本能地握紧袋中的枪柄，那背影似乎在哪里见过。但马上他就极力否定自己，这怎么可能，自己的前面没有一个人，那背影从何而来？再说，如果真是背影，那么这个人的行走方向是从栏座外的水池走入了墙壁。那这背影还是人吗？是眼花还是幻觉？

"看到了？"大伯在他身后小声地问。

"看到了！"鲁一弃答。果然不是自己眼花！

"瞧瞧对面廊柱，有没有什么？"大伯提醒他。

对呀，现在是要找出路，管它什么妖魔鬼怪，先冲出这回廊再说。

鲁一弃稍试探了一下便走向对面廊柱。刚才他们被拦阻的地方断了两块青砖，两个步法组合的范围中他们都可以行动自如。现在此处廊道内的突起青砖也已被他踹断，那也应该可以行动自如。说白了就是青砖断了坎面就解了扣，现在自己面前的廊道只是不大平整的一条普通道路而已。大伯说得没错，这真不是颠扑道，颠扑道的四诀如果死了一诀，其他三诀还是照样起作用，而这道儿不是，一诀死，四诀皆破。看来这真是专门用来对付懂颠扑道的坎子家的，这种设置不但技艺上想法独到，而且还暗合了奇门遁甲七十二局中“请君入瓮”一局。

走到那廊柱前，鲁一弃仔细踅摸了一番，由于过于黑暗，他准备掏出波斯萤光石再好好查看一下。

就在他快掏出石头的时候，他面前又闪过一个背影，应该还是刚才见到的灰色背影，但这次它已不再完整，只有上半个身子，没了腿，依旧从水池中出现，闪过廊道直入墙壁不见。

这趟鲁一弃看得更加真切，难道这房子里真有什么未入阴世轮回的脏东西？

绝不可能，因为有个人没发话，谁？鬼眼三！这移茔派的高手，精通茅山道术，擅长驱鬼弄魂，现在他没说话，就肯定不是想象中的什么脏东西。

其实不用鬼眼三来做什么佐证，鲁一弃已经发现那绝不会是鬼魂作祟。这念头是背影消失的一刹那闪现的。一道亮线，在廊柱上，就像是镜面的反光。鲁一弃掏出萤光石，重新查看那廊柱。果然，廊柱在外侧面的上半部有一道铜质金属条，像铜镜般光滑明亮。由于不宽的铜条凹嵌在有突起和毛糙的廊柱外侧，站在廊内看不到它的存在。就算用手摸，稍不仔细也会将它漏掉。

鲁一弃把萤光石从金属条的前面移过，他立刻明白了，这应该是整套多重反射镜中的一面。因为池中离位的太湖石上出现了一个移动的亮点，同时大约十几步外一个小折弯处的廊柱上也有一个亮点闪过。如果估计得不错的话，这廊道与池中其他地方还会有亮点。其实道理很简单，刚才他见到的背影是其他地方真的有人走过，由多处设置的铜条将那背影反射过来。由于是不宽的铜条反射，所以他都是看到背影闪过。

刚才见到的诡异眼睛也应该是通过这样的途径传过来的。可奇怪的是，双眼间的距离远远大过铜条，如果要将两只眼睛一同反射过来的话，那对方必须是侧脸看着铜条，但那样鲁一弃在琉璃罩上见到的就不该是正对的眼睛。除非是另有什么光线的集中装置，能分别将两只眼睛反射到同一个狭窄镜面中。可那是怎样的巧妙设施呢？

“一弃，有没有找到路？”鲁盛孝有点不安。

“哦，我在找呢。”鲁一弃这才把思绪收回，是啊，出路还没找到，瞎想什么呀。

于是他把萤光石再次从铜条前面移过，借此辨别了一下方位。离位太湖石上的光点方位没错，但十步外廊柱上的光点却不对，他与自己面前的廊柱之间少个反射点。

这反射点在哪里？怎么会把它丢失？十步外的光点是哪里来的？

鲁一弃觉得自己必须继续往前走，这短短十步长的廊道内有需要他去发现的玄机。

十步的廊道真的很短，这还包括鲁一弃刚才已经走过又退了回来的两步。虽然这两步他没发现什么异常的东西，但却是整个坎面的一个转折点。因为在这两步间，太湖石上的血迹往回转了。也就是说，他们脚下的路掉头转向了，这很难想象，这里的廊道虽然曲折，虽然宽窄不一，可掉头转向还是应该能看出来的。

没等鲁一弃再次踏上假颠扑道的廊道，鬼眼三已经抢先走上了前面贴墙的坎沿。他嘴里只简单蹦出三个字：“我探探。”说完他就慢慢靠壁而走，鲁一弃想跟上，被鬼眼三制止。鬼眼三走得很小心，依旧在每个步法组合的第三个跃字诀上，把地面上的突起青砖踹断。

鲁一弃一边看着鬼眼三走，一边拿着萤光石在廊柱铜片前摇晃。

鬼眼三走出有两个半步法组合时，鲁盛孝突然叫了一声：“行了，反射传影以半折为准，你再往回走走。先找到准确的转向位置，出路应该就在转向处的附近。”

鬼眼三便开始往回走，他不用再贴壁而行，因为三诀上凸起的砖都被他踹了。但他还是走得很慢，特别是到了离他们四五步的地方，他就越发地慢了，并且上下左右仔细查看，希望能有一条脱出的路出现在他的夜眼之中。

“不对，此处好像不是以半折为准的，应该还在前面。”鲁一弃不肯定地说道，因为萤光石少掉的一个反射点他始终没看见。

鬼眼三站住了，他看了看鲁盛孝，却没有等鲁盛孝有任何表示，便重新朝前面走去。不知道为什么，鲁一弃说的话，在他心中就像必须要执行的命令。

走到快八步的时候，突然，一个跳动的亮点出现在鬼眼三的身上。“别动，老三，你就站在那里，别再往后了。”那亮点的出现让鲁盛孝的声音里充满了兴奋。这是因为就快找到活路了，也是因为鲁一弃的见识、见解。看来自己将各种典籍送入梅瘦轩，让他随性而学的做法还是有不小的效果的。

出现这样的现象让鲁一弃也很高兴，他瞄了几下亮点的反射方向说道：“三哥，你再往前移过去点，先把地上第三诀的青砖断了再说。”

鲁一弃的语气还是像命令，鬼眼三似乎也很愿意听从这样的命令。

鬼眼三又向前侧的廊壁移过去一点，立身位置是一个廊壁半圆突出的狭窄部分，这个突出的设计正好与十步左右的折点配合，让人从这边看过去觉得好景无限、别有洞天。

鬼眼三没仔细看周围情形，而是先去踹那青砖。脚下用力，身体往后一仰。本来可以借助廊壁顶住身形，可这次不知怎么的，只见鬼眼三身体沿廊壁朝前侧滑，一下没入墙壁之中不见了。

“不好，有陷阱！”鲁一弃发出一声喊，脚下不顾一切就往前赶去，想要救助鬼眼三。

鲁盛孝却是长舒一口气：“找到了。”悬着的心终于放下。虽然这里的燕归廊比他二十年前遇到的更为精妙，但万变不离其宗，有了中柱上的标记就可以找到缺儿，活路就在缺儿的附近。太湖石和当年的七峰柱一样，是用来混淆视觉和思维的。但这次的记号不是做在柱位的主点上，所以这活路就和折点有些偏差。一想到记号，鲁盛孝不禁想到盲爷，他回头向池中望去，黯然之气不由堵住胸口。

“有路，走吗？”没等鲁一弃跑到跟前，鬼眼三又鬼影般从廊壁中探出头来问。

“走，在这里意外之路就是活路，难的是找不到。”鲁盛孝答道。

鲁一弃把波斯萤光石收入粗布包，回来扶着大伯向前走去。到了近前后仔细看才发现，半圆突出的后面是个锐角墙体，内侧角线直，外侧角线斜。鬼眼三就是由内侧角滑入的。而内侧线的口面上，装着两面高大的方形铜镜。两面大铜镜正好反射出突出部分的墙体，与前面后面的廊壁混为一体，让人一过突出半圆的弧度就很自然地沿外侧角线斜直而走，其实是走了一条回转之路；同时把内侧角当做是整块墙壁，不知正道就在其中。这种布置利用了人的视觉误差和习惯误差，确实巧妙之极。别说是在黑夜之中，就算是大白天，不仔细寻找也很难发现。

这也幸亏对家将那一对铜镜用来惑目，同时还起到传影效果，这才被鲁一弃发现。不过这对镜子也告诉他们，窥视的人和被他们发现的身影不一定是在这前院中，还有可能在一进院、二进院，甚至是在后院、后门。

走过内侧角口子面上的两面铜镜，再往里看，果然有一条路，一条路面做得很像廊壁的通道。不过此处已经看不到水池中的景物，因为此处才是衔接的正道。

太神奇了，一条两重误差引导的折转循环之道，一条以镜面反射遮掩的正行活道，打破半折之理而设的燕归廊，再加上那请君入瓮的颠扑道，真可谓巧夺天工。一坎叠一坎，一扣压一扣，那假冒颠扑道的坎面儿不破，就没机会上七峰柱，更没机会发现反射铜条，那么也就无法找正道走出燕归廊。

可在赞叹的同时，鲁一弃仔细观察了一下铜镜的角度，忽然冒出个疑问。就这斜向对射的两面镜子可无法分别反射两只眼睛，那与自己对视的眼睛又是怎么传影而来的呢？

但现在已经不是研究这个的时候，鲁盛孝在催促快走。冬天的夜黑得早，他们头更未到就动手启门道，现在已经夜至二更半了，连家的影儿都还没见着。而且前面肯定还有许多道坎面，就算赶回家，也不知道鲁一弃悟出那重要的秘密需要多久。

鲁盛孝和鬼眼三耳语一番，然后依旧让鲁一弃走在最前面，鲁一弃虽然有些奇怪，但也未多问。

路走对了，那垂花门就不再是个模糊的影子了。几十步的疾走，终于走出了回廊，一座陈旧的垂花门耸立在了眼前。

这道垂花门远没了大宅门的高大和气派，也不十分华丽精美。一般垂花门向外一侧的梁头常雕成简单的云头形状，俗称麻叶梁头，梁头下面悬有两根垂莲柱。这里的垂莲柱比寻常的要大上许多，梁脊角也非常大，高高翘起，斜插入云，与整个构架极不协调，倒有点像庙堂大殿的脊角。而垂花门的两叶门却是低矮窄小，与梁脊更是极不相配，看上去有点像壮汉骑羊。

垂花门的两叶门名叫棋盘门，或称攒边门，现在那两叶门是半开的，可以看到里面没有屏门，所以这是座一殿一卷[1]式垂花门，也叫

1　一殿就是只有一道屋脊，一卷就是只有一层檐额，是最常见最普通的垂花门。

“二郎担山”式的垂花门。

垂花门上连接两垂莲柱的构板一般会有很美的雕饰，像什么“子孙万代”、“岁寒三友”等等，但这里把两个垂莲柱连起来的是一块光滑的厚板，黑乎乎的，上面没有任何雕饰。倒是在厚板中央镶嵌着一块阴阳太极鱼，打远望去黑白分明，像是镔铁和白银制成，两个鱼眼烁烁放光，却不知道是什么材料做成的。太极鱼下吊一盏白纸灯笼，其中烛火摇曳，倒有点像是丧灯，但也亏有这盏灯，鲁一弃才能把这垂花门的上上下下看个清楚。

在垂花门的两边还有一对石门兽，刚开始看还以为是一对狮子，可细看又不像，那兽的面相极为妖邪，似乎在腹下还多长了一只脚。他脑中灵光一闪，马上想到晋·王嘉《拾遗记·晋时事》[1]记载有五足兽之说：此兽形若狮子，但有五足，是东方解形之民离体之手所化。他很是奇怪，因为这兽一般用在杀戮场合和刀兵器械上，怎么会用来镇门呢？除非那门内真是个屠杀场所。

“五足兽所到，魂魄无宿、血流成河。”他不敢肯定到底是不是，就试探着将《伏邪录》中五足兽的注语念出，他想知道身后两人的反应。没人答他的话，鲁一弃这才意识到，后面那两人已经许久没发一点声音，就像消失了一般。他心中猛地一提，却依旧没有丝毫慌乱，而是缓缓回首望去。后面并无丝毫的异常，那两人还是紧跟其后，所不同的是两人表情异常紧张，如临大敌。

只见大伯手提木箱，鬼眼三紧握雨金刚，他们犹如两张拉满弦的弓，没有丝毫的懈怠。他们的眼光扫过垂花门梁梁脊脊的每一个角落，似乎那里随时会有什么可怕的怪物扑出。

到底是什么让这两个不畏生死、不惧神鬼的人变成这样。

1　晋朝王嘉所著。其实连野史也算不上，只能说是一部民间传闻的记录，记叙的是晋朝一些鲜为人知的事情。有残本存世。

他们的紧张状态让鲁一弃十分疑惑。此地处处都有危险，可怕的东西随时可能出现，紧张也在情理之中。可这两人非但不时刻提醒自己些什么，反而还让自己走在最前面。难道他们真把我当神仙了，以为我百邪不惧、百毒不侵了？

“管他呢，既来之则安之，我今天就当回探路石，福祸自有天定。”鲁一弃这倒不是年轻人的冲动，而是一种勇气和信心。他思忖之后拿定主意，回转头来就往垂花门的台阶上踏去……

第三章 尸犬石：一颗远古狗王的心

倪家祖祖辈辈经历无数凶险怪异之事，但差点族中全灭的只有两件：一件就是三更寒。元成宗元贞二年，倪家十四口壮年男子，在龙安府城东牛心山搬一座汉代官墓，遇到痴疯狼群攻击，死了十三人，一人受伤逃出。此人归家有半月之久，每到午夜三更，就疯狂残杀自家亲人，吸食热血，后被囚入铁笼，当夜便寒发蜷曲而死。

五足兽

从大伯和鬼眼三的状态看得出，他们对前行之路并无几分把握，所以鲁一弃拿定主意抢先独自往前闯。因为这样就算自己踩坎落扣的话，后面两个也好出手救自己，反之，自己却没把握也没能耐救他们。

可就在鲁一弃回头迈步的过程中，有奇怪的东西从他眼角余光中滑过，一种异感涌上他的头顶，那感觉让他的太阳穴一阵发紧发麻。又有眼睛在盯着他，应该不是刚才见过的那双，现在是很真实鲜活的，灵动而且充满感情的。

于是他迈出的步子没踏实就停住了，他脚下不敢踩实，因为那眼睛在一瞬间露出了喜悦。那是因何而喜，难道是因为自己显得莽撞的举动?

鲁一弃缓缓转动脖子，同时慢慢收回已迈出但始终虚提着的脚，他尽量按照刚才的样子返回，他要在这过程中寻找那眼睛隐藏在何处。

脸！一张脸，两张脸……不知道那柱子背面会不会也是脸。

鲁一弃首先发现的是怪异的脸，在哪里?在垂莲柱上！

垂花门麻叶梁头之下有一对倒悬的短柱，称为垂莲柱，柱头向下，头部雕饰出莲瓣、云萼等形状，酷似两朵丰满的花蕾。

而这里的垂莲柱柱头打眼看以为也是简单的花瓣状，仔细看来却是雕刻着几张脸，几张扭曲的、丑陋的人脸，那脸的表情看不出是快乐还是痛苦。再细看那垂莲柱，也非平常模样，都雕成倒悬的身体状，虽然手法简单，依然可以看出是女人的裸体。这不再是垂莲柱，这可以叫做垂人柱，那短柱就是倒挂着的人形，而且不是一个人，每个柱子都像是由几个人捆绑而成。

鲁一弃见过类似造型，洋学堂里讲到宗教派别时他见过一些图片，其中就有与此类似的，主要是用在极少数的民族和派别的祭物上。

那双眼睛把一个媚眼抛向鲁一弃。

眼睛在哪里？在一张脸上，一张怪异的脸上，那脸因为有了眼睛变得生动起来。

又一双眼睛，其中一只俏皮地朝他眨了一下。

还有眼睛，在抖动，在扑闪，在挤弄……

眼睛活了，脸也就像是活了，虽然倒挂着，仍可以看出那些脸的表情很是真实。一会儿是欣喜的，一会儿是痛苦的，一会儿是天真的，一会儿是淫荡的，一个女人所有的心理好像都被这一张脸表露无遗。

鲁一弃开始有些不相信自己的眼睛，他想朝垂莲柱方向迈一步以便看清楚。

背后衣襟被一把抓住，是鬼眼三，他一直走在鲁一弃背后。

“大少，直走到门口，其他的我来应付。”鬼眼三好像知道那些眼睛是什么。既然这样，鲁一弃就没再向垂莲柱走去。但他也没直走到门口，因为他想弄清楚到底是怎么回事。让他心里犯嘀咕的是，大伯他们好像早就知道了些什么，却不告诉他。还有，为什么要让他第一个直走进去，就不怕门里有自己无法应付的危险吗？

鲁一弃还是走在最前面，他没有转身；鬼眼三在第二个，戒备着；鲁盛孝在第三个，同样警惕，只微微侧转了下身体，脸转到鬼眼三右肩一边，这样做是为了保证鲁一弃能听清楚自己说话。

“一弃，我知道你已经读遍家藏典籍，应该晓得我们家留下的大都是求生存助苍生的忠厚手法，至多就是些困人的招法变化，决不刻意伤人害命。另外也有少部分风水玄机、天数妙算的技法。不管是哪方面的，基本都是祖宗一脉传下，没做太大改进。对家可不一样，祖宗传下的技艺已经十分犀利，后辈中又多出豪杰枭雄，他们网罗天下奇工异术不断改进，所以他们的手段不止是高明，而且种类繁多。前面我们遇到的那些虽然也很精妙，但都是死坎子，死坎子一般不会有必死的扣儿。如果懂解法的话就解，解不了还可以破。这还不算，厉害的是他们还有活坎子。活坎子里大多是死扣儿，是采用专门培育训练的怪异活物嵌入祖宗的坎面做扣儿，使得它们相辅相成、索命夺魂。我们到现在才只见识了对家一个簧尾蛇的活扣，而且还是簧尾蛇最简单的布置和用法。咳咳！”鲁盛孝一阵咳，刚才受的伤让他显得脆弱和苍老，好不容易才喘过这口气，“老三，你接着给他说说。”

鬼眼三不爱说话，就算说也很是简单明了：“活坎，一人闯，坎面进时不动出时动，进时正路不动歧路动，是怕破乱了坎面。多人闯，第一不动，后者动。”然后把手中雨金刚朝垂莲柱那边挺了挺，接着说：“那是南疆驭女族祭柱，暗藏灰头金针蛇，你正路直进，弦儿动，蛇会攻击我们；你从旁边走到它近前，就攻击你。”

鲁一弃没完全明白，他微眯双眼，向那垂莲柱瞄去。他现在是四分看，六分感觉，那些眼睛在他感觉之中逐渐拉近，逐渐放大，就像是放在眼前。于是他见到恶心的一幕：那些其实是一个个小蛇头，正在吐舌，张吻，龇牙，扭动，口中还滴挂着涎液。从远处看就像是充满生气的眼睛，与那雕刻而成的怪脸配合，显出众多表情。

这一看，鲁一弃彻底明白了。自己不是神仙，自己是个宝，至少大伯和倪三哥当他是个宝。自己也不是被当作探路石，而是需要万分小心保护的细瓷，大伯和倪三哥是在用自己的生命给自己充当保护伞。他不知自己应该愧疚还是感激，但他知道必须保住性命，去把祖师爷鲁班托付给他们的那件大事办成。

“好，知道了，那我先走，你们小心。”鲁一弃说完，头也未回就走上台阶。他依旧担心此地的设置是不是真的如鬼眼三说的那样，也担心对家的坎子面会不会有所改动，所以紧紧握住枪柄，脚下一步一停，小心翼翼。庆幸的是一直走到垂花门口，什么事情都没发生。下一步该怎么办，他却不知道了。是推开那半掩的门，还是从两扇门的间隙中悄悄挤过去?

就在他迟疑的时候，鬼眼三也跟在后面踏上了台阶。脚掌才踏下，只听到头顶上那黑色的阴阳太极鱼发出一声清亮的响声，鬼眼三一惊之下“嘭咣”一声撑开了雨金刚把身体缩进去，而鲁盛孝则是一个后纵，退出有四五步。鲁一弃也警觉地蹲下，左手扶地，转身举枪指住右边的垂莲柱。

垂莲柱没有丝毫反应，只是那些怪脸依旧在挤眉弄眼。

坎子竟然没动，是失灵了?

没那样的好事，两道风声从鲁一弃耳边响过，门边两只五足兽各飞出一足，五足兽腹下的第五足，一只奔鬼眼三而去，另一只却是飞向鬼眼三身后。

没人注意到这两只飞足，他们的注意力全集中在垂莲柱上呢。

鬼眼三离五足兽很近，而且他的雨金刚还遮住了视线，根本不知道有东西飞来，各种条件都决定了他无处可逃。但鬼眼三缩在雨金刚里，所以那只飞足只是撞在雨金刚的伞面上。还有一只飞足往鬼眼三身后飞去，那本来是鲁盛孝的位置，但他已经后退了几步，所以这一只掉在地上了。

两只飞足落空了，但这并不意味着扣儿就松了，更不代表坎面儿解了，相反的是，这道扣儿才刚开始。因为那两只飞足没有停!

飞向鬼眼三的那只，一撞之后，马上转向，绕着他飞行半周。随后轻轻地在地上一碰，又向上斜飞而起，飞不多高，又再次转向。掉在地上的那只同样如此，一碰之后马上转向朝鲁盛孝飞去。由于它速度太快，鲁盛孝根本没看清，只是下意识地左手一抬护住面目，但那飞足并不撞他就又转向，绕行一段后，再次碰地飞起。

这两只飞足就像是两只摇罐中的骰子，在猛烈的摇动下飞快地蹦跳撞击。好一阵后才停住，这其中鲁盛孝和鬼眼三被撞到好几次，因为飞足速度太快，而且飞行轨道毫无规律，很难躲避。但每次的碰撞力度都很轻很轻。

鲁盛孝和鬼眼三依旧站立在那里，明显看得出，他们没有受伤。但突然之间，两个人如同中邪般手脚不停地乱舞乱动起来，就像溺水的人在挣扎。鬼眼三连手中的雨金刚也丢了，两手不停挥动拉扯，似乎是要甩掉些什么，又似乎要从什么东西里钻出来。

与此同时，鲁一弃耳中听到两边门兽腹中传来一连串“咯咯嘎嘎”的声音。随着这声音的出现，那两人挣扎的动作更加激烈，幅度却越来越小。最后，他们几乎已没什么挣扎的举动，从身形上看，只是想尽量坠住身体，不让什么东西把他们拉向垂花门。

这两人中邪了？他们难道碰到了传说中的鬼发缠？鲁一弃一向不太信鬼神，但现在之所以这么想，那是因为他看到两人身上有一道道的勒痕，但他看不出是如何产生的。

这时，又一件奇怪的事情发生了。其实也不能说奇怪，此事本就在意料之中，只是意料得晚了些。两边垂莲柱儿开始动了，坎面上的第二道扣儿撒了。

只见那对垂莲柱在慢慢转动，随着这转动，那些怪异人面眼睛里的灰头金针蛇便一条一条地钻出，掉落到地上。一会儿工夫，那地上已经布满密密一层筷子长短的金色小蛇。

小蛇落地后，行动并不迅疾，蠕动着爬向鲁盛孝和鬼眼三。这时那二人已经被拉到台阶上了，也发现了那遍地的小蛇是奔他们而去的，于是就更加拼命地挣扎。鲁一弃在他们两个的脸上看到了不可名状的恐惧和绝望。

他们终于停住了，因为他们已经被拉到了门兽跟前，这时鲁一弃看清了，他们身上有好多道透明的细丝缠绕，而且绕得乱七八糟，原来他们刚刚拼命想甩落和挣脱的，就是这些透明的细丝。那丝虽然细，却有着难以想象的坚韧。同时可以看出，那勒拉的力量也很大，两人的脸色都已经有些青紫。也幸亏了开始时他们的一阵挥舞和挣扎，解脱了缠在要害部位的细丝，要不然，现在已死了八成。

"啊，一弃，啊，快跑！啊，快！"鲁盛孝明显已经透不过气了。

"等等，嗳，先给我一枪！"鬼眼三绝望地吼叫道。

鲁一弃没有跑，也没给鬼眼三一枪，而是急切地试图解开那些缠绕的透明细丝。但由于扣子带着劲，丝又太细，而且缠绕毫无规则，根本无从下手。他想拿鬼眼三的梨形铲斩断细丝，可鬼眼三的背包已经和身体一起被缠勒住。其实就算有刀铲或者手枪，由于那些细丝勒入身体太深，身体又紧贴五足兽，也没有下手的余地。再说，凭对家的高超手段，能在这扣子上只用这么一根细丝，那这玩意儿就不是平常刀铲能轻易解决掉的。

鲁一弃很是心焦，但神情和动作没有混乱。他蹲下来仔细打量那门前的五足兽，然后又抚摸划拭五足兽第五足牵带着的透明细丝，他脑子里在飞快地搜索，想要找到解决的办法。

"一弃，快，啊，快走！啊！"鲁盛孝的语气比刚才微弱一些。

"求你，给我一枪，嗳，要来不及了!嗳!"鬼眼三的眼睛似乎被勒拉得有些凸出，他面目有些狰狞地狠狠吼道。

鲁一弃没有动，他眼角的余光已经看到那些细短的金针蛇蠕动着爬上了台阶。

"金针暗渡，嗳，要成嗳，金针明渡了。嗳，大少，杀了我吧。"

鬼眼三惨然地哀求着。

这句话提醒了鲁一弃，他知道鬼眼三为什么这样恐惧了。他想起一个南方古董客喝醉后告诉他的故事，说南疆有些邪教，在教徒背叛教派后，会给他们喂吃昏睡药。然后将其关进千年寒洞，同时放入灰头金针蛇。这些蛇毒性并不大，但是骨骼躯体特别，踩不死砍不断，就算压成扁扁一片，蠕动几下便又能恢复原状。弱点是畏惧寒冷，只要一到寒冷环境，它们就能凭本能寻找温暖的东西，三十步以内的温暖源它们都能感觉到，因此它们马上会发现昏睡中的教徒，爬过去咬破他们的血管，随血而入。许多小蛇会钻满整个人体，这人就成了蛇窝。由于此时人是处于昏睡状态之中，这一死刑手法便被人叫做金针暗渡。

现在这些金针蛇也爬了过来。在这北方的冬夜里，它们也要寻找温暖，它们所要做的就是咬破热血奔涌的血管，钻进活生生的肉体，才不管你的意识是清醒还是全无，它们只想把人体变成温暖的窝。

是的，鲁一弃知道凶机何在了，可面对这铺满台阶的金色小蛇，面对被缠勒得不能动弹分毫的大伯和倪三哥，他能干什么？

蛇群渐近……勒丝渐紧……

怎么办？该怎么办？

首先应该阻止灰头金针蛇，鲁一弃从衣服袋里掏出洋火，上鬼市点灯笼要用，所以他身上总带着这东西。可是一盒洋火就可以阻止蛇群进逼吗？不，那不可能，他还需要其他东西，于是想到了鬼眼三腰间布囊中的银酒壶，装酒壶的布囊没被勒住。

他打开鬼眼三的银酒壶，在台阶上用了大半壶酒画了道半圆，那酒流出时的辛辣气味告诉他此酒奇烈。他不敢把酒倒在蛇身上烧蛇，怕更加难以控制，他只想阻止蛇群前进。

他划了根洋火丢向地上的烈酒，那酒腾的一下燃起，火势很猛，焰苗有半尺多高，像道火门槛。那些蛇喜欢温暖，但受不了火，前面的急急地退后，后面的又涌向前，于是在离火槛不远的地方聚集成堆。

火阻止了蛇的前进，但这火只能燃烧一小会儿，分秒必争，这短暂的一刻决定了两个人的生死。

鲁一弃不能有一点耽搁，他马上试探着摸了摸五足兽的尾巴，动了动另外四只脚，又扭了扭它的耳朵。他还想摸索一下其他部位，却无意中碰了一下大伯的手。这一下提醒了鲁一弃，是的，那细丝是胡乱裹缠的，虽然可以困住人，但并不能保证把人完全控制，完全可能漏掉身体的某部分。如果是这种状态的话，那么五足兽身上的所有部位都有可能被触摸到，不管是用手还是用脚，或者身体其他部位，只要这道坎面儿留的缺是在五足兽身上，那么被困之人就有可能自己解扣儿。对家那样的高手是绝不可能犯这样的低级错误的。

火已经快灭了。蛇群又开始蠢蠢欲动了。

那不在五足兽身上又会在哪里？不知道，知道也没用，那肯定是个很难触及的部位。

那就是不能解了？不，肯定能解，但是鲁一弃目前还不具备那样的道行，所以他打算用更简单的办法。他想到大伯的话，不能解还可以破！对！破了它，怎么破？炸碎五足兽？肯定不行，那是个同归于尽的局，而且也只剩一颗手雷了。砸？更不行，没工具，再说这花岗岩的五足兽也不是轻易可以毁掉的。

火已经灭了，蛇群在越过那燃烧留下的痕迹。由于那台阶面刚刚烧过，所以蛇群贪恋那份温暖，稍稍停留……

看着几乎被蛇群铺满的台阶，鲁一弃猛一拍脑袋：我怎么就老围着这门兽转，鬼眼三不是踩台阶才动扣儿的吗？扣儿动的时候首先是顶上太极阴阳鱼发声。对，太极阴阳鱼一定是个关键，就算不是总弦也是扣子结，先破了它再说。

鲁一弃知道太极鱼的位置，很简单，太极鱼镶嵌在厚厚横板的正中央，可那是正面朝外的中央，而现在他站的地方只看到横板的背面。除非打穿横板，让子弹穿过横板打碎嵌在前面的太极鱼。

蛇群已经布满整个台阶，有一部分已经越过了燃烧的痕迹，那地方的温度已经不够，它们感觉到了更温暖的地方，这里的三个大活人……

鲁一弃感觉得到，打穿那木板至少需要两颗子弹，因为木板太厚了。眼下情形已经非常紧迫，不允许再做太多考虑。他抬手举枪，一连打出三颗子弹。他又加上一颗子弹做保险，希望能一击成功。

三颗子弹仿佛是一声枪响中飞出，前后距离不远地一起飞向那厚板中央。鲁一弃很自信，他知道那三颗子弹会在一个枪眼里穿过去。

“当——”一声清脆的长响，鲁一弃被这意外的声音吓得一呆，他本能地头一侧，胳膊一抬护住面目。等他放下胳膊，他更呆了，那厚板上只有一个圆形白印子。那横板不是木板，那是块钢板！

这下不止被困的两个人彻底绝望，就连鲁一弃也想放弃了。看来真的要牺牲自己了，拼着被群蛇钻体的下场，也要救下大伯和倪三哥。

蛇群蠕动得更加卖力，离他们三人已经只有一尺多远……

此时的鲁盛孝已经被勒得说不出一句话，紧闭着嘴唇也紧闭着双眼。鬼眼三却是瞪大他唯一的眼睛，看着渐渐逼近的蛇群，他也紧闭嘴唇说不出一句话，是惊恐得说不出。

鲁一弃也不说一句话，嘴唇紧闭，把眼睛眯得很细很细，他是在看，更是在感觉。那钢板在他的脑中拉近、再拉近……那距离已经可以做出毫米以内的判断。他的脑海里已经出现了一个角度，一个转折。

蛇群已经到了脚前一尺不到的距离……

鲁一弃左手一扬，一片银色翻滚着飞出，直飞向那钢板正中的下边沿。在那朵银色飞出一半多的时候，枪响了，一颗子弹飞出，奔那银色追了过去，并恰到好处地在横板下边沿处追到。“当”的一声脆响，那银色在子弹的撞击下不知道飞向了哪里。而子弹也在那片银色的阻挡碰撞下改变了方向，飞向了那块阴阳太极鱼。太极鱼应该很脆弱，一个转向后的碰击便将它碎做好几块，散落一地。这时候，那朵银色才在远处不知什么地方“叮当”落地，原来是一枚银元。

抛银元，撞子弹，借角度，改方向，太极板，一招碎。这一切就像是在变魔术。但鲁盛孝并未看到，他现在已经紧闭双眼，不知道意识是否清楚。这一切鬼眼三却是全看在眼里，他睁大眼睛，也张大了嘴，一时都忘记了蛇群的威胁。对这匪夷所思的一枪，他仍禁不住地感慨、赞叹，鲁一弃在他心目中，简直就是一个神。

“嘎嘣”，这声音三个人都听见了，而且鲁盛孝和鬼眼三的感觉更清晰。他们不止是听到声音，他们身上还感觉一松，那门兽腹中的机括不再发力了。但他们依旧无法挣脱，那机括只是停住，却并未松脱。这就是解和破可能出现的差别，解，可以松全部扣儿；破，有可能只松开扣儿的局部。

蛇群距离他们只有巴掌长的距离……

“怎么，你们还动不了？”鲁一弃真急了，他表情虽然还是很镇静，但汗已经下来了，“这丝线到底是什么玩意儿！这么难脱开。”

由于机括不再发力，鲁盛孝终于透了口气，睁开了眼，也听到了鲁一弃的话，就随口答道：“天湖鲛链。”

啊！这就是天湖鲛链！就是这么一根透明的细丝。

鲁一弃拿出自己的手帕，然后解开裤子，一泡尿撒在手帕上。蛇已到脚边，他还能轻松地撒出尿来，要么他的一颗心真不是肉做的，要么他就是被吓的，其实都不是，鲁一弃释怀了，松了口气，他知道这二人不会死了，为什么？因为他懂天湖鲛链的解法。

他的这泡尿撒得很舒畅，这是他进到这宅子里来最惬意的时刻，是的，那是因为已把需要的都搜罗到了，他脑中确实有千古好手段。

《异开物》有记载：“天湖有鲛，活百年，尾裂产物，长而不断，其韧如钢，谓之链。”

《诸解·仙玄记》[1]有一章写道：“天湖鲛，产链，缠不松，独畏人溺，抹之自解。”

他迅速把泡足尿液的手帕在大伯和鬼眼三身上的勒痕上擦抹了几下，奇迹发生了，那细丝快速抻长，然后犹如活的鳝鱼般自行滑脱。

最前面的一条金针蛇已经在啃咬鬼眼三的软牛皮快靴了。鬼眼三顾不上深透一口气，全身抖动几下，甩掉了所有的天湖鲛链，并一个踢脚，把那蛇踢下台阶，然后手往门兽身上一撑，双脚一纵，站到了门兽的顶上。

鲁盛孝也全身脱出，他横走两步，和鲁一弃并排站着。看得出，他受的伤更重了，连松脱后的几口深呼吸都显得无力和艰难。

蛇群追逼过来，鲁一弃准备推垂花门，退入正院。伸出的手还没触到门就被大伯一把抓住，大伯用恍惚的目光看着他，说不出话，只是摇了摇头。与此同时，鬼眼三也看出他的意图，大叫道：“别推门，门后再有活坎，前后一夹，我们就没路了。”

蛇快到脚边了！鲁盛孝突然猛吸一口气，喉咙里发出一阵“嗬嗬”声，就像被痰堵住，接着张嘴一阵干呕，终于吐出一摊紫黑的淤血，把一堆金色小蛇染成紫黑。这口淤血一出，他的精神好了许多，刚刚还恍惚的眼光一下子精光闪烁起来。他快速从木箱的底部抽屉中拿出一把弯柄新月斧，一甩手，向左侧的垂莲柱直飞过去。一叶银光从垂莲柱上划过，然后旋转个弧线飞回原地。鲁盛孝伸手接住，然后再次脱手抛出，又向右侧垂莲柱飞去，依旧是一叶银光从柱子上划过，依旧是旋转了个弧线飞回鲁盛孝手中。

1　多人共同著成的合集。对传说中各种神仙、妖魔的特征来历，所占的地界，掌握的宝物进行了描述和解释，是至今以来神鬼方面知识囊括最广泛的一部书籍。元明清三朝出了多种印版，但存世不多。

鬼眼三见到的正是一群瘈犬，也就是人们常说的狂犬。只是一群狂犬就会吓得鬼眼三倒吸凉气？肯定不是，他眼中的这些瘈犬非同一般，它们脑中寄生了一种奇怪的虫子，有人给起名“三更寒”。

那些狗一个个外表就都恶心无比：全身毛都脱光，只有尾尖、耳尖还留有几根毛茬子在寒风中抖索；裸露的酱紫皮肤上处处脓疮，嘴角处垂挂着绿稠的黏液；四条腿细短无力，像是站都站不稳，溜溜的北风似乎随时都可能把它们吹倒。这些狗每到午夜三更，就会浑身发寒蜷缩而死，但如果喂食热血，它们就又能多活一天。

现在正是夜至三更。那些狗都是垂死的疯狗，它们随时都会伏地而亡。而垂死也就意味着到了最为疯狂的时刻，因为它们现在急切需要热血来缓解痛苦，为了这口热血，它们会发起最猛烈、最疯狂的攻击，因为拼却性命的一击才是最厉害的一击。

鲁盛孝有些难以置信地问了一声：“真是三更寒？”

鬼眼三答道：“应该是。”说话简练的他竟然多加了两个字。

“这虫子不是绝种了好几百年了吗？”鲁盛孝还是半带疑惑地问。

“应该是！”鬼眼三答道。

“对家让这怪虫子重新复活了。”

“应该是。”鬼眼三还是这三个字。

其实三个人中对三更寒最为恐惧的是鬼眼三，他们倪家盗墓生财的历史，族谱里从宋仁宗天圣年就有记载。倪家祖祖辈辈经历无数凶险怪异之事，但差点族中全灭的只有两件：一件就是三更寒。元成宗元贞二年，倪家十四口壮年男子，在龙安府城东牛心山搬一座汉代官墓，遇到痴疯狼群攻击，死了十三人，一人受伤逃出。此人归家有半月之久，每到午夜三更，就疯狂残杀自家亲人，吸食热血，后被囚入铁笼，当夜便寒发蜷曲而死。时值盛夏，死状极惨，全身肉腐疮烂无完肤，死后有怪虫破天灵而出，此虫即为三更寒。另一件便是四十年前“百婴壁[1]”之灾。倪家老小三十九人在四川巫溪与巫山两县间滴翠峡处被水中百婴壁所困，亏鲁家人仗义解救。所以三更寒的厉害是几百年来倪家每个人都必须知道的。

鬼眼三的心中开始打退堂鼓了，虽然这几百年来，倪家针对三更寒想了好多应付的对策，但这些却从来没有在任何场合实际应用过。

“寒虫附瘦犬，这坎不好过。要不先退，改天再聚高手重来？”鬼眼三提出了自己的建议。这建议鲁一弃也赞同，走到现在这一步很不易，多少带些侥幸。

“倪家大侄子，不是我老糊涂了，有些不知好歹。我知道这坎子的厉害，虽然我没见识过，可你那几位长辈给我讲过。但今天我们能闯到这里，大半是由于出其不意，给对家来了个措手不及。如果改天再来，就算凑足六合之力也不一定能闯到这里。现在箭在弦上，这把弓可不能松啊。”鲁盛孝也看出鬼眼三的心思，他这番话很诚恳。

鬼眼三没再多说，他把他唯一的那只眼睛转向鲁一弃，他想知道鲁一弃的态度。

鲁一弃本来也和鬼眼三一个心思，但现在听了大伯一番话，细想也真是这么回事。所以他把眼光也转向鬼眼三，那是询问的目光：“有办法过吗？”

鲁一弃眼里的意思，对于鬼眼三来说就是命令，也是信心。他打开银酒壶，把壶中所剩不多的烈酒很小心地抿了两小口，又把酒壶收好。然后他撑开雨金刚，从牛皮背心上挂的小皮囊中拈出一小撮朱砂，在雨金刚的伞面上画了一个大大的烈火符。这是一位茅山道长教给他家的法

1　一种结合了巫术的机关。是利用各种死婴的惨相，临死的啼哭声，再加上巫术催生鬼气、尸气营造的氛围环境，摄人心神，让人失魂落魄。当被困人心理抗力极强时，还可以巫术驱动死婴，以独特的方式进行攻杀。

子，因为那道长认为三更寒就是“寒极尸蠓[1]”，烈火符不管能不能破它，但至少可以护住自己。

画好符后，他又从腰间抽出一张黄裱纸，用手中剩余朱砂写了一道度魂咒，然后从另一只小皮囊中洒一些香末出来，那香末是真正的大觉寺千佛香。再把那纸包住香末卷成一根香煤子，用火折子点燃。因为江湖传说三更寒是冻死冤魂所留唯一一点灵光所化，敬他们一支度魂香，可以定住它们一时三刻。这是鬼眼三的第二招。

“非万不得已，不伤犬命。”这是鬼眼三第三招，更是对鲁一弃和他大伯的一个忠告。犬不死，虫不出。当年，他倪家那位先祖就用梨形铲劈死了两只疯狼，才有寒虫附体致疯的结局。

准备好了这些，鬼眼三并没有马上往里闯，他从背囊里掏出一个小盒子，一个千年火纹暖玉做成的盒子。他把盒子塞到鲁一弃手里说道：“实在无招，打开它。”

那玉盒还未入一弃手中，他就知道那是个宝贝。那盒子彩气灵动，光泽如霞，只是好像受什么牵制，气虽盛却敛而不散。

做完这些，鬼眼三看了看鲁一弃。他在等鲁一弃的决定，只要他有个示意进的眼神或者点下头，鬼眼三马上就会直冲进去。

而鲁一弃这时却关注着大伯。鲁盛孝在鲁一弃的搀扶下，很费力地站起身来，他并未能完全恢复，但他必须站起来。因为时间已经不多了，天明之前他们要是不能冲出这宅院，对家的援手一到，那他们就很难再从这里出去了。站起身的鲁盛孝停在门口好一会儿，他怔怔地盯着那些圆珠子，嘴里喃喃地在说：“奇怪，奇怪！”

“老三，你再仔细瞧瞧，那些玩意儿怎么没个动一动的，别是个假

1　一种喜欢尸寒的虫子，它能将尸体的寒气吸聚到一个点上，从而出现尸体其他地方还是温软的，只有这一点上凝结成冰。但是千万不能让吸收了尸寒的蠓虫上到活人身，它会将这寒气吐出，冻住活人心脉。

套子的，用来吓吓我们。”鲁盛孝到现在还心存侥幸。

这番话也提醒了鬼眼三，那些狗到现在为止确实没移动一点位置。虽然在寒风中不停地微微战栗和抖动，但都保持原有的姿势，没丝毫变化。鬼眼三砸巴了下嘴，一时也拿不准是怎么回事了。

“最好试试。”鬼眼三出了个昏招。

“好吧！那试试。”鲁盛孝拿出一把透壁锥和一支活舌钩针[1]，蹲在五足兽前一阵忙活，他解下了天湖鲛链和五足兽的第五只兽足。

他把两根天湖鲛链挽成两个团，分别递给鬼眼三和鲁一弃：“留着，今天只要有命出去，这东西以后肯定用得着。”

他又拿起那两只兽足，那兽足跟门兽的不一样，不是花岗岩做的。它们圆圆的像个球，又毛茸茸的，不过做得很是逼真，颜色、外形和花岗岩做的兽足很是相似。鲁盛孝见鲁一弃对这很是好奇，就主动告诉他：“这叫‘回转流星’，原来也不是什么精巧玩意儿，而是杂耍艺人的小道具。但对家近些年把它稍做改动，使它没有固定的动作方向和角度，再加上扣子放得出人意料，一般来说，就算是技击高手也很难避过。它后面再带上轻若发丝的天湖鲛链，胡乱地飞行和回旋，很容易就会将人缠绕住。”

鲁盛孝边说边扭动兽足足趾，把所有足趾都扭转了不下十圈，给两只转流星上足了簧机。然后他把这两只回转流星从棋盘门的半开处扔进内宅院中。那两只流星一阵疯狂地乱窜乱蹦。一会儿工夫后，簧机力尽，那对流星掉落地上滴溜直转。

瘐犬们在这胡乱疯狂的碰撞骚扰中竟然还是一动未动。鬼眼三开始信服鲁盛孝的判断了，如果真是瘐犬，不要说是这样的骚扰和撞击，就

1　一种针，针头弯曲呈钩状，针钩根部装有一个可上下旋动的短刺。此针可钩挂、可旋划，短刺可作为钩子口闭合所用，可绕绊线弦，还可对勾拉出的物件选择需要点刺入固定。

算什么动作都没有，就凭他们三个浑身热血的大活人在这里，它们一准儿早就开始攻击了。

“如果是冒面儿的活坎……”鲁一弃的用词总带点古玩行的术语，“那他们的目的是什么？应该有两个，一是吓退我们，要么就是转移注意力，让我们疏忽掉什么。如果是真坎面，那目的又是什么？同样是两个，要我们疏忽一些东西，同时也疏忽这活坎本身。所以不管这坎面儿是真是赝，我想应该有另外一道暗藏的扣儿。”

鲁盛孝心中“咯噔”一下，他猛然醒悟：这两叶门为什么不关？既然不关，那为什么不索性打开，而是要半掩着。那是因为这里支撑着一个最普通的开合式机关。他现在已经来不及表示对侄儿的钦佩，马上再次蹲下，仔细检查了一下棋盘门的门框，然后从木箱抽屉中取出一把鱼鹰嘴形勾镰刀，在门轴处钩挂了几下，半合的门慢慢打开，门后的顶框上接连缓慢落下三道铡刀，这就是最简单、最普通的机关——门顶刀，它平凡得甚至都快被人遗忘了，也正是因为这样，它才会导致那些行家里手的疏忽。

鲁盛孝和鬼眼三都有点汗颜，也有些后怕，如若没有鲁一弃这几句话的分析，他们当中至少又得有个人折在这里。

门开刀落，鲁一弃一手提枪，另一手握紧鬼眼三给他的玉盒，小心地迈步走入。鬼眼三右手横握雨金刚，左手捏剑诀持度魂香，依旧紧跟其后。鲁盛孝虽然脚步有点蹒跚，但也没落下半步。

进入内宅院，他们没见到东西厢房，这对鲁一弃来说已经见怪不怪，这宅院里什么都不缺，就是缺房子。这内宅院中虽然没厢房，倒是有一段抄手游廊。怪就怪在这“一段”上，东墙上没有，西墙上也只是靠正屋边有一段，而且游廊的宽度在靠正屋的地方最宽，越往南越窄，到西墙的中间处就窄成一个尖儿，没有了。另外与其他内宅院稍有不同的是院中靠正屋有四棵不高的树，树上挂着巴掌大的东西，在随风摆动，看样子是没掉光的树叶。

又走了几步，离瘈犬群近了，鲁一弃这才看清了那群恶心的狗。那些狗体型很小，但数量很多，打眼看有二三十只。品种看上去就是一般村头庄尾看家护场的草头狗。这就是瘈犬？是的，没有身附寒虫，它们就是一般的草头狗，现在它们的脑中附居着三更寒，那它们就是最疯狂狠毒的瘈犬。

那些狗也确实像是假的，不但一个个身上破烂不堪、污秽之极，而且面目扭曲变形，就像是被小孩玩腻弄破而丢弃的布狗娃。他们三个警惕地盯着狗，只有全神贯注，将心力、胆力都提升到最高，才能防止那些狗突然间有什么动作。

天罡围

“嗷——”“呜——”两声彻耳的怪叫，刺透了夜幕，把这三人惊得魂魄差点散掉。那两个声音来自他们的身后，他们只顾把注意力放在那些狗身上了，却没想到背后会出现这样的变故。

鲁盛孝和鬼眼三吓得愣在那里不敢动，只是稍稍把脖颈缩了缩。

鲁一弃心里虽然也很惊恐，但马上就镇定下来。他回头望去，垂花门朝里的梁头上蹲着两只体型硕大的猫，那大猫是牙如狼，眼如蛇，爪如虎，尾如豹。这不是猫，鲁一弃一眼就看出来，他见过好多古器古玉上有这种动物的图案，是猞猁。

那一对猞猁，绷紧身体，一副攻击状，两眼发出刀般的寒芒，死死盯牢他们三个，嘴中呼呜有声，随时准备扑出。

这意味着他们已无退路了。

更可怕的事情发生了，那些狗也动了！动作虽然不快，脚步甚至有些趔趄，但它们的的确确是动了，呈一个扇形朝三人围拢过来。

鬼眼三本能地跨前两步，把鲁一弃挡在身后。见狗群逼得近了，就撑开雨金刚迎过去。不知道是不是烈火符起了作用，那些狗悄悄然避开伞，从两侧绕过去。片刻辰光，那些狗就已经在他们周围错落散开，很自然地把他们隔成了三处，打眼看就像三个一字排开又环环相扣的镯圈。围住后就又都站住不动，一动都不动。鬼眼三暗自在想：是不是度魂香起了作用？

鲁一弃飞快地数了一下，有三十六只瘐犬；他同时发现，这些狗分布的位置很是巧妙，不但把他们三个人隔开为三处，而且他要想向另外两人靠拢，不管朝什么方向迈步，都像是自己把腿送到狗嘴里。出现这种现象是因为他们已经被围在一个古老的阵法之中。

“天罡阵”，三十六只瘐犬组天罡三圆分隔包围。

“日月天罡阵”，多一对猞猁成日月巡天罡，专责突袭和断路。

那群瘐犬的排列是分隔包围，同时又是合力合围。不管朝哪个方向突围，都会有两只以上瘐犬阻挡、夹攻。就算困在坎中的人能施展轻身功夫跳跃躲过，一旦落地就会被四只以上的瘐犬重新围住，继续进行新一轮的合围攻击。被困的人动作越快，那阵法变化也越快，整个阵运转起来，犬群会像波浪一般轮番快速扑咬，到那时，身在坎中就会觉得是遭到无数只瘐犬的攻击。

这天罡阵原来是用在战场上的，但效果不理想，那是因为摆阵的军队在攻击中的速度达不到要求，只能做到两攻，就算是训练有素的轻骑战队，也最多做到四攻。但是后来被武林中人运用，效果就非同凡响了。阵中每人只要控制好节奏和速度，一击之后就有人接替，换下之人可以从容调息聚力，由另一个角度攻向敌手，或者攻向另一个目标。运转起来变化层出不穷，攻击可以一波接着一波，而且攻击力成倍增加。

现在，鲁一弃他们三人就被围在这样一个阵法之中，他们知道吗？不，对这样的活坎他们没有丝毫的接触和了解，这是他们的一个盲区。而且天罡阵是纯粹的排兵布阵手段，不在奇门遁甲先手局[1]和后手局[2]之中，鲁家的六合之力中没有任何一技与这种阵法关联，这又是他们的一个盲区。所以他们在奇怪，那些瘐犬的位置怎么会让他们没丝毫回旋余地？他们在惊讶，这疯狂的狗怎么会被训练得如此循规蹈矩？他们在害

1 先手局：黄帝宰相风后所创一百八十局。
2 后手局：姜子牙融合改良后的七十二局。

怕，这些疯狗何时会为热血发动攻击？

他们没动，是因为他们不知道怎么动，是因为他们没机会动，是因为他们动都不敢动。

瘦犬也没动，和刚才一样，它们好像在等待什么，它们好像并不迫切需要热血。虽然它们是恶心、龌龊、病态的，但好像并不是传说中那么疯狂，也未显现出凶恶之相，倒显得很是呆板和羸弱。难道这些瘦犬已经喂饱了热血，还是准备把这三个人作为它们的下一顿？

不，它们不是被喂饱了，它们是还没到极度饥饿的时候，也就是说它们体内的寒毒还没有发作，脑里的三更寒虫仍蛰伏未醒。

果然，三更刚过，那群瘦犬就开始动作了。先是一阵战栗和抖动，然后头尾乱晃，最后开始一步一颠地迈动步子。它们的步子显得很艰难，起步落步都有些僵硬。

第一个行动的瘦犬是围住鲁盛孝的其中一只，它晃悠悠迈动步子，步步逼近，似乎是由于鲁盛孝刚刚吐过血，身上有一丝的血腥味儿吸引了它。那狗虽然走得很慢，但也就在三四步间就到了鲁盛孝面前。

这时第二只狗也开始动作，依然是围住鲁盛孝的一只，它与第一只中间隔着三只狗。这只狗只迈出了一步，就在要迈第二步的时候，第三只狗动了。这次动的是围在鲁一弃周围的一只，与第二只从连贯的圈上数，之间也是隔着三只。这狗的步伐更加艰难，一步迈出，竟然伸脖就呕，吐了一大摊黄绿色的污秽之物，发出阵阵腥臭，脚下一阵乱晃，一个趔趄，差点摔倒。

“嗷唔——”那猞猁又一声怪叫。随着这声叫，第三只瘦犬首先发起攻击。没错，是第三只，那只站都站不稳的狗，四腿一弹，迅捷地腾空跃起，直奔鲁一弃脖颈咬来……

又一只瘦犬发起了攻击，是第一个动的那只，它也一样四腿弹起，直扑鲁盛孝……

到现在为止，只有围住鬼眼三的那群狗一只没动，或许真是他手中的度魂香起了作用。

扑向鲁一弃的狗已经近在咫尺。不能开枪，只有躲避，于是鲁一弃身子一蹲，往左一个小侧步，躲过了这一扑。但是就在他向左侧躲时，左面一只瘦犬对着他的腿就扑过来，但动作不快，并没有垂死一搏的气势。鲁一弃抬腿，踹在狗头上，那狗就地滚了两翻，跑到一边。就在同时，空中又一只狗直奔他的面门飞来……

扑向鲁盛孝的狗很是凶猛，他连躲避都来不及，只好用左手的木箱在身前一挡。那狗撞在木箱上面，可并没有被撞落在地，而是后腿在木箱上一个借力，斜方向地凌空跃起，弹跳到一个更高的位置，然后用更为凶狠的力道猛扑向另一边的鲁一弃……

鬼眼三也出手了，因为鲁一弃躲过的第一只狗稍一落地，就转换对象向他扑来。他没做任何考虑，手中雨金刚对着那狗用力一推，那狗被撞出好远，重重地摔落在地上。但那狗却一个翻滚重又站起，迅速地补到鲁盛孝周围已扑出狗的空缺上。

现在最危险的是鲁一弃，他已经解决了两只狗的攻击，但从空中猛扑下来的那只，他无论如何都躲不过，只有本能地抬起左胳膊，挡住面门。那狗一口就咬住胳膊，所幸的是，只咬住棉袄袖子，没咬到皮肉，但它依旧不松口，一时就吊挂在鲁一弃的手臂上面。鲁一弃用力一甩，棉袄被撕扯下一大块，那狗叼着一大块破布和棉花，掉落在围住鬼眼三的那群狗的圈外，嘴中“咔咔”地吞嚼不停。

扑向鲁盛孝的第二只狗被他用右手的弯柄新月斧一个横拍，飞出圈外，但那狗一落地马上就又两三步冲刺，纵身扑向鲁一弃。鲁一弃刚甩掉手臂上的那只，手才收回，狗又到了，他根本来不及躲避，只能把刚收回的手往前一伸，是想推开那张恶心的狗脸，他心中带些绝望地叫道：不要！

他忘了，他的手中还有东西，还有一只鬼眼三给他的千年火纹暖玉盒。那狗没咬到他的手，只是咬住了那只玉盒。鲁一弃把手猛往回拽，狗摇着脑袋死命拉扯……

围住鲁一弃的狗要比围住鲁盛孝的那些狗动作慢，但它们还是在动。又一只狗在一阵晃悠后，到达了可攻击的位置，它不算很快，但它依然龇牙弓背扑了上来……

鲁一弃的右手有枪，现在唯一的办法就是给扑上来的疯狗来一枪。但狗只要一死，三更寒虫就会破脑而出，他们就要面临更可怕的攻击。何况这种时刻，别说是狗，就算有只老虎扑过来，他都不一定能看到。所以，对那只扑过来的狗，他没做任何反应……

玉盒子被拽拉成了两半，鲁一弃的手好不容易才从狗嘴里拽出来，终于脱出了。

玉盒没有坏，而是它的盖子被扯落了。就在盒盖脱开的一瞬间，一股腥黑之气从盒中喷涌而出。与此同时，盒中滚落出一物——尸犬石，一颗远古狗王的心，一块聚集无数冤魂哀怨的石头。

那股腥黑之气只有鲁一弃能感觉到，不，那群狗也能，甚至比鲁一弃的感觉更加强烈。

“呜哦——”扑向鲁一弃的那只狗跃出一半就自己强行扭身摔落地上，哀嚎一声远远退开。

“呜呜——”围住鲁一弃的狗群边惨嚎着边往后退缩，狗群围的圈子渐渐变大了。刚刚还疯狂凶猛的瘈犬都变得畏首畏尾，在那里欲走还休地打着转儿。

狗群失去了主张，一边是自己祖先不可抗拒的邪恶心魂，一边是三更寒怪虫在脑中的驱使，还有散乱了阵法后的恶毒折磨。但它们毕竟不是一般的狗，虽然离得很远，也再不会有一点对鲁一弃攻击的企图，却并未离去，它们依旧站在原位。

鲁一弃把枪夹在左腋下，蹲下来，先把玉盒盖捡起盖好，然后把尸犬石自如地抓在手中，那弥漫的尸气他已经完全能适应。

围住鬼眼三的那群狗有一丝的骚动，但它们依旧呆滞缓慢，只是把圈子稍微移动了一下，以便离尸犬石远点。圈子外面正吞嚼鲁一弃衣袖的那只狗，却是尖嚎一声，远远跑开。围住鲁盛孝的狗反应也很大，它们都快速动起来。当然不是逃散开，而是一起发力逼迫，把鲁盛孝逼向垂花门。那个方位离尸犬石较远，这是聪明的躲避。但它们边攻击边移位的做法，使得整个阵法的节奏变慢了。

现在最危险的变成了鲁盛孝，他左挡右躲，被攻得手忙脚乱。

其实天罡阵三十六罡齐动，一圈套一圈，一波叠一波，不用三四个回合，鲁一弃他们三人就会遍体鳞伤。但是今天围鬼眼三的第三圈没有动，所以整个阵法没有运转起来。现在围住鲁一弃的圈子也停住了，就剩鲁盛孝那里一个，所以攻势弱了许多，更没有增加攻击力的可能。

鲁一弃把玉盒放在衣服兜里，然后左手拿尸犬石，右手持枪，向大伯那边迈了一步。他的想法是尽快向大伯靠拢，然后三人聚在一起，利用尸犬石逃出这道坎面儿。

鲁一弃才迈出一小步，鲁盛孝那边已经出现了变故。随着垂花门后梁脊上传来的两声怪叫，那两只猞猁发动了攻击。日月巡天罡，本来应该日月交错，一个负责断路，一个负责偷袭，但是现在天罡未运转，而且它们眼中左突右闯的目标就只有一个，所以变日月交错为日月同辉了。两只猞猁一同扑下，像掠低扑食的鹰一般扑向鲁盛孝。

鲁盛孝已经腾不出手来应付这空中的攻击了。

鲁一弃看到了大伯的处境，所以他开枪了。他知道狗不能杀，但这猞猁体内未带寒虫，是可以杀的。何况目前的情况如此紧急，就算是那些疯狗，他也会毫不犹豫地开枪。他已经顾不上什么三更寒了，现在救人要紧。

虽然猞猁的动作犹如闪电一般，但在鲁一弃的感觉中却是很慢很慢的。虽然猞猁离着鲁一弃还有那么几步距离，但在鲁一弃感觉中，就像近在他手边一样。枪响了，那四颗子弹命中两只猞猁的头盖和脊椎。子弹落处，大片的绒毛散飞在空中。

两只猞猁却没有停止下扑，只是子弹的冲撞力缩短了它们原本打算扑出的距离。一只猞猁的左爪抓破了鲁盛孝肩部的棉袍，爪尖入肉，鲜血染红了肩上绽破开来的棉花。另一只猞猁双爪都抓中，但只划破了棉袍的后襟，未伤到皮肉。

猞猁落地，发出声怪叫，如两道黑色闪电一下子重又蹿上垂花门，躲在梁脊后面，怪叫连连。声音里有愤怒也有恐惧，听得出来，刚才的子弹打得它们很疼。

很疼，只是很疼，却没伤到它们。

鲁一弃的感觉是随子弹一起飞出的，他感觉子弹撞击到猞猁的身体，然后擦着身体飞走，也就是说，子弹只碰掉猞猁的一点皮毛。

如果不是亲眼见到，鲁一弃很难相信，传说中的铜头铁背猞猁竟然确有此物，而且活生生的两只就在他面前。他知道，现在动作必须要快，因为疼痛感一过，那猞猁就会发起更为凶狠狡猾的攻击。于是他快走两步，根本不顾脚下的瘈犬，直往大伯那边靠去。

幸亏在尸犬石的作用下，瘈犬就像是受惊的羊群，分散逃开。

鲁盛孝也看出鲁一弃的意图，他也准备往鲁一弃这边靠过来。现在围住他的那个狗圈子，靠近鲁一弃这边的那些狗也开始躲散了，只有靠近垂花门那边的狗还在纠缠不休，不让他有喘息的机会。

“呜——”“嗷——”两只猞猁竟然在眨眼间就恢复了凶猛，又一次扑将下来。这次的速度更加敏捷，气势更加凶悍。

必须阻挡它们，否则鲁盛孝必然被一击毙命。

鲁一弃又开枪了，但枪膛里只剩两颗子弹，他知道打不死它们，所以他要尽量阻止它们。两颗弹头一前一后飞出枪管，按鲁一弃的意图深深嵌入那猞猁的左眼，猞猁在空中一个蜷身翻滚，沉沉地摔在地上，然后满地乱滚……

另一只猞猁用几乎完美的攻击姿势扑向鲁盛孝，鲁盛孝边躲过地上瘐犬的攻击，边甩出了右手中的弯柄新月斧。那猞猁见迎面飞来这样一面圆形寒芒，倒也知趣地一扭身体，斜向落下，躲过斧子。

地上滚动的猞猁竟然还是没死，它没再上梁脊，一个蹿身，怪叫着逃到垂花门外面去了。而那落下地的猞猁还是闪电般地再次纵上垂花门的后梁脊。

飞出的斧头在空中划道弧线重新飞回，就在它要回到鲁盛孝的手中时，意外，终于还是出现了意外！

只见血光迸溅，肚破肠断……

虫破体

鲁盛孝甩出的弯月斧就犹如弧形镖一般，在空中转了个大弧线又重新飞回。可就在斧子离他已经不远，快回到手中的刹那间，又一只瘦犬弹跃而起，向他扑来。

这狗的攻击迅猛如电，鲁盛孝经过这番缠斗业已头昏眼花、力不从心。但这次他根本不用躲，也不用挡，那斧子旋转飞回，“咔嚓”一声，正好把那只瘦犬横劈成两半。斧子飞旋的余劲尽消，掉落在地。鲁盛孝伸出的手抓了个空，倒是一腔紫黑温热的狗血喷溅得他满脸满身。

鲁盛孝空着的手僵直地伸在那里，没缩回来。他呆住了，盯住地上还在抽搐颤动的两截狗尸，一动不动，嘴里喃喃道：“死了，狗死了。”

“啊！狗死了！快跑！”鬼眼三喊了这么一句，声音中充满恐惧，还有绝望。但瘦犬围着他，他不知应该怎么动。

虽然鲁一弃拿着尸犬石离鲁盛孝已经很近，虽然围住鲁盛孝的瘦犬已经没有几只，但喷溅出的狗血那暖烘烘的腥气诱惑了它们，刺激了它们，它们不再轮番攻击，而是一齐弓背伸颈向鲁盛孝扑过去。

鲁一弃已经预料到这样的结果，他大叫一声：“接住！”随即扔出了尸犬石。

鲁盛孝本能地一把接住了石头，刚刚跃起的狗全都一个扭身，迅疾地逃开。它们这次逃得很远，逃得很乱，天罡阵彻底散了。

这阵法之所以能散，除了由于它们畏惧尸犬石外，还因为它们见到了一个更恐惧的东西。虽然那东西它们的身体内就有，但正是因为有，它们才了解这东西所带来的痛苦有多么的可怕。

它闪着幽幽的蓝光，在空中飘忽不定，而且在它方圆三尺之内，散发着刺骨的寒气。

三更寒破体了。

三更寒真的很像鬼火，忽明忽暗，忽远忽近，但是它的变化却比鬼火快无数倍。刚刚在鲁盛孝面前出现，一个扑闪，就已经出现在他身后，再一扑闪，已到了鲁一弃面前。那速度快到就连鲁一弃都捕捉不到行动的轨迹。

那虫子又一个扑闪到了鬼眼三面前，鬼眼三吓得差点没尿裤子，他一只手把雨金刚上的烈火符对准那虫子，另一只手拿着度魂香悄悄探到雨金刚外面。那虫子好像并不怕这两样东西，在鬼眼三面前先是一阵乱飞，然后又停留好久未曾离去。吓得鬼眼三口中不停地默念茅山驱邪咒，口齿间不自禁地发抖。

他们三个都知道，就连那群狗也都知道，这虫子是在找宿主，它在选择把谁的脑子作为它新的安乐窝。

那虫子停了好久，又一闪，到了鲁一弃面前，但这一闪，让鲁一弃发现了些不同。

一闪之下又到了鲁盛孝面前，鲁一弃再次发现了不一样。

它在鲁盛孝面前停留的时间并不长，这次它直接扑闪一下又到了鬼眼三面前。

鲁一弃感觉得出，它一遇到腥黑之气就马上退出，看来它也忌讳尸犬石。

那虫子的速度在变慢，一次比一次慢，当然，这样的变化只有鲁一弃才能感觉到。

刚开始，虫子的两次移动真的无从寻迹。但从它在鬼眼三面前长时间停留后，鲁一弃就开始能感觉到它的行动轨迹。所以那虫子与尸犬石的尸气一触就飞开的情景，在鲁一弃的脑中呈现得明明白白。

还有一件事鲁一弃更明白，大伯现在有尸犬石保护，鬼眼三也有两道防御，只有自己什么都没有。于是他缓缓地丢掉了枪，掏出玉盒。他知道这盒子是个宝贝，特别是拿出尸犬石后，没了那浓重尸气的牵制，这盒子霞光闪烁，宝气流溢，吸纳腾伏，真似活的一般生生灵动。鲁一弃心想：既然虫子害怕尸犬石，说不定它也害怕这宝贝。

三更寒虫又在鬼眼三面前待了好一会儿，然后再次飞向鲁一弃，速度比刚才更慢了。

这次，三更寒没再飞走，它选中了鲁一弃。它开始在鲁一弃的头顶飞快盘旋，并且把圈子渐渐缩小。

鲁一弃迅速地连着前冲三步，然后突然折转，一个弯腰甩头，又连冲三步。可根本没任何效果，那虫子就像是长在头上一般，随着鲁一弃身体的移动而改变位置，并且始终保持着一定的轨迹飞快盘旋。

鲁一弃只有用第二招了，他把玉盒打开，一手拿盒子，一手拿盒盖，双手一起在头顶一阵挥舞，千年火纹暖玉盒在挥动下，团叠成两朵暖暖的红云。

可没用，那虫子并不害怕这宝贝，依旧飞旋着，但速度更慢了，似乎在享受玉盒带来的暖意。

鲁一弃害怕了，身上的汗下来了。

鲁盛孝和鬼眼三也很着急，那虫子的飞旋太快，他们根本看不清。他们只看到鲁一弃头顶附近罩着一片寒光，只看到鲁一弃在做一些怪异的动作。他们相信鲁一弃不会无缘无故地做这些动作，他的处境肯定很不妙。

那虫子飞旋的圈子越来越小，离鲁一弃的头顶越来越近，速度越来越慢。鲁一弃脑中灵光一闪！

虫子随时会落下，必须抓紧时间。于是他不再乱动，静静地站着，双手各拿玉盒和盒盖，稍高过头顶，眯起双眼。他能感觉到那虫子在飞旋，他能听到它飞旋时翅膀的震动，他甚至能感觉到那虫子的呼吸，那呼出的气彻骨地寒冷。

鲁一弃在急切地寻找，他要找到一个位置，一个速度，一个时机，那位置必须是寒虫马上要飞到的位置，那速度是自己伸手的速度，那时机是合拢盒子的时机。

他在预计虫子的动作轨迹，在测量虫子的速度，在计算虫子的飞行距离。于是他脑子里得出一个提前量，可以让他找到一个好位置。

于是他很自然地双手伸出，再合拢，那虫子正好飞旋到此处，就像是自己钻进玉盒一般。

就在鲁一弃合上玉盒盖子时，就在那寒虫幽幽的蓝光被两朵红云遮掩时，他眼角中有一个灰色身影闪过，在垂花门外面，好像还是燕归廊见到的那个似曾相识的背影。但现在不是寻找这背影的时候，他们得赶快聚拢在一起冲出这险地。

他对大伯和鬼眼三点头示意了一下，然后把玉盒放进衣兜。这千年火纹暖玉做成的盒子真是个好宝贝，三更寒在里头，那寒气被封阻，让人觉不出半分寒冷。

鲁一弃想帮大伯看看肩部的伤口，鲁盛孝摇了摇头没让看，也没让包扎。鲁一弃没问为什么，看他肩部已不在流血了，也就没有坚持。

企图围过来的瘦犬因为鲁盛孝手中持着尸犬石，便又散开，却并未离去，在身后五六步处紧跟。梁上的猞猁一个纵身跃下，跟在狗群后面，被打瞎一只眼的那只也从垂花门外转出，口中“咕咕”作声地跟在最后。

围住鬼眼三的瘦犬动作依旧缓慢，鲁盛孝和鲁一弃拿着尸犬石走到了跟前，它们才艰难地挪动步子移到一边。到现在，鬼眼三终于稳住了心神，也有些明白了，应该是自己手中的度魂香对那些瘦犬有作用，所以他周围的瘦犬一个都没攻击。鲁一弃离他近些，度魂香多少也能起到一点作用，所以他周围的瘦犬攻击有些迟缓，并不十分迅猛。鲁盛孝离得最远，他周围的瘦犬不受影响，动作就最快，也最凶悍。

其实鬼眼三没有彻底弄清楚，真正起作用的不是度魂香，而是度魂香中包裹着的大觉寺千佛香。这千佛香的功效是敬佛、祛晦、定心、驱虫。那香中含有一定的麻醉成分，对各种昆虫特别有效，其次是些小动物，用在人身上则可以静心去烦。正是因为这千佛香，那三更寒才越飞越慢，那瘦犬才会呆滞不动，狗脑中的寒虫也才会久久蛰伏不起。

三个人又聚拢了，不约而同地向正房移动。

这时变成了鲁盛孝手持尸犬石在前面开路，他真是提着心在走。不但心中在忧虑前面会不会还有其他厉害的活坎子，同时还要注意脚下和周围有没有死坎子。鲁一弃在中间提枪戒备，鬼眼三拿着雨金刚断后，他是倒退着走的，他已经知道度魂香有用了，所以边走边轻轻吹手中的香头，使它燃烧出更多的烟雾，以驱散后面的狗群。

距离坐北朝南的正房已经很近了，这时鲁一弃才看清，靠近正房的四棵树是桑树。

第四章　遭遇巧夺天工的机械尸偶

宋人柳修《弄鬼轩笔录》中曾提到过，这是“尸偶”，可谁都没见过。这尸偶是借用百年毒浸僵尸的上半身，再加上轮柱机括来移动。其实那僵尸是“死”僵尸，用剧毒浸泡百年以上，无法尸变……

螟蛉子

风水学上房子周边的花木布置是很有讲究的，第一就忌讳房前种桑，房后种柳。房前种桑，则家门多丧破；房后种柳，则室中多妖晦。而此房前面竟连种四棵桑树，布置如此不合常理，肯定有原因。

鲁一弃示意大伯看那桑树。鲁盛孝也觉得十分诧异，他造过许多宅子，也见过无数的宅子，但这房前不种桑、屋后不种柳的习俗到哪里都一样，根本就是个常识。对家不是呆子，而是比自己更有见识的高手。他们在正房之前布置四棵桑树，只可能有一个原因，这些桑树是一道坎面儿，至少也应该是坎子的扣儿或者弦儿。

他们向其中一棵桑树靠过去。既然他们布下了这道坎，就不可能躲过去，只能解或者破，所以必须先看个清楚。

冬天的桑树差不多都是光溜溜的，这里的也一样，枝上就十几张大片残叶悬在那里，在小北风的吹拂下直打旋儿。

不对！桑树叶怎么会打旋儿？

那些好像不是桑树叶，桑树叶也没这么大。再仔细看，那东西是椭圆形、鼓鼓的，像个果子。

桑树上的果子，那只会是桑葚儿。

鲁一弃走得更近了，他看清楚了，那真是桑葚儿。他小时在天鉴山就常摘桑葚儿吃，那小小的酸甜桑葚儿一颗颗吃总让他觉得不过瘾，所以每次都是一大把一起吞进口中大嚼。那时他老是想，要是有个头儿特大的桑葚儿就好了。

可他从来就没敢想象过有这么大的桑葚儿，就像是小西瓜一样大。而且这巨大的桑葚儿不用你摘，它会自己跳下树，飞到你面前。

真的，那树上的桑葚儿突然间都伸出了一对肉翅，从枝头往下一落，直奔他们三个飞过来。三个人离桑树很近，那桑葚儿又飞得很快，最重要的是它们飞得无声无息。它们到底要干什么？

鲁一弃从见到这巨大的桑葚儿开始，就感觉极不舒服，和前几次遇到危机前很是相似。所以当那些桑葚儿刚刚伸翅落下飞行，他就毫不犹豫地举枪射击，一下子就把枪里的子弹尽数打光。六发子弹，打落了八颗桑葚儿，其中有两发是一弹双击，就像穿葫芦串。

但剩下的几颗桑葚儿并未逃避。它们不是鸟，它们只是桑葚儿，枪声和同类的惨状是不会吓走他们的。

它们的飞行很直、很快，但由于体型较大，并不灵活，转弯似乎很困难。所以，如果不想吃桑葚儿的话，要躲避它们还是比较容易的。

鲁盛孝身子一侧一低，躲了过去。就算他不躲，那些桑葚儿也会躲着他手中的尸犬石。明显可以看出来，它们一旦进入了尸气弥漫的范围，就极力在斜向飞开。

鲁一弃动作最灵活，他一个前扑，整个身体匍匐在地，这是洋学堂里体育课上学到的动作。那些桑葚儿只能高过他身体一大截飞过。

鬼眼三背向着桑树，没看到飞行的桑葚儿。他听到了鲁一弃的枪声，他对鲁一弃太有信心了，觉得没必要回头看；而那些桑葚的飞行又无声无息。没看到，也没听到，那就只剩下身体的接触了。接触的感觉是刺痛的，就在后脖颈上。

一颗桑葚儿在鬼眼三后脖颈上一停就又飞走，飞回桑树。其他袭击落空的桑葚儿飞行了一个大圈也回到树上。

鬼眼三知道自己落扣了，他的脸色一下子由苍白变成死灰。他还不知道落了什么扣子，所以他用应付被毒蛇咬后的办法，全身放松，一动不动。然后很慢很慢地转过头示意那两个人来救他。

此刻奇怪的是，尾随的那些瘦犬也都停住不动了，而且一起伸长脖子，“嗷喔——嗷喔——”地叫起来。有人说这种叫声是在哭，而狗一般只有见到鬼才会哭。

在鬼眼三听来，那是一首丧歌，一首召唤他灵魂进入地狱的丧歌。

随着那哭诉般的叫声，四棵桑树上的巨大桑葚全都伸出了翅膀，齐刷刷落下了枝头，犹如盛夏的雷雨，向他们三个泼洒而来。

“啊！”刚从地上爬起的鲁一弃见此情形也不由得发出一声惊呼，他已经无法躲避……

一直没发出声响的鬼眼三扔掉度魂香，狂舞着雨金刚直扑过来。

鬼眼三是很慢很慢地回头，却正好看到那些桑葚泼洒过来。他必须动，不管自己是落了什么扣子。动，可能会死得很快；不动，那群怪物过来，肯定会死得更快。而且他知道，如果自己必须死，也要尽量给鲁一弃争取机会。

雨金刚不止能护身和防暗青子，它同样是攻击性很强的武器，不，应该说是一件攻守兼备的武器。那伞是钢架钢面，伞面边缘锋利如刀，八楞伞骨利如矛尖，伞头伞柄可当铁锤。

“啊！——”鬼眼三的狂吼一直未停，拖出的尾音有些破。在这吼声中，雨金刚在旋转，在推撞，在挥舞。他先是用伞面撞击，使那些桑葚停住，然后旋转、挥舞伞面，用锋利的伞面边缘砍杀，用伞骨扎刺。那伞化作一团旋风，当真是水泼不进。桑葚纷纷落下，却又前赴后继地扑上。

鲁一弃借这工夫又把枪膛填满，见有几只避过鬼眼三的攻杀范围飞向自己或者飞回的，便立刻开枪击落。

那几十颗桑葚都落在地上，鬼眼三却还在挥舞砍杀。这是在拼命，他和那些瘦犬一样，把自己的这一击当作了垂死的一搏。

终于，伞面重重地砍在地上，一根伞骨的尖头深深地钉入地面的青砖。鬼眼三不断地喘着粗气，右手却依旧紧抓住伞柄，一身傲骨，昂首挺立，如电般的眼光扫视空中。

一朵晶莹的小雪花飘落在他的鼻尖。

啊，下雪了。

他是一只眼，可以非常清晰地看到鼻尖上那雪花的玲珑剔透。又一片晶莹的东西飘下，不过没落在鼻尖，但那一只眼也非常清晰地看到，这次落下的不是雪，而是一片破碎的翅膀，就像蝉翼。

瘦犬群在朝天嚎叫，不知道是在为死去的怪物号哭，还是在对飘落的雪花叫嚣。

“这应该是蜾蠃，特殊品种的蜾蠃。难怪门前要种桑树，原来是为了聚拢这虫子。”鲁一弃用枪管拨弄了一下地上的巨大桑葚，看清了它们的所有特征，“《诗经·小雅》里曾经就有提到‘螟蛉有子，蜾蠃负之’。蜾蠃是一种寄生昆虫，它捕捉螟蛉虫放在窝里，然后把卵产在螟蛉的身体里，卵孵化后幼虫就把那螟蛉当食物。古人以为蜾蠃不产子，喂养螟蛉为子。所以有螟蛉义子之说。”

鲁一弃又看了一下地上的蜾蠃，接着说：“这种蜾蠃太大，应该是远古才有的熔壳蜾蠃。远古时，它们喜欢生活在火山口的熔浆硬壳里，那里温度很高，因为它们的幼虫极易吸收寒气并集聚难散，每过一段时间就需要有热物把寒气逼出。我想，三更寒可能就是它们的幼虫，现在没有熔浆硬壳了，所以它们就把卵产在活物身上，等长为成虫后再破体而出。”

这话还没说完，那一身傲骨、昂首挺立的鬼眼三脚下一软，差点没摔倒。

他脖子后面落扣的地方现在已经不痛，也不痒，只是有点胀。他心里在想：别是给那蜾蠃产了卵吧？我成他妈的螟蛉子了。

他越想越害怕："那卵产在我身上，再破壳出幼虫，幼虫再随血流到脑中，吃我的脑、喝我的血，我再为它到处找热血喝，最后我要么被别人打死，要么冻死，要么被虫钻破天灵盖而死。"

他的鼻尖再也落不下雪花了，因为那上面全是温热的汗水。

鬼眼三用手指指后脖颈，另外两人忙过来一看，那里有一块青色的肿包鼓起。

鲁盛孝用手按了按，鬼眼三没什么感觉，又捏住往上提了提，鬼眼三一声惨叫，差点痛得昏过去，身体瘫软，幸亏鲁一弃一把扶住。

鲁盛孝摇了摇头，说："这东西已经死死咬扣住颈椎经脉，硬弄下来，你就算不死，也要全身瘫痪了。"

鬼眼三听完，满面死灰，一屁股坐在了石阶上面。

"真没什么办法了？"鲁一弃问大伯。

鲁盛孝没作声，只是轻轻地摇了下头。

鬼眼三怔怔地盯看着几步之外的瘦犬，此时那些狗腿脚已经有些僵硬，身体瑟瑟发抖，身上的脓疮亮亮的，像结成了冰，酱紫色的身体也起了层白霜，嘴里不时发出阵阵哀嚎。

"我的下场也会是这样？我的下场也会是这样！"鬼眼三在喃喃地自语。猛然间从背袋中抽出一把三棱破壁凿，对自己咽喉直插而下。

鲁一弃已经注意到鬼眼三的神态，所以当他拔出破壁凿的时候就扑了过去，这才在那凿子离喉咙还有几寸的时候把他的手臂抱住。

"不能啊！大侄子，还是有机会的。"鲁盛孝也连忙过来拉住鬼眼三说道，"据我所知，蜾蠃的虫卵一般要到七天后才会孵出来，这七天时间里，我们要是能找到两个人，就还有机会。"

鬼眼三停住了手。

"哪两个人？"不喜欢发问的鲁一弃焦急地问。

“沧州的韦经道和兰州的小刀皮，韦经道百穴倒拔针的颠倒医道也许可以把虫卵拔除，小刀皮一刀九层皮的庖丁剔毫刀法也有把握把这虫卵挑削掉。小刀皮人在兰州，太远，七天不一定能赶到。但是沧州离北平很近，韦经道和我多少还有些交情。今天我们要能冲出去的话，就直奔沧州。”

这话说得鬼眼三唯一的那只眼一阵放光。他想想也是，反正就这号命，自己了结还不如抖擞精神好好闯一把，要是运气好，闯过去了，还有还阳的机会。

刹那间，他整个把自己豁出去了，心中再没什么可顾忌的了。于是他站起身来，掏出酒壶抿口酒，紧了紧裤腰带，提起雨金刚直奔正屋大门闯了进去。

鲁一弃、鲁盛孝紧跟其后，三个人一股风般闯进了正房敞开的门。带入几朵飘扬的小雪花就地盘旋。雪花还未落地，那正房门“咣”的一声已经关上。虽然三个人一愣，但都没动。他们知道，门既然关了，就不那么容易再打开了，这在机关消息中叫封套。现在该做的是继续寻前路，不要在这里浪费时间。

他停了会儿，以适应一下房里的光线。就这当口，鲁一弃还是忍不住退后一步，摸了一下那门。那门很奇怪，就像是整块的板，竟连一点门缝都摸不到。屋里本来就很暗，没一点光。现在那门一关，就更是漆黑一团，看不到一点东西了。

是啊，现在重要的是找到前路，可前路又在哪里呢？

鬼眼三的夜眼好像也失去了作用，他努力了几次，向四周查看，可眼中是一片漆黑，看不到屋里任何东西。

鲁盛孝拿出那盏气死风灯，正准备打开，一个美妙的女子声音悠悠然地响起，三个人不由得同时停住所有动作，侧着耳仔细倾听。

“苦啊……奴家本是富家女，身娇体贵在深闺……”

鬼压身

一阵京剧花旦的唱腔传来，婉转悠扬，余音绕梁。黑暗之中、冬寒之夜，这凄美的唱腔实在令人毛骨悚然。

鲁一弃也在聆听，他在寻找这声音来自何处。不止是他，那两个也在认真找寻。可奇怪的是，他们三个竟然都听不出那声音到底是什么地方传过来的，四面八方都像有声源，像是一群人围住他们，用同样的声音在清唱。

鲁一弃听不出，他也看不见，但他的意识中有个微弱的感觉，似乎有一个白色的婀娜身影围着他们，轻风一样地飘来飘去。

突然，有根冰冷的手指从他右脸颊轻轻抚过。

“啊！”他不由发出一声惊呼，面部肌肉一下子绷得紧紧的，心好像被只手紧紧攥住。

“怎么了？”鲁盛孝关切地问道。

鲁一弃没有回答，只有那花旦京腔依旧在回绕。

鲁一弃的心里很是恐惧，感觉告诉他情况很不妙。被那手指抚过的地方非常的寒冷，和刚才那手指一样寒冷，而且那寒冷还在不断延伸，半边脸颊已经快没知觉了。

“我哦、好哦、像是落哦、扣哦、了哦，感觉有哦、点不哦、对哦。”过了好一会儿，鲁一弃才开口回答，由于半边脸已经寒冷得麻木，他的语气含糊不清。他必须赶紧说，再不说，可能一会儿就什么都说不出了。

鲁盛孝听到鲁一弃说落扣了，急忙点亮气死风灯。

就在火苗跳跃着亮起的一刹那，鲁一弃看到一张脸，一张女人的脸，一张漂亮女人的脸。

那脸离他只有两尺不到，而且还在很快地向他的脸飘移过来，就像是要送来一个亲吻。

那脸是漂亮的，但脸色却是青绿色的，眼珠是白灰色的，两颊上各有一块又圆又红的胭脂印。虽然在温情地微笑，但那笑容却像是刻在脸上的。

鲁一弃想躲开已经来不及了。那张脸来得很快，而自己的脸已经麻木，运转躲避也受到影响了。就在两只鼻子就要碰在一起的瞬间，那脸一个直角转折向旁边飘开，隐入黑暗之中。

其实所有这一切只是个瞬间，也就在灯苗的一个扑闪中。

紧接着，京腔的音调抬高了一个音阶，更加刺耳。

鲁盛孝和鬼眼三显然没见到那女人的脸，他们关心的只是鲁一弃脸上的深黑色指印。那黑色正从这指印扩展开来，四散蔓延出的黑线像蛛网渐渐布满鲁一弃的大半张脸，他的整个脑袋都笼罩在一层黑气之中。

气死风灯的灯苗还未完全亮起，就跳跃几下又熄灭了。鲁盛孝再一次点燃灯芯，但依旧闪动了几下又熄灭了。

鲁一弃已经说不出话了，那寒冷感已经布满他的整张脸。而大伯和鬼眼三还在说一些他很难理解的话。

“老三，音无处可寻，灯无风自灭，看出是什么坎了吗？”

“知道。”

“那你先瞧瞧一弃落的什么扣。”

“他被落了毒扣了。”

“严重吗？！能解吗？！”话语中可以听出鲁盛孝的焦急。

“严重，能解。”

于是鲁一弃又感觉有只手在摸他，虽然他的脸已经麻木，但还是让他一惊，连忙抓住那手的手腕。

“大少，别动，我给你解扣呢。”他听出，那是鬼眼三的声音。

鬼眼三的手在指印处抚摸，随着这抚摸，他的感觉在逐渐清晰。那手上滑溜溜好像有些什么油脂，温乎乎的，很舒服。他能感觉到鬼眼三粗糙的手指了，他的脸不再寒冷，而是开始温暖，越来越暖，越来越暖，开始发烫了。

鲁一弃“哼”了一声。

“烫吗？正常，忍一会儿。”鬼眼三道。

真太烫了，像是火在烧。鲁一弃感觉脸上的汗都被烫出来了。可是汗一出，马上就觉得没那么烫了，汗再出，就越发凉爽了。

那京腔的声调忽然又低矮下来，好像那唱念的女子在飘远。

终于，鲁一弃觉得右脸颊除了黏糊糊的，也没别的异样了。

“怎么样？”鬼眼三在问。

“我看到一个女人的脸，那脸差点撞到我。”鲁一弃有些答非所问，因为他觉得这件事很重要，必须让他们知道。

从鲁一弃流利的答话中，大伯和鬼眼三知道他没问题了。

“终于见到对家的人了，”鲁一弃一直感到憋屈，拼死拼活了这么长时间，连对家一个人都没见到，所以一直憋着股劲，想找个对手面对面好好干一场。“可没想到，对家竟然出来个女的。”鲁一弃说这话并不是觉得有什么遗憾，反倒是有些泄气，因为他一直都感觉自己对付女人的能力很弱。

“不，那不是对家的人。”鬼眼三答道。

“那她是哪里的？”

“是鬼！”

鬼！这世界上真的有鬼？

鲁一弃怎么都难以相信，虽然在四叔那里见到的古籍残本中也有一些提到这东西，可他从来就没把这当真。洋学堂里教授的知识告诉他，这是不可能的。他总以为那是古人自己臆想的或是刻意编造了来愚弄人、控制人的。而现在他明明白白地见到了，莫不是这世上真有这无法解释的东西？

“真是鬼？那她还会来吗？”

“应该还会回来的，扣子没锁住脱了结，它不会罢休的。”鲁盛孝答道。

“这是鬼坎，比活坎还凶。”鬼眼三告诉鲁一弃。

“三哥，你以前见过吗？”鲁一弃的问话中有许多的怀疑。

“见过，你别怕，我能对付。我们三个背对着坐下。”鬼眼三带头盘腿坐在地上，然后他塞给鲁盛孝一个黄裱纸包。

“这符咒留着护身。”但他却没给鲁一弃符咒。

“大少，刚才那鬼脸没敢撞你的脸，是说明她怕你，你不用怕她。鬼也就是一股气、一个幻象而已。你只要不为所惑，它也拿你没办法。好多人是被自己吓死的。”鬼眼三非常难得地一下说这么多话。

在说话的同时，鬼眼三已经在油磨方砖地上用朱砂画了一道驱魂牌，然后口中念念有词：“东归东，西归西，阳走阳，阴走阴，不入轮回道，阳世无所居，地府界门开，牛头马面驱，各行各道，各归各位，太上老君，急急如律令，敕！”

鲁一弃心想，难怪他平常说话简练，大概是要把话节省了来念咒。

那京腔再次响起，音调也提升得更高，唱腔也变得更加尖厉。

鬼眼三双手一扬，抖燃了两张符咒。这符咒上应该含有磷粉，不然不会一抖就着。

就在咒符燃起的光亮中，鲁一弃又见到了那女人的脸，他能看清楚那灰白的眼睛，那眼睛连瞳孔都没有。

可没想到的是，那两张咒符也是一燃就灭。

鲁一弃想把头往后让一点，这种害怕是人都难免。虽然咒符燃尽他已经看不到那张脸，但问题是他现在已经知道那是一张鬼脸。试想，黑暗中，有一张鬼的脸与你面对面，紧盯着你、紧贴着你，而你不知道她要干什么，你也看不见她在干什么。那会是一种怎样的感觉？这比让你清楚地见到鬼脸更加让人恐惧。

他没能退后，他的脖子僵住了，就像有什么东西死死卡住脖子，固定在那里，而且越来越紧，几乎连气都透不过来。他想站起身来躲避，可是不行，肩背和头顶仿佛有什么巨大的重物压住，他连腰挺直都甭想。而接下来不止是脖子，全身上下都感觉被勒得死死的，一点都无法动弹，就连稍稍转头都不行。就像是被关在一个四四方方的铁盒中，而这铁盒还在不断地收紧、压迫。

全身承受的压力，让他眼花、头胀、胸闷、呼吸困难。他已经可以听到自己血流的声音，轰轰的，像是一条大河在奔腾。

他想喊叫，开口“啊”了两声，不知是因为自己的声音太低，还是那京腔的声音太高，大伯和鬼眼三谁都没有注意到。

他的思维开始恍惚了，恍惚中他竟又见到鬼脸了，那脸在微笑，一直在微笑，那笑纹没有一丝的变化。和刚才有所不同的是，那整张面庞像是在晃动，准确地说，应该是波动。就像一盆水，而且盆里的水波正上下起伏着。

呼吸越来越艰难了，怎么办？只有自己救自己。

那脸离得很近，鲁一弃要想自救，首先就要克服恐惧。

于是他睁大眼，紧紧盯住那灰白的眼睛。然后他开始微笑，努力地微笑。他把那张脸当作镜子，自怜自爱般地在微笑。他要尽力让那脸知道，你不可怕，你就是张脸，还算漂亮的脸。

他不再向后避让，而是放松了脖子。这反而让他觉得颈部的压力稍减。哦，这样有用，既然有用，那我何不再这样……

于是他不再退避，他把自己的脸向那鬼靠近，由于身体处在压力的旋涡之中，所以靠近的速度很慢，几乎是一毫米一毫米地在移动。

他就要碰到了，那鬼脸稍稍向后挪了一点，就像羞涩的少女在躲避初次的亲吻，欲退还休。

他猛然将自己稍微有点松动的脖子向前探去，同时张开嘴巴，一口咬向那鬼脸的鼻子。那鬼脸急退，一下子滑开有两尺多。

鲁一弃见鬼退开，感到全身一松，于是他想都没想，一双手就想探向鬼脸，他要卡住鬼的脖子。但他太慢了，那鬼脸一退就又重新飘移回来，又回到离鲁一弃的脸一寸不到的地方。

压力的旋涡重新包裹住他。他的手没能伸出来，甚至还没来得及抬一抬，就又被重新封挡住。本该伸手的力量全部被改变了方向，两手紧贴身体向下按去。

他身体上的压力更重了，他听到自己骨骼在“咯咯”作响。但他的心境很平和，他的表情很平静。那向下按的手正好按住了一样东西，那是他的粗布包。那包里有手枪，但对付鬼没用；有手雷，对付鬼也没用。不过包里还有块石头，一块说不定有用的石头——波斯萤光石。

他知道自己的身体必须撑住，必须想办法掏出萤光石。可现在手根本无法抬起，更无法伸进粗布包中。他的手只能贴着布包，随着身体的下压，慢慢往下滑。

隔着布包的粗布，他拿捏着那萤光石。虽然握住的可能就是自己的命，但是毕竟隔着一块布，这并不太厚的一块布竟然成了生死间的一条鸿沟。

他感觉到自己的颈椎像是要断裂，他在奇怪那两个人怎么不来帮自己一下。这里虽然黑暗，伸手不见五指，可就算大伯看不见，鬼眼三也应该看得见啊。

他的手无奈地在继续下滑，布包里的萤光石就像他的救命稻草，被他紧抓不放，并隔着粗布包，和他的手一起往下滑。

一道光芒从鲁一弃的手中挤出，虽然那光芒的亮度并不高，但在这漆黑一片的房子中那就好比一道闪电，一道长久不灭的闪电。

那鬼的脸在这光芒的照射下，像一湾涟漪般散去。那尖厉的京腔戛然而止，只留下一阵嗡嗡的余音在房中飘荡。

鲁一弃全身一松，他一跃而起，高举那朵光芒，就如一个持掌天灯的神人般，把这满屋的黑暗照亮。

鲁盛孝和鬼眼三也相继站起，他们有些茫然地看着意气风发的鲁一弃，不知他这满脸的兴奋和喜悦从何而来。

“你们没事吧？”鲁一弃见到他们两个茫然的目光，有些奇怪。

“你没事吧？”那两人也奇怪地问鲁一弃。

“有事，我又见鬼了！”鲁一弃前前后后详细说了一遍。

鲁盛孝和鬼眼三的脸色变得凝重了。其实刚才鲁一弃的一番争斗和脱出，只是片刻之间。他们只是为咒符点不着的事商量了两句，而鲁一弃已经在生死门里走了个来回。

“那是鬼压身，鬼气缠裹把你置身于阴阳两界之间，所以我和老三都没能察觉。而且据说阴阳界时辰长短难定，所以你也许感觉时间很长，而我们才是两句话的辰光。”原来鲁盛孝对鬼道之事也很了解，这一点鲁一弃从来都不知道，因为他见过的那些典集珍藏上对这些极少提到，而大伯也从未和自己有过这类交流。也许是大伯年轻时的积累或修道所得。

“没想到对家这方面技艺也大大长进了，就大少刚才说的反咬鬼脸，逼退那鬼，要是以往鬼退就不会再缠，可现在，那鬼竟然能进退有序、攻避有法。看来对家不单单是书上提到的会驱鬼、借鬼了，他们可能还在养鬼、驯鬼、用鬼。我比他们差远了。”鬼眼三只要说到鬼，话就特别多，而且从语气里还可以听出他没有因为比不过人家而懊恼沮丧，反倒充满了兴奋和倾慕。

“不要说你，对家的祖师爷虽然是世上论鬼第一人，但要是让他见到如今这些手段，恐怕也要自叹不如了。”

听了大伯这句话，鲁一弃倒吸一口凉气：“论鬼第一人？他们的祖师爷难不成会是他？”他没往下继续说，只是用眼睛看了看大伯和鬼眼三，那两人坚定地点了点头。

鲁一弃已经不止一次意识到对手的可怕，而现在，单单说害怕还不够，他心中还多出一份敬畏和崇拜。因为那位祖师爷他知道，乃是与鲁家祖先鲁班同时代的墨子，两千多年前就在科学、哲学、军事还有玄学各方面都有非凡成就，那也是一位圣人啊！

他慢慢放下高举萤光石的手，很服气地告诉自己，一路闯进来，能硬挨着到这里，有八分是运气。

就说手中的萤光石，要不是在大门口隔着布包两枪毙蛇，在粗布面上留下一个窟窿，怎么都不可能滑进自己手中的。否则，自己可不是狂妄无知地在这里高举萤光石，而是要随着那鬼脸在阴界游荡了。

鲁一弃现在最想做的事是回头，回去继续帮四叔倒腾古玩。不是因为他惧怕鬼魂的恐怖和力量，而是因为他知道，对家既然是那位圣人的后代，那么这鬼魂就肯定不会像懵懂世人口中所传那么无聊。

少年的豪情壮志化作了一股郁闷之气。他的脑海中不断在提问：我们的对手怎么会是墨家？那么贤良博爱的一位圣人，我怎么会跟他的后人在搏命拼技？我们的目的到底是什么？对了，自己鲁家，且不管是否正脉嫡传，怎么都该算是鲁班后代。难道是因为两千多年前在楚国，鲁班与墨子九攻九拒[1]结下的冤仇吗？就算是，两千多年过去了，两家的后代总不至于如此记仇吧。

“大伯，要不就先回去吧？”过了好一会儿，鲁一弃喃喃道。

鲁盛孝这时正皱紧眉头，不知道是在为什么事情痛苦着，听到鲁一弃的话，他的眼中闪过一道狠狠的光。他咬着牙，极力克制着面部的抽搐，一字一句说道：“回不了头了，今夜你要进不了家门，你这辈子就甭想……再来了，有些东西……你到死……都不可能知道。这是唯一一次机会，你要信大伯，信你三哥，更应该信……为我们……舍弃性命的夏叔。你得去，你真的得去！绝不能回头!”

“只是……好吧。你要觉得有必要，那就去吧。”鲁一弃答应得有点勉强。

“唉……”鲁盛孝长长舒了口气，恢复到以往的状态，“急切间也说不清，而且有些事还未到让你明白的时候。进得祖屋后但愿你能找到线索，悟出些什么。到那时，说不定你会比我更清楚。”

鬼眼三没理会他们，他借助着萤光石那淡淡的幽光仔细看了一下鲁一弃。他明白了为什么鬼脸刚开始不敢撞鲁一弃，原来盲爷在帮他血破南徐水银画的蒙目障时，在他印堂上用血舔画了个“太公符”，所以刚才他护身的咒符只给了鲁盛孝却没有给鲁一弃。但是那“太公符”已经被他头上流淌的汗水弄糊成一个红团，这才会被鬼压身。

接着他又查看室内的情形。他明白自己为什么会看不到房中的东西。那是因为这房中没一样东西，而且所有的墙壁、梁柱、椽棚都被漆成黑色。

更奇怪的是这正房开间不是方方正正的，它的西北角是一个向内的弧形，少掉了半面西墙和大半面北墙。没有东墙，顺着这弧形，东面

1 鲁班与墨子论战，鲁班以九种武器装置攻城九次，墨子以九种方法守城九次。

是一个弯曲朝后的通道，不知会通向哪里。这间房子也没有西门，就是说从正厅走不到西房；东面虽然有通道，但也不知道能否到达东房。这样的房子已经很难从建筑学上来解释了。从风水学上来说，这叫不遵五行之矩，不聚天地之气；阳明溜边角，阴晦踞正堂。看来真是个适合藏鬼、居鬼、养鬼的场所。

“走吧，早到家也好。”鲁一弃迈腿就走入东边的黑暗过道。对于这般的莽撞，鲁盛孝和鬼眼三都没来得及出声拦阻。但情况并不是很糟，鲁一弃最多只迈进去两步，又退了回来，因为他不知道怎么走。

在过道里可以见到两扇门，两扇一模一样的门，该走哪扇门，他们三个谁都不知道。这门可不能乱进：门中有坎儿那是正路，你破坎解扣走哪算哪；门中无坎那就是无路，无路就是死路，进去就很难生还了。

“苦啊……”那京腔叫板又悠扬响起，在三人耳边回绕。

叫板声的余音未了，唱段还未响起，“咣当”一声响，南墙上突然开启了一扇窗户。

按道理，南窗可以看到院中情景。他们进屋时，院中已开始飘落小雪，而现在他们见到的是漫天大雪，只是见不到院中其他东西。这让人有些意外，才进来一会儿，雪就下得这么大了。亦或许，此院非彼院，此雪非彼雪。

一个婀娜的白衣女子在风雪中轻唱曼舞。虽然只能看到她的背影，但那一头青丝和俏丽身段告诉他们，那女人很美丽。

雪很大，在女子的宽大衣袖挥舞下，扑扑洒洒地飘入屋中。

寒窗雪

美丽的女子，洁白的大雪；婀娜的舞姿，婉转的唱腔。一幅诗般的画面，鲁一弃的心仿佛融入这画面之中，他仿佛也成为一朵随着衣袖飞舞的雪花。

有了融入，才有体会。有了体会，才有感觉。于是，感觉告诉他，很恶心，很眩晕，很可怕。

“退，别碰那雪！”鬼眼三低吼一声，撑开雨金刚护住三人。他的吼声中有恐惧和愤怒，其余两人不由得随着鬼眼三的脚步急促地退让。

那雪花舞卷成一团，紧追其后，向三人泼洒过来。风很急，那雪花过来得也很急。光退是没用的，身背后就是弧形墙壁，已经无路可退了。只有往过道里走，可是到底应该走哪道门呢？

鬼眼三把手中雨金刚机括一扭，伞面分成八块叶片一顺侧转三十度，就像是磨房里吹谷壳的转扇叶面。鬼眼三左手握伞杆，右手转动伞把。那伞真就如转扇一般，鼓起一阵风，把那飞舞的雪花向窗外吹去。

京腔的声调骤然变高，女子婉转的唱音变得尖厉无比，就如刺耳的针芒。那窗外舞蹈的动作也有些加快，但还是舒展挥舞得很优雅。所不同的是又有两股劲风吹入，把鬼眼三吹回的雪花翻转成左右两个旋涡，然后让过鬼眼三手中伞面吹来的风头，从两侧包绕过来。

鬼眼三变得有些手忙脚乱了，他把伞转向左面，稍稍吹退那些雪花，又忙转向右边；脚下也一点点地往后退却。一把雨金刚很难抵挡住两面夹攻，所以他们真的到了必须退入通道的时候。

“走这边。这里应该是活路。”鲁盛孝果断地说，他在这门口感觉到强烈的过堂风。这门里的路能通到屋外，应该是从这里通行。

“还是走这边吧，前面几道坎的扣子都是顺我们思路下的。对家把我们的每一步都算计好了，我们应该反其道而行。”鲁一弃很坚决。他没等任何人发表意见，义无反顾地率先走入门内，这次他倒是真的将自己当作探路石。

鲁盛孝跟进来，他走得很快，他要走在鲁一弃的前面。因为鬼坎不同于活坎，突如其来的袭击是针对离得最近的和最有把握袭中的人。

鬼眼三也跟了进来，他依旧拿着雨金刚守在门边。这位置离窗户远了，风也没那么急了。雪花过来要通过不是太宽的门，在这样的窄面口，防守就容易多了。

门内没什么异常，只是依旧黑暗。幸亏波斯萤光石的亮度足够看清脚下的道路，那道路是逐渐变窄的，虽然不很明显，但鲁一弃还是一眼看出来了。相比之下，是刚进门的地方最宽。

鲁一弃停下了脚步。是因为鲁盛孝这时已经抢到鲁一弃的前面，而且他突然间停了下来，这让紧跟其后的鲁一弃也不得不停下来。

鲁盛孝微弯着腰，口鼻中呼呼有声，牙齿也咯咯直响，就像是在打摆子。

“你怎么了？！大伯！你怎么了？！”鲁一弃问道。

鲁盛孝微微回了下头，鲁一弃看到的是一张发青发绿的脸，两眼中也蒙着层灰绿色，脸上挂满黄豆大的汗珠。

鲁一弃吓一跳，刚才自己要求退回去时，大伯也是这么一番痛苦的表情，可没这样厉害。他是不是也中了什么毒？

他回头想叫鬼眼三看一看，就在回头的瞬间，他见到一个灰色背影从门前闪过，又是那个背影！他不由一愣，这个身影好像一直都跟在他们身后，他想干什么？

“看，我大伯……”鲁一弃现在最重要的事是要鬼眼三看一下鲁盛孝。可在他说话并转头看大伯时，鲁盛孝已经恢复了原来的状态，除了额头还残留些汗水，其他的迹象全都消失了。

鲁一弃怔怔地看着大伯，他又愣住了，不是因为鲁盛孝恢复了原来的状态，而是因为他的眼光跳过大伯的肩部，看到一双眼睛，一双黑暗里的眼睛，一双在燕归廊出现过的眼睛。

背影和眼睛又都出现了，难道真是鬼坎里的幽魂在游荡，还是在不知道的角落里隐藏着什么更可怕的东西？

眼睛眨都没眨就消失了，比在燕归廊消失得还突然。

舞蹈的美丽女子却出现了，她慢慢从门边看不到的地方飘到门里，而且依旧只看得见背影。

雪花也飘进门口，但已经不多，远没了正厅里那股子狂劲，只有衣袖和裙裾边还有少许在盘旋。

京腔的声调唱得更加尖厉，让人不由自主想掩耳朵。

鬼眼三在退，他手中的雨金刚已不再旋转，伞面也恢复了原状。那点零星雪花的威胁，用这样的雨金刚来防御足够了。

鲁一弃纳闷，如此美丽的背影，怎么会让人觉得恶心呢？会不会是那奇怪雪花造成的？但如果那美丽女子的武器就是这飞舞的雪花，那么现在雪花已经快撒完了，她还跟来做什么？

鲁一弃还发现，那女子的舞蹈虽然美丽，但翻来覆去就几个动作，单调得很，而且这几个动作也渐渐走样，越来越怪异和僵硬了。

变了！动作终于变了！那女子一个后滑，如飘忽的影子般闪到鬼眼三的身前，一双白滑的小手从宽袖中伸出来，用极其柔美的姿势伸向鬼眼三，像是怀春的少女想要捧起情人的脸。

鲁一弃大叫一声：“小心！”

他从来没见过一个女子能把双手向后伸得如此优美自然，就像是向前伸一样，真不知道她是怎么把胳膊别转过来的。

鬼眼三应付得很是老到。他用雨金刚挡住那女子，然后往外一推，同时收下伞面，一个翻手，雨金刚画个圆砸向女子的后脑。这下子砸得很重，发出一声闷响。而那女子在这大力一砸之下竟没有丝毫损伤，只是原地转了几个圈，然后顺着这力快速飘向鲁一弃。

“小心毒！”这声大叫是鬼眼三发出的。

鲁一弃不再手软。这影子般飘过来的东西让他心中的恐惧和厌恶交织在一起，现在唯一能做的就是不让她靠近。于是他咬着牙，发着狠，一枪接着一枪，直到打完枪膛里所有子弹。

子弹击中头颅、击中咽喉、击中胸口、击中腹部，但没有击中两膝，只是裙子被打出两个窟窿。

子弹击中那女子时，发出很沉闷的“噗噗”声。冲撞力把她稍稍阻了阻，速度慢了一点，这是六发子弹发挥的唯一效果。所以那东西依旧平伸着双手直逼过来。

鲁一弃不知道怎么躲避，过道的宽度不够，后退也来不及了，再说背后还有个鲁盛孝挡着。他的脑子一片空白，那已经伸到自己面前的手让他一阵心慌，那手白滑得发光，而且异常肿胀，像在水里泡过一般。

就在这千钧一发之际，他被一只有力的大手一拉，躲过了。是鲁盛孝，他不仅让鲁一弃躲过了那双手，还把他拉到了自己的身后。

那东西没有停止移动，继续逼迫过来。现在她的目标是鲁盛孝。

鲁盛孝不是鲁一弃，鲁一弃只要手中有枪，就能对付各种活坎和人。鲁盛孝没有枪，只有一只墨斗。他一脚踹上怪物的小腹，在那怪物停顿的刹那，从墨斗中拉出一根墨线，两手舞动如花，在那双白手上缠绕了个“飞龙云痕扣[1]”。然后一拉，墨线把她的双手勒合在一起，而且深陷入肉。但这却并不影响怪物往前的冲劲。

鲁盛孝抓住墨斗和线头的同时，再次伸出右脚，狠狠抵住怪物，不让她前行。

鬼眼三也没闲着，他丢掉雨金刚，抽出一根红线，健步纵到怪物身后。他用红线在怪物脖子上绕个圈，然后系了个“破棺提尸结[2]”，把那怪物向后拉去。

京腔变调了，成了“吱哇”的乱叫声。

鬼眼三手中一用力，红线绷得紧紧的：“尸寒九分僵，无毫自入棺。乾元亨利贞，华表柱分身！明神暗神，五丁五甲，过路仙家帮一把。开！”鬼眼三这念的是“分尸断魂咒”。这种驱鬼咒符请神拜仙都是不作兴请全力的，所以鬼眼三只请五丁五甲，留一丁一甲，过路神仙也只请力一把。

红线拉得更紧了，但那怪物却没反应。“明神暗神，五丁五甲，过路仙家帮一把。开！”鬼眼三再次发力。“嘣！”红线断了。

“啊！”鬼眼三愣了。

京腔已变成一个怪音在反复，像是一张血盆巨口在不断咀嚼。

怪物继续发力，鲁盛孝支在地上的左脚开始后滑了。鲁一弃见状，一步上前，用肩膀顶住大伯的背。怪物又被止住。

鲁盛孝把扣勒“飞龙云痕扣”的两只手换了个位置。持墨斗的手在上，持线头的手在下。一注墨汁顺墨线流下，流入怪物手臂上的勒痕。

鲁盛孝喊道：“老三，有没有其他法子？”

鬼眼三又抽出一根红线，咬破右手中指，用血在红线上抹了一遍，

1　一种绳扣，具体打法是先挽正反多道双环扣绳圈，这就是云痕。然后绳头从中穿过收紧，这就是飞龙。

2　盗墓人和移坟人常用来将腐烂的尸体和骨架提起来的绳扣。

再次绕住怪物的脖子，这次系了个“赶尸挂搭套[1]”。

“一红尽断黑白僵，无魂无魄归泥丸。天线红光，随我回棺。”他右手捏住线头，左手一晃，燃着一张驱魂符，嘴里高喝一声，“走！”

“嘎嘣、嘣！”怪物是走了，却是朝着鲁盛孝发力，前进了一步，还绷断了他手上的“飞龙云痕扣”。

“老三，这好像不是鬼坎，有点夹生。你还是试试断弦儿。”

话还没说完，那怪物突然又原地打个圈，拉脱鬼眼三的红线，让过鲁盛孝。鲁盛孝和鲁一弃两人叠着跌了出去。

鬼眼三还没理会到鲁盛孝的意思，那伯侄二人就跌扑在他前面。

怪物迎面冲来，三人避无可避。

京腔又婉转悠扬地响起。

那怪物的双手直逼过来，鬼眼三知道不能让这手沾上，可是事到如今，只能牺牲自己抱住那怪物，让其他人逃走。他已经屈膝弓腰准备跳过去，可是太晚了，那怪物突然弯腰，双手更快地伸向地上的鲁一弃。

鲁一弃可以翻身滚到一边，可这样大伯就会暴露在那怪物面前，他只好伸出双腿，脚掌对合，夹住那双手。这是没办法的办法，也是出于求生的本能。

夹住了，停住了，京腔的声音没了。

不知道是哪路神灵帮忙，鲁一弃竟然做到了。那怪物的身体就像是根隔夜的油条，软软地搭在那里，不再动弹。

鲁盛孝已经从鲁一弃的身下爬出，他捡起鬼眼三扔在地上的雨金刚，用伞尖挑起那怪物的裙子看了看，说道：“把脚放下吧。她簧劲没了，不会再动了。”

鲁一弃放下双脚，那怪物却忽然又往前一蹿，吓得他手脚并用，连

1　湘西赶尸人在同时赶几个尸体时，连接前后尸体的绳套。

连后退。怪物只动了动，就又停住，只是最后的一点簧劲在复位而已。

鬼眼三扶起鲁一弃，来到怪物面前，接过雨金刚，拨弄了几下那些青丝，又拨弄了几下衣袖和胳膊。他很疑惑："明明就是个僵尸身，我的那些法咒怎么就制不了她？"

"我的法子不也制不了嘛。这不是真正意义上的僵尸，你看她的裙子下面。"鲁盛孝指着裙子说。鲁一弃也好奇地走过来，他看到那怪物的下面是个轮柱，装了三个万向转轮。原来她是靠这万向转轮在滑行。

"哦，对了，宋人柳修《弄鬼轩笔录》[1]中曾提到过，这是'尸偶'，可谁都没见过。这尸偶是借用百年毒浸僵尸的上半身，再加上轮柱机括来移动。其实那僵尸是'死'僵尸，用剧毒浸泡百年以上，无法尸变。所以我不知道她的上半身是怎么动作的，还有那京腔，她连嘴都没有，怎么发声？"鬼眼三对僵尸鬼怪如数家珍，可对这机关的原理却一知半解。

"你看，这几十根钢弦都连着僵尸，可能就是它们控制着上半身的运动。这道理和木牛流马一样，只是没想到连手指的动作都操控得那么好，太细致了，这功力我们比不了。幸亏她在最后关头机簧的力量到头了。至于那京腔，我也没搞明白。"鲁盛孝二十年前就知道自己斗不过对家，现在他示弱就更加自然。

鲁一弃有些后怕，要不是运气好，还真不知道是怎样一个结果。

木牛流马。鲁一弃知道，他最早是从说书人口里听来的，后来他还在好多本书籍上看到过。他在洋学堂见过的一些洋玩意儿，和那木牛流马有异曲同工之妙，于是他自信地说："我知道她是怎么唱京腔的。"

"能说吗？"鬼眼三的好奇心很强。

1　宋人柳修是衙门里的一名记事，专门跟从仵作记录各种验尸结果。后整理验尸中的各种怪异事情，写成此书。但也有人说此书非柳修所著，而是他得自一位老仵作之手。

“你先说说这尸偶的毒，还有那雪是怎么回事。”

“那雪叫银尸絮，《秦·礼葬》[1]有记载，王侯巨贾仙归，为防尸腐，用密封巨棺，把尸体浸没于水银之中，饱吸水银之毒。如果把这尸体掏出，在三伏天曝晒十日，那尸体会慢慢萎缩，然后身体表面积聚白色飘絮，这就是银尸絮。此物着体即化，渗入血中，三天内血流凝固而死，无药可解。这尸偶是百年僵尸，本身就带剧烈尸毒。你再看她的手，为何肿胀？是因为经过剧毒浸泡而蕴足了毒素。为何雪白光滑？是因为世上有十一种剧毒，混合以后反会变得无味无色，但中者立死。”

“那我脸上的毒呢。”鲁一弃随口又加个条件。

“是尸毒，不算厉害。应该是人直接用手下的，肯定不是‘尸偶’带的那种。你说说京腔吧。”鬼眼三问道。

“那京腔……”鲁一弃刚要解释，就被鬼眼三伸手制止了。

---

1 这部著作未有人得见，而是在明初张枚之的《乐池议古》中有提及，并抄录的部分内容。本作中的“银尸絮”也是由《乐池议古》抄录内容中获知。

第五章　大战形如婴儿的阉人杀手

汉代有一种阉法，是将针阉和药阉结合。生下不久的婴儿，就用银针刺破脑后髓关，使其身体很难长大，特别是男根不再发育。再用“紫厥收腌水”定时浸泡其身体，使其筋骨肌肉紧缩，密度变高。这样，等长大后，他们的外相与常人并无两样，体型却如婴儿一般。这种阉人常作为宫中玩乐逗趣的工具。由于其骨骼肌筋密度大，肌肉纤维丰富，所以这种阉人的力量很大，甚至超过正常成人，而且他们体型小，动作灵活，如果给予良好训练，是很实用的贴身护卫。

千目望

“当心！”鬼眼三虽然只有一只眼，但那是夜眼，所以只有他能看到黑暗里突然袭出的身影。

鲁一弃本该可以预知，但因为那偷袭速度太快，也因为那袭来的东西根本不带杀气，就像是融入空气中一样。他下意识地将脖子一缩，腰一弯，一个本应该落在他头部或肩部的东西落在了他背上，随着帛裂之声的响起，他感到背心一凉，心中暗自叫道：“完了！”

鬼眼三口中喊“当心”，手中雨金刚就直飞出去。那东西在鲁一弃背上一弹，躲过雨金刚，一个翻滚在黑暗的过道里消失得无影无踪。

鲁一弃背部露出一片肌肤，棉袄、衬衣被撕掉一大块。

“是个人。”萤光石的光亮让鲁盛孝看清了一纵即逝的身形。

“一个人？”鲁一弃有些纳闷，“怎么没感觉到一个人的重量？”

“两尺多高。”鬼眼三看得要清楚得多。

“那该是个小孩嘛，不对，小孩也不止两尺，应该是婴儿。”

一个婴儿能飞起攻袭，在一触间力破数层衣帛？

“反正要向前走，追过去看看。”鲁盛孝说完就走。

鲁一弃想赶到前面，却被鲁盛孝拦住。他没坚持，而是把手中的萤光石递过去。鲁盛孝接过萤光石，然后微微举起，把身体贴在过道的一侧墙壁上前行。

鲁一弃靠在另一边的墙壁上，手中的枪已重新填满了子弹。他要保护大伯，所以不能跟在大伯身后，那样他的视线会被挡住。

过道呈一个大弧线渐渐弯过去，而且越来越窄，再往前就是个尖角的死胡同。

就在这时，鲁一弃感到背后的墙壁有了异样，软软的，像是厚棉垫。鲁一弃向大伯和鬼眼三打了个手势，那两个人都停住脚步，紧张地看着鲁一弃。

鲁一弃用枪管拨弄这棉垫子，空空的，不是墙壁。那么这就该是个门的棉帘子，可四边却封得严严实实。鬼眼三和鲁盛孝也围拢过来，他们上下仔细看了几遍，确实没有找到可开启的地方。

只有鬼眼三发现帘子的上面有几处针法和其他地方不一样，针线的走向也很奇怪。那针法他见过，三年前他在百钺山[1]盗挖一座汉墓时得到一幅白色锦帘，上端绣了“云掩身过”四字，下面什么图案都没有，整张白色锦帘上凭空缝了七针。那针法和这棉帘子是一个路数。当时他们家一起去的几个兄弟都没把那锦帘当回事，随手放在收篓中。可在回江西的路上，那东西莫名其妙地不见了。

现在是要打开那帘子，不是研究针线。于是鬼眼三拔出了梨形铲，这镔铁打制的铲子背厚刃薄，硬度韧性都很好，而且经常的铲削把刃口已经磨得如刀斧般锋利。

鬼眼三左手持雨金刚挡在面前，右手拿铲，一个回臂斜劈，刺眼的亮光从破口中扑面而出。

三个人在黑暗中已经待了很长时间，根本无法适应这突如其来的刺眼光亮。

鬼眼三感觉有光，马上闭紧双眼。也幸亏是由他来劈这帘子，如此迅速的反应是盗墓的必修功夫，要是连这都不会，眼睛早就不知道瞎多

1 山名，据说此处古代曾发生多次大战，战后便成了个掩埋尸体的大坟场。地下挖挖，处处可见陈尸烂骨。

少回了。

鲁盛孝和鲁一弃在两旁，没有被光亮直射，但还是用手护住眼睛。

鲁一弃对着那棉帘子破开的口子里连发数枪，他生怕会有什么东西掩在这光亮中攻击他们。

帘子背后没有动静，光亮也很快被适应。他们三个慢慢睁开眼，放下手臂。鬼眼三又一个竖劈，半边门暴露在他们面前。门里真的很亮，不知道用的是什么光源，如果是电灯，也起码是十盏以上。

鲁盛孝把萤光石还给鲁一弃，示意他收起来，然后左手把斜挎的木提箱提到身前，护住要害，右手拿着破鬼影壁的那把细长铁錾，缩颈蹲步，小心地走入门内。

鲁一弃迅速装满子弹，慢慢靠近门口，然后突然一个闪身，箭一般蹿进门内，巡视四周。

这也是个不规则的房间，形状和正厅一样，方向正好相反。这屋子四下都是亮闪闪的铜镜，高高低低不下几十块，都有个把人高，两尺多宽，晃晃悠悠的，一时看不出是按什么特定的顺序排列。房屋的墙壁和梁柱也全都黄灿灿、亮闪闪的，和铜镜没什么两样，在暗藏的光源照射下，刺得人睁不开眼，就连那地面也平滑如镜、光可鉴人。

鬼眼三走在最后，倒退着进来，死盯住黑暗的过道，手中的雨金刚握得紧紧的，似乎那过道中随时都会有什么怪物扑杀出来。

“噫？！”鬼眼三已经倒退到鲁一弃的后面，正要转身的时候，忽然发现过道里有一个灰色的影子。

“我知道，他一直坠在我们后面。”鲁一弃没感到意外。

不管是什么，能避过最好。现在的鬼眼三只想留条命到沧州找韦经道拔了蜾蠃卵。

三人一直都贴墙壁而行，可当绕过几面铜镜后，发现已经到了屋子中央。鲁一弃感到后脑勺一阵阵发毛，他觉得身边有人，而且这些人无处不在，正睁大眼睛瞪着他。他蓦然回身，却又什么都没有。

突然，三个背影分别出现在墙壁的三个方位。他们几乎是同时发现的，都不由得大惊，摆出防备状态。那三个背影也摆出相同的姿态。那是各自的背影，因为屋子中这几十面铜镜的作用而映在墙壁上。又迈了一小步，刚才的背影一下子分成了五个小一点的相同背影，而且侧面的墙壁上也出现了五六个正面的影像。

鲁一弃想，刚才感觉有人瞪着自己看，难道就是镜中的自己？

他眼有些花了，而且越靠近屋子中央，他的视觉越是混乱。他的身影逐渐出现在了梁柱上、顶棚上、地面上。

他的脑子也混乱了，失去了仅有的一点方向感。无论朝哪里走，都觉得会和自己相撞。

鲁一弃让鬼眼三拿出迁神飞爪，然后自己抓住一头，试着走了几步，他这是怕万一一个走错，还能找到来路。可没走几步就撞在铜镜上，换个方向又撞在墙壁上。

他们这才发现没路可走了。迷失了道路，也迷失了自己。

屋中的光亮突然暗了，一切光灿灿的东西都暗淡了，视觉渐渐清晰。一幅更为清晰的情景出现在他们面前。

屋子内的铜镜上几乎都出现了同样一双眼睛，成百上千。那正是在燕归廊里灯罩上出现的眼睛，带着怨毒，带着杀气。

《紫昂经》[1]有云：“不随欲视而视，不随欲动而动。弱内外之劲，容自然之气。天地之灵，万物之神，入精、入血、入肝肾、入心肺。”

儿时在天鉴山千峰观学过的道家经义让鲁一弃心中清楚，他眼下能做的只有一件事：“平气静心，身随境迁；避其锋，寻其隙。”

于是，他让自己的目光变得很茫然，对所有的眼睛都若视非视，然

1　道家的典著，宋代三清派第二世传人空笠道人所创。

后在迷茫和朦胧中寻找一个空门。

几乎所有地方都出现了眼睛，只有设置在屋子中央的一面小铜镜上一片空白。这面小铜镜被恰到好处地遮掩着。可是现在鲁一弃凭借超常的感觉发现了它的存在。那小铜镜就像是满天星斗中的一轮明月。

鲁一弃迈步走去，他知道，既然这空门是唯一的，就不会是其他地方的实物通过各种镜面反射的影像。既然能直接看到，那么只要沿着直线就能走到。

鲁一弃他们三个没有遭遇任何阻拦，闲庭信步来到小铜镜旁。

“啊！阳鱼眼[1]！快退！”鲁盛孝看出端倪，但已经晚了，他们已然身陷坎子中心。其实鲁盛孝要不是身在其中，也看不出这是阳鱼眼。当年他和弟弟、弟媳从家中逃出时，遇到的最后一坎就是阳鱼眼。那时候的坎面子还不是房屋，也没这么大；用四面银缎围成，布置的是巨大冰块而不是铜镜。当时他们被困了整整一个昼夜，用尽各种手法都没能脱出。后来是由于有一面银缎突然起火，着火银缎裹住了对家在阳鱼眼尾部布置的几块冰。他们才由此处砸破空儿脱出。

记得当年脱出后，他听到背后坎面中有人朗声说道：“既能脱出阳鱼眼，也算是天意，就不要再回来啦。”所以这几十年来，阳鱼眼这三个字始终萦绕在他脑中，不能忘记。

其实，鲁盛孝是只知其一，不知其二。他们这趟闯入的叫“阴阳房”，整座房屋是一个不规则的太极形状。刚才正厅叫阴鱼口[2]，是根据古时“混沌阴风阵”变化而来，而这阳鱼眼则是由“乾元金光阵”变化而来，这两阵是黄帝的第一任宰相风后所留，是一百八十局奇门遁甲

1　以变化的光线配合各种形状大小和摆放位置的铜镜做成的一种坎面。可让人产生误视、错觉乃至暂时失明。其中再辅以多种毒辣扣子，从而达到轻易杀伤、捕困对手的目的。

2　以漆黑环境闭人所视，无由来风惑人所觉。再配合上诡异养鬼术、茫茫银尸絮等等多重扣子，让人未及辨清明暗生死、人间天堂，混沌之中便无奈中招。

的第七十六局和第九十三局。其中这阳鱼眼是个不折不扣的绝断坎。什么叫绝断坎？就是断命的坎子。这坎子中的每个扣子都是死扣，而且是不死不休的扣。因为在阳房行道，最终只有一条路，到地府去。而那阴鱼口是一个缺断坎，扣子虽是死扣，但留有一两个活缺，这是由于阴房之中行道，反倒有两条路，可入地府，也可重归阳世。

这是对家几代人的心血，他们把古时两个奇绝阵法融为一体，而且还加以改良。鲁一弃和鬼眼三并不知道这阳鱼眼是如何厉害，所以他们没有太惊慌。

鲁盛孝其实也不知道这阳鱼眼到底有多厉害，当年他只是被围在其中不能脱出而已，也没真正体会到此坎的巨大凶险。

此时鲁一弃倒还有闲心研究那面小铜镜。这真是一面神奇的镜子，镜架可以转动，他在里面见到了一个水池和回廊，是燕归廊；在微微转过一个角度后，见到了这宅子的大门口；再转，又见到垂花门。

“是十里传影。用暗藏各处的镜面传过来的。”鲁盛孝知道这玩意儿，他告诉鲁一弃：“一弃啊，你看过我们家里搜罗珍藏的各种典籍、古物，从中了解了些奇技妙术。可我们自家的手艺却没让你学，因为我本不想让你进家门的。如果你要学了自家的手艺，这十里传影对你来说也不算什么稀罕玩意儿。”

这是鲁一弃进这宅子以来，第一次听到鲁盛孝说出这么自信的话，也是第一次听他提到自己家的技艺也不比对家的差。自己毕竟姓鲁，祖先是匠家之祖鲁班，于是他心中也豪气一生，不屑地把铜镜猛地一转。小铜镜在旋转，旋转成一团光影。鲁一弃在这团光影中看到了眼睛，和屋子中所有眼睛一样。

小人袭

阳鱼眼的坎面动作了，要开始落扣子了。屋子里的眼睛一下子全不见了，取而代之的是突然出现的万道金光，由四面八方聚集到他们三个身上。

他们知道，这光线会刺伤眼睛，那样就什么也看不到了。这肯定是对家期望的结果。所以他们紧闭双眼，并用手死死护住。

金光中无声地飘下许多片叶子，也是金色的，很薄很轻，没有一丝声响。

金叶的尾部有一个螺蛳尾形状的导流管。在这个导流管的作用下，金叶旋转着落下，虽然只有几尺的高度，却像是带了百米的加速度。眨眼间就越飘越快，越旋越急，像许多个金色漩涡从天而降，奔头盖天灵而去。

这金叶是什么？柳叶陀螺斩。

它有何妙处？杀人不费力！

鲁一弃他们并不知道死亡已经笼罩在头顶。他们看不见，也听不到。他们的姿势都是在引颈待斩。

从古至今，机关消息、奇门遁甲一旦布下，除非有人踩坎落扣，一般是不会再去动它，更不会经常打扫卫生，擦拭器物。所以“柳叶陀螺斩”一动，就有东西在它们前面先行落下，那就是灰尘，一抹儿极少的灰尘。这极少的灰尘已经足够让鲁盛孝闻到，这是一种发霉的味道。鲁家六合之力中有一技叫“辟尘”，练习此技之人对灰尘的敏感程度比常人高出许多。

“当心上面！”鲁盛孝大喝一声，然后把手中铁鏊画成个十字花，向头顶上迎去。

鬼眼三正不知道自己怎么做才好，一听这话他立刻有了反应，手臂用劲，一甩一收，打开雨金刚，也向头顶迎去。

鲁一弃不知道上面有什么，他不敢贸然开枪，只能尽量放低身子，猫在鬼眼三的旁边。

头顶上方传来一阵金属的刮擦声，让人听了牙碜。金色的叶片在雨金刚和长铁鏊的推挡下飘走，而其他地方有几片金色叶子斜线飘来，他们看不见。

鲁盛孝首先体会到刀片划过身体的感觉。一片金叶斜线飞向鲁盛孝举起的右臂，很轻微的“刺啦”一声，在棉袍上划开个口子。它转过一圈再次从鲁盛孝身上划过的时候，已经落到了右肩，这次声音里除了布料破裂的“刺啦”声，还多了一种韧物绽破的闷响。鲁盛孝听得出来，那是皮开肉绽的声音。疼痛随之而来，血液喷涌而出。

疼痛让鲁盛孝本能地朝左挪动身体。金叶继续下落，又划过肋部，鲜血珠子直接从棉袍的破口中喷出，在地面上画成花。

这柳叶陀螺斩的特点就是越落越急，越切越深，越斩越重。也亏了是鲁盛孝闪躲了身形，要不然这一斩肯定会切断肋骨剖出内脏。

侧肋处的疼痛是最难忍受的，鲁盛孝疼得身体发僵，再也不能继续躲避。

金叶继续旋落，狠狠地斩在鲁盛孝的胯骨上。他可以感觉到那金叶的刃尖儿牢牢地钉死在骨头上，骨头从刃尖儿处向四周裂开几道曲折的纹路。鲁盛孝朝着右侧斜斜跌下……

鬼眼三的雨金刚防护范围比铁鏊舞动的十字花大多了，所以斜线飘过来的金叶挨到他身体的第一斩就是腰部，可巧的是鬼眼三的腰间有宽大的牛皮带抵挡，仅仅伤到皮肉，金叶刚刚划过，鬼眼三已经蹿出三步开外。

鲁一弃从雨金刚的遮护下暴露出来，等到他意识到的时候，两片金叶已经在他左耳边和右臂飞快旋转掠过。左边的一斩切开了他大半个耳轮，一只耳朵几乎变成两片，而右臂的一斩让他差点丢掉紧握的枪。

中招后的他没有躲，不是不想躲，而是不会躲。这种被一击之后极速躲避的能力不是一天两天就能练成的，那叫功夫，那叫技击，是武艺。一个不懂躲避的年轻人，两片夺命的金色叶片……

鲁一弃没有遭受到第二轮切斩，他的第一反应不是躲避，而是把这让自己疼痛和恐惧的东西赶走，于是他双手同时甩出。一个可以凭感觉开枪并且百发百中的人，在突然的刺激下，出手速度会比开枪还迅疾。所以金叶还未转过半圈，他的左手手背就已经横敲在金叶尾部的螺蛳状导流管上，那金叶迅速改变方向插入地面。右手的枪身砸在另一片金叶的侧面，那金叶翻转着撞在一面铜镜上，发出洪钟般的响声。

鲁一弃随即捂住耳朵蹲在地上，不是因为铜镜发出的声音太大，而是左耳切伤的地方真的很疼，半边腮帮子都被鲜血染红了。

随着金叶落地，那万道金光也骤然暗下。鲁盛孝和鲁一弃闭着眼，都没及时觉察到这个现象。而鬼眼三对光线的敏感度是非同寻常的，随着金光由明到暗，眼睛也由闭到睁。

睁开眼睛的刹那，他看到一个身影从高处向他扑过来。那身影很矫健，仿佛浑身上下都有力量在流动。一瞥之下就知道是个高手，虽然离得还很远，就已经感觉到那身影带来的劲风。

真是个小人，居然偷袭。

那身影已经近在眼前，手中的尖头短棍已经奔自己头顶砸来，那短棍尖儿上的寒光已经有些耀眼。

真的是个小人！这个刚刚在黑暗过道里袭击过鲁一弃的人，现在又偷袭鬼眼三。

鬼眼三后仰，屈腿，然后单手持雨金刚猛然挺身，肩背腰腿四点呈一条直线撑住，狠狠往前一撞。这是关东霸王盾的招数，他用这招是想欺负对手体形小，准备来个硬碰硬。同时他另一只手拔出梨形铲，准备在一撞之后，给那个小人来个乘胜追击。

巨铜锣般的一声巨响，那是短棍撞击雨金刚伞面发出的。他失算了，那个小人的力量大得超乎想象。小人没有被撞出，鬼眼三自己倒被撞得连退三步，雨金刚差点脱手。

那小人在伞面上一踩，腾跃而起，如同空中滑翔的飞鼠，再次扑向鬼眼三，手中短棍直刺面门。

鬼眼三只有继续退让才能躲过空中的扑刺，也只有继续后退，才能把雨金刚挡在自己和小人之间。

鬼眼三一退，那小人便知道自己刺不到了，所以不等身体落下，脚尖在伞沿上搭了搭，借鬼眼三往后收伞的力道继续扑向前。他的身形依旧处在鬼眼三和雨金刚之间。

鬼眼三身后已有一面大铜镜阻住退路。他已无路可退，于是身子一低，脚掌在铜镜上一踹，身体贴着地面平平纵出，顺势在地面上一个小滚，让过小人。

小人虽然身材矮小，但落地转身，动作很是飘逸潇洒。相形之下，鬼眼三反倒显得狼狈。

交手才一个回合，鬼眼三已经处在下风。他清楚自己的失利是由于判断失误，他必须抢回先机。鬼眼三用雨金刚护住下半身，脚下斜迈半步，手中梨形铲搂头盖顶对那小人砸下去。

小人没接招，他也退，和刚才鬼眼三一样往后退，接着身子在大铜镜前左右一晃，斜身侧步，便如鬼魅般隐没在几扇铜镜中，没了踪影。

鬼眼三和小人儿交锋时发出的巨响让鲁一弃从疼痛的慌乱中醒悟过来，危险没有过去，杀戮还在继续。

他睁开了眼睛，就在视线从模糊渐渐变得清晰的过程中，看到一个小东西从一面铜镜后面闪出，如同一支有棱有尖的钢镖似地向鬼眼三背后直射过去，鬼眼三竟然没有察觉。

那小东西举着一把闪着寒光的金属棍棒奔鬼眼三后脑而去。枪响了，鲁一弃没有半点犹豫，尽管对面是个婴孩的身影。

小人儿发出一声闷哼，看得出来，他很耐得住疼痛，动作没有停滞。随着子弹飞过，他细细的手腕处一块皮肉也同时被带走，但棍棒依旧紧握在受伤的手中。

鲁一弃的第二枪射在小人右腿膝盖处。小人这下连哼都没哼，攻击更没因此停止，一击砸在鬼眼三后背上。

这一击让鬼眼三内腑一阵翻江倒海，胸口发闷，嗓子眼发甜，眼中更是金星飞旋。他对这次偷袭一点防备都没有，怎么都不会想到刚刚遁入铜镜背后的小人，顷刻间又出现在自己背后。他全身的力都聚在前面，棍子落下时他连背上的肌肉都没来得及绷紧。

那小人一击之后，斜摔出去。落地后没做一点停顿，就像个瘸腿猴子那样手脚并用向一面铜镜爬过去，速度比没中枪时还快。

鲁一弃没想到，两枪都没阻止那个小人儿。本来想只是击伤他，既阻止了他的行动，还有可能抓个活口，现在看来还不如一枪直击要害，取了他的性命，保住鬼眼三周全。

鬼眼三受伤并不严重，那力量大多被他背囊中的各种工具，特别是那把精钢鹤嘴镐挡住了。虽然受伤不重，但要调节过来还是需要一点时间的。

此时周围铜镜却突然移动起来，坎面又开始变化，有两面大铜镜从侧面往阳鱼眼中间插过来，试图将他们三人隔开。鲁一弃大叫："三哥，过来！快过来！”

鬼眼三还是呆呆地站在那里，微弯一点腰背，左手持着雨金刚，其一侧伞骨搁在地上；右手持梨形铲撑住地面，其实那铲子是虚点地面，手臂上的力已经从铲柄直贯到铲尖，整个身体犹如一张拉满弦的强弓。

鬼眼三背部所受打击的伤痛很快就调节过来，他知道自己无碍，也知道自己可以继续搏击。但是他表现出很虚弱的样子，就是想把那个小人骗出来，然后给他来个……

鬼眼三正想着，忽闻鲁一弃在叫他。鲁一弃的话对他来说就是命令，所以他放弃计划，侧身朝鲁一弃这边移动过来。

鲁盛孝也睁开了眼睛，他反应是慢了点，却不是年纪的原因。那金叶深插到骨的疼痛确实难以忍受，栽倒的一瞬间他几乎放弃了一切，包括他自己的生命。

他睁开眼正好看到了小人的第三次偷袭。

鬼眼三刚松散了姿态朝鲁一弃这边移过来，才迈出了一步，还没有在地面上踩实，一面移动着的铜镜背后就贴地窜出了小人，从左侧面攻向鬼眼三的软肋。

小人的动作还是那么迅疾灵活，身形还是那么矫健，就像没受过枪伤一样。

运动的铜镜遮挡了鲁一弃的视线，他来不及开枪，只能眼睁睁地看着小人手中的棍尖往鬼眼三软肋刺去。鬼眼三左手的雨金刚也转不过来，右手的梨形铲更来不及格挡。他放开了左手的雨金刚。武林中人常常是到死都不会放开自己的兵器，而鬼眼三不是武林中人，他充其量是个江湖人。江湖人是不择手段的，只要有需要，他们连亲娘老子都扔。

放开雨金刚就腾出了左手，腾出了左手就可以抓住棍子。鬼眼三和小人各抓住棍子的一端。小人试图继续往前刺，他知道还是有机会刺中鬼眼三的。为什么？因为鬼眼三的力量没有他大。

鬼眼三也知道凭自己一只左手推不过小人，于是果断将右手梨形铲斜劈过去。那小人稍稍斜身缩脖躲了过去。鬼眼三再劈，他再躲。一连十几铲，全都被躲过去。小人没能继续推刺，因为他要躲避铲子，但他也没有松劲，更没有退后。整个情形就像鬼眼三是被一个会动的小石柱用棍子支棱住，在那里乱舞乱劈。

鬼眼三身后的一面铜镜晃了一下，又一个身影凌空飞出。原来小人儿不止一个！

现在偷袭的那个，鬼眼三肯定看不到，但鲁一弃看得到，鲁盛孝也看得到。

鲁盛孝只能大叫一声："当心！"

鲁一弃能做的只是开枪，目标在他的眼中一下子放大、拉近，那人的眉心已经像是贴在他枪口上面。他的枪法是百发百中，那个偷袭的人是不可能得手的。

子弹飞出了一半的距离，一面移动的铜镜却无巧不巧地移到子弹前面，子弹打碎的只是那铜镜的一角。

鬼眼三听到脑后的风声，他把手中棍子尖让过去，同时转身，挥动铲子封挡住背后。此时，他的身体斜立着，完全依靠手中棍子的支撑。可那棍子的另一端在小人手里，小人就是小人，他可以比江湖人还要不择手段、不要脸面。

棍子的另一端松了，鬼眼三很清楚，是小人松开了抓棍子的手。鬼眼三直直地跌下，同时背心如重锤击中。那是松开棍子的手捏成的拳头。鬼眼三身体横转九十度，摔了出去。那小人一得手马上往左侧一窜，隐入铜镜背后。

第二个偷袭的身影却没走，他还没得手，他要继续完成使命。于是这小人再次跃起，手中棍尖直插鬼眼三心窝。

鲁一弃的枪又响了，他没留情，子弹直奔眉心。空中跃起的矫健身影顿时缩做一团，重重摔在地上。

鬼眼三没能马上起身，看来这次受的伤比刚才重多了。鲁一弃只好扶着大伯来到鬼眼三那边。

鲁一弃伸手正要扶，鬼眼三忽地自己坐起，一团红黏的东西呕出，溅落在软牛皮快靴上，把月白色的靴帮套口和绑腿染成紫红。

鬼眼三摸索着从包囊中掏出一个皮盒，打开后，里面有好多小格。鬼眼三用一把小银勺各舀一勺黄色和红色的粉末倒在舌头上面，然后用酒送下。做这一切的时候他的手在不住地颤抖。

鲁盛孝没有把胯骨上的金叶取出来，他怕那样会导致伤口无法控制而流血不止，他更怕叶尖一出，骨头会碎成几块，那样他就彻底无法行动了。他从木箱中掏出一卷红布带，那是建房时起梁安匾用的吉绳，他把布带沿着金叶上下两边缠绕了好几道，最后在叶片上三指打了个“提宝如意结[1]”。这样可以保证伤处不会恶化，同时让血流减少，也大大减轻了痛感，从而可以勉强走动。

处理完伤处，鲁盛孝来到被打死的小人前面搬弄了几下，仔细观察了小人儿的所有特征，想知道这人到底是何来历。

那小人不是小孩，也不是侏儒，而是发育正常的人。他们的身体四肢匀称、须发皆有，皮肤、肌肉富有弹性，关节也灵活有力。唯一不同的就是体型太小，和体重不成正比。

鬼眼三吃完药，坐在地上调整呼吸。他也是到现在才真正看清和他搏命的是个什么玩意儿。他朝那小人吐了口带血的唾沫，恨恨地骂道：“小丑！绝后的小人！”

“啊！绝后！对了，这是汉阉！”

“应该是百岁婴！”

1　一种绳子结扣，既可以将需要的东西稳妥地绑扎，平稳提起，又可以轻易松脱。

百岁婴

古代各朝皇帝为防后宫秽乱，所用男侍均为阉人且一般都是割阉入宫，但割阉的男侍一般都味难闻、形难看，所以出现了一些其他的阉法，如天阉、针阉、药阉、勒阉等等。

《宫事·汉》[1]有记载："内用小人，可说（通'悦'），可斗，护帐褥，无伦仪之乱。"《汉宫外录》[2]："小人养内宫，女乐之。后苟事露，宫内尽驱小人。"

汉代有一种阉法，是将针阉和药阉结合。生下不久的婴儿，就用银针刺破脑后髓关，使其身体很难长大，特别是男根不再发育。再用"紫厥收腌水[3]"定时浸泡其身体，使其筋骨肌肉紧缩，密度变高。这样，等长大后，他们的外相与常人并无两样，体型却如婴儿一般。这种阉人常作为宫中玩乐逗趣的工具。由于其骨骼肌筋密度大，肌肉纤维丰富，所以这种阉人的力量很大，甚至超过正常成人，而且他们体型小，动作灵活，如果给予良好训练，是很实用的贴身护卫。妃子贵人就喜欢要这样的阉人做贴身侍卫。一些失宠无欢的妃子在冬天还让其陪寝，就像是

1　一部记录各朝内宫秘事的书籍，作者了明山人，不知具体身份，也不知是何时之人。虽纯属野史，其中却有不少能为正史佐证的史实材料。有全本存世。

2　清中期扬州人陆水永著，记录的都是汉代宫廷中的奇闻逸事。但后来有人指出，其书中许多内容是套用《宫事·汉》，而其他的内容也无从可考，怀疑为杜撰。

3　紫厥草成分中含大量毒盐。将紫厥草捣烂浸入水中，用此水浸泡未发育的活人肉体，毒盐顺毛孔进入皮肉，可让活人肉体收缩紧密，就如同腌制肉品一般。

个活的暖抱枕。后来，一些寂寞难耐的后宫女子采用其他途径与其苟合，造成后宫污秽混乱，这才废除这种阉人。而此种阉法在千年以前就已失传，后世提及此种人都用“汉阉”代称。

鬼眼三的话也提醒了鲁盛孝，多年以前，他与鲁盛义破水下“百婴壁”，解救倪家老少，误杀坎中窍眼两活婴，那对活婴是布局之人的孩子，身上被下了极歹毒的绝后蛊咒。所以他们哥俩才有断后之厄，这也就是开始时鬼眼三要说自己是赔给鲁盛孝的儿子的原因。后来鲁盛孝有幸在龙虎山听一位天师高人论道，谈及此事，那高人说了一句：“如果百婴壁窍眼中布百岁婴，那你们兄弟只有死路一条。”

当时，他很难理解百岁婴到底是怎么回事。后来专为此事单独拜访那位高人，那高人却闭门不见，只让童子递出一笺，上书：“形、性至百岁皆为婴，无欲、无求、无争、无斗，无心机，皆随教者心性。教其读，则读为命；教其杀，则杀为命。教，无不会；动，无不至。”这一笺他琢磨了好多年，都不知何为百岁婴。今天，看到这小人，他想，莫非这就是百岁婴。

其实，汉阉就是百岁婴，百岁婴就是汉阉。只是百岁婴的训教方法更为奇特。他们的阉法和汉阉是一样的，但他们的成长过程与世隔绝，始终是婴儿心性，世间事什么都不懂。到了一定年纪，再教给他们攻袭杀法，就变成一种犀利的杀人武器。

事实证明，他们真就如一件犀利武器一般，不打丝毫折扣地去完成没有自我意识的杀戮。在他们的心境中没有生死的概念，也没有痛苦和快乐的区分，心中无一丝人世间的情仇利弊。他们其实是很可怜的人，连瘈犬都不如。瘈犬的搏杀是为了生存，为了解决痛苦。而他们，什么都不为，什么都不懂，也什么都没有。他们就如一张白纸，也正因为如此，鲁一弃的超常感觉才无法感知到他们。

百岁婴所有的思想都是别人的，让杀就杀，让怎么杀就怎么杀，让几个人合杀就几个人合杀。比如说刚才，一人借铜镜隐身袭杀，得手后带伤而退。接着，二人前后围杀，一个得手退逃；另一个死了，是由于看到鬼眼三伤重，想不惜代价，一命拼一命。这所有一切其实都是操纵之人的想法和意图。这些都由不得百岁婴做主。

两轮袭杀已过，现在操纵之人是怎样的想法呢？刚才两人的合围攻杀未能奏效，那接踵而来的是不是会有三人合围、四人合围？

铜镜停住了移动，变成了原地晃动。鲁一弃他们又看到了自己大大小小的身影，不住地晃动。

鲁一弃心中很清楚百岁婴的可怕，他无法感知他们身上的气息。他们不像人，也不像鬼。人有人气，鬼有鬼气，而他们什么都没有。他们就像是一把天成的刀，没有沾过任何荤素腥味。

鬼眼三还坐在地上，雨金刚被扔在一旁，他没有力气去拿，但为了防止那小人再次偷袭，他掏出了迁神飞爪。

鲁盛孝知道自己的斤两是无法与百岁婴抗衡的，他右手握住细长铁錾并抬举过肩头。他只想赌运气，百岁婴一出，就飞錾取命。

没有动静，在三人的高度戒备下，百岁婴没有突袭。没有突袭，不代表不能偷袭，偷袭是可以慢慢地在不知不觉中进行的，这更可怕也更易奏效。

随着铜镜的晃动，北面多出了一个模糊的身影，西面也有。这些模糊身影夹杂在铜镜上原有的大小身影中，不仔细辨别是不容易发现的。

北面的身影向鬼眼三靠近了一些。于是他抢先动手，因为害怕那小东西太靠近，而凭自己现在的状态恐怕抵挡不住。抬手间迁神飞爪像条蛟龙低吼着朝那身影飞了过去。

回应他的是一声脆响，飞爪撞在铜镜上面，那边的身影不是百岁婴，只是镜中的影子。

鬼眼三一击之后发现不对，马上手中一抖，飞爪如蛟龙回首，朝南面飞去。他知道，如果北面是影子，那真身就应该在南面。可转过去后却发现，南面也没有，他的飞爪一时也不知该落向何处，只好在一面铜镜上一撞重新收回。

鲁一弃也发现身影在靠近。三个人当中，他最害怕百岁婴近身。因为对于什么是技击、什么是近搏，他根本是一窍不通。如果让百岁婴近了身，就一点还手的机会都没有了。所以他也早早地对那身影开了枪，可只在铜镜上留下一个圆孔和沿着圆孔四散的裂纹。

鲁盛孝的身体微微抖动，握住铁錾的手"咯咯"直响，像在忍受着什么。鲁一弃和鬼眼三都没注意到他，他们正全神贯注地戒备着那些百岁婴。

鲁一弃回头看看那被子弹击穿的圆孔，忽然觉得这和物理课上小孔成像的情景有些相似。枪里只剩一颗子弹了，他来不及重新装填就站直身体，找到镜子上那身影的脚部位置，把这作为起点，再斜向往上，找出直线到达对面上方镜子的大致路线。

枪响了，位置也对。子弹击穿的还是铜镜，不同的是那面镜子上击穿的圆孔周围并没有四散的裂纹。枪声过后，铜镜后面传来一个物体沉重的落地声，他循声看去，是一具百岁婴的尸体。与此同时，东面铜镜上少了一个身影。

判断是正确的，做法也是正确的。现在他只需要重新装填子弹，继续射击。

到了这步情形，对手当然也知道现在已经偷袭不成了，特别是不能给鲁一弃留下装子弹的时间。于是有四扇铜镜像门一般突然打开，四个倒悬着的百岁婴径直扑落下来。

百岁婴扑出，鬼眼三的飞爪也立刻撒出。链子回拉的手感肉肉的，很明显，他抓住了一个百岁婴。但那一个百岁婴却身子一晃，重新隐入铜镜背后，而且带住飞爪的另一端死死不放。鬼眼三被那个百岁婴拉得站了起来。

鲁一弃知道自己肯定抵不住那百岁婴的一扑。他赶紧闪到一边，把枪插在兜里，顺手捡起雨金刚。百岁婴再神奇也不能在空中改变方向，所以落地后再转身，他与鲁一弃之间已经隔着一把坚固的钢伞。

鲁盛孝还站在那里，他只是缓缓抬起头来。那是张可怕的、变形的脸，脸色一片青绿，两眼血红。如果是常人，见到这张脸肯定会退避三舍，可扑过来的是百岁婴，他们不知道什么是惧怕，他们只有一个目的：扑下，杀！

鲁盛孝猛然启动，手中的铁錾一个上推，挡开落下的两根棍子。而两个百岁婴的双脚却实实在在、齐齐整整地踹在他的胸前。他往后倒退了三步，百岁婴却是在空中倒纵出好几步远的距离才落下地。

鬼眼三与镜后的百岁婴对拉着飞爪，却显然力不如人。

鲁一弃用雨金刚挡住百岁婴，两个人左转右转，像是在捉迷藏。

鲁盛孝一声怪吼，手中铁錾横扫。两个百岁婴没有格挡，却是稍稍退避了一步。

鬼眼三还在拉，只是脚步已经渐渐面向铜镜滑去。

鲁一弃在退在挡，那个百岁婴已经不跟着他转了，他找到简单的方法。够不到鲁一弃，他就用手中棍子一下一下地使劲砸雨金刚，鲁一弃承受不住，只能边挡边退。

鲁盛孝忽然转身，奔向追击鲁一弃的百岁婴，铁錾径直向他头上砸去。谁都没想到鲁盛孝会有这么快的身手，包括那些百岁婴。这一砸，那百岁婴只勉强闪过头部，铁錾最终落在了肩上。那百岁婴踉跄了几步，顺势往地上一滚，隐入东面铜镜背后。

另两个百岁婴看准这机会，从背后扑向鲁盛孝。鲁盛孝又是一声怪吼，反手飞出手中铁錾。铁錾从其中一婴细小的大腿上刺穿而过，掉落在地，那一婴也摔落在地。刚一着地，那百岁婴就手脚并用，带着大腿上两面对穿的血洞隐入东面铜镜的背后。鲁盛孝掷出铁鏊后，身子往旁边一闪，躲过另一婴的棍子，然后双手一把抓住这个百岁婴的肩背，一把撕碎他半边衣服。但鲁盛孝的双手没有就此停止或变招，他继续疯了一样抓拉撕扯，那些碎片像是飞舞的蝴蝶。百岁婴急于躲闪，没有丝毫还手能力，他绝对没想到会遭到这样疯狂有力的攻击。好不容易，他才带着满身血淋淋的伤痕逃入铜镜背后。

鲁一弃目睹了这一切，刚开始他觉得大伯是一代高人，到底是不同凡响。人虽老，但雄风犹在，多少还有些压箱底的功力。但等到大伯对最后一个百岁婴又撕又咬时，他觉得不对了。此时的大伯几乎已不是一个人，而是一只疯狂的野兽。百岁婴已经逃走，而大伯仍然在撕扯手中衣服的碎片，眼睛涨得血红，嘴里发出“呼呼”的低吼。

过了许久，他才慢慢平静下来，全身虚脱一般，腿一软坐在了地上。眼睛已经不再血红，望向鲁一弃的目光里只有痛苦和无奈。豆子大的汗珠顺着他的额头滴下，这汗珠是因为一番激烈的拼死争斗而流的。这番争斗，他不只耗费了大量体力，还付出了伤痛的代价，那对百岁婴在他胸口的一踹，把胸骨都踹碎了。这汗也是因为胯骨处的疼痛而流的，打斗牵动了伤处，鲁盛孝能感觉到伤处骨头的裂纹更宽更长了。

鬼眼三被拉到铜镜跟前，已经可以从铜镜里清晰地看到自己唯一的那只眼睛了，那里面充满绝望和挣扎。其实他完全可以放手，但他不敢，他害怕放手后失去目标，那个百岁婴就会又转到不知哪个铜镜后面再次攻袭过来，那样就更加难以抵抗了；他还害怕放手的一瞬间自己会处于松懈状态，那将成为其他百岁婴攻击的最佳时机，总之他是骑虎难下了。

鲁一弃赶过来了，他要帮鬼眼三一起拉。他知道，自己虽然不懂技击，但凭自己的体型和力气，应该还是有把握帮鬼眼三拉出那个小小的百岁婴的。

鬼眼三也从铜镜中看到鲁一弃过来了，显然那边的危机已经解决，而等帮手一到自己就立于不败之地了。心中不由一宽，两臂力量陡涨，竟把那链子倒拉出两步。

鲁一弃快到了，再有一步就可以来到鬼眼三身边。他伸出的手已经快触到鬼眼三的胳膊了。但就在这毫厘之间，他的手却被弹出，手臂重重甩到一边，一种麻木心悸的感觉让他差点透不出气来。

鲁一弃并没有受到任何打击，这是他超常感觉做出的自然反应。因为他提前感知到了一种力量，那力量是他和鬼眼三都无法抗衡的。

鲁一弃没来得及叫鬼眼三放手。鬼眼三也没来得及表示一点惊讶。

一溜蓝光毫无征兆地出现在钢链上，出现在鬼眼三身上。刺眼的蓝光“噼啪”作响，如同蓝色的波浪围绕着链子和鬼眼三在流动、在闪烁。鬼眼三的双脚像被定在原地，而浑身上下却在颤抖，身上冒起一阵白烟。整个阳鱼眼中的光线忽明忽暗地变化着，让鬼眼三的样子显得十分诡异。

随着一声闷响，鬼眼三被凭空击飞出去，跌落在鲁一弃的脚边。屋里的光全灭了，过了好一阵，都没有再亮起。

鲁一弃知道自己错了。他一直都认为这里不会有电，而现在，鬼眼三这惨状明显是被电击了。对家竟然把电也加入坎面做扣了。

鬼眼三像是被火烧过一样，身上发出一股焦臭，一只眼睛睁得大大的。他也许到死都没明白自己到底是陷在什么扣上。

焦臭的味道却帮鲁一弃在黑暗中轻易找到鬼眼三，他先后试了一下鬼眼三的呼吸和脉搏，都没有丝毫反应。看来鬼眼三真是死了！鬼眼三就这样死了？

鲁一弃放平鬼眼三，解开他腰中牛皮带，开始抢救。

洋学堂真能学到许多知识，比如现在鲁一弃对鬼眼三进行的紧急救护，西医常用，可以给溺水、触电的伤者还阳的机会。

花熔金

鲁一弃很努力地做着心脏按压和人工呼吸。十五次按压，一次吹气。他重复着这样的程序。他已经完全忘记了周围的危险，脑子里只有一个念头，救活鬼眼三。虽然他们相识还不到一个昼夜，虽然他们没有血缘关系，但他实实在在地感受到鬼眼三是个真正的兄弟，比亲兄弟还亲。鲁一弃这辈子都没有体会过的兄弟情谊，不能这么快就失去。

鲁盛孝依旧坐在地上，他看到刚才发生的一切，但他没有能力也没有办法来帮助他们，胸口和胯骨处的伤痛让他连移动的力气都没有。此时阳鱼眼又变成一片黑暗，百岁婴随时都可能杀出，说不定还有其他更可怕的扣子正在悄悄逼近。黑暗中他看不到鲁一弃在干什么，但他知道，自己此时必须保证他们不受到任何攻击。

鲁盛孝摸索到自己的木箱，熟练地打开几个屉格，从中拿出一些东西。然后索性躺倒在地，这样他可以不费力地观察到周围的情况。

果然有异动，虽然身处黑暗，但他还是发现东面有几面铜镜在悄无声息地转动，改变了角度。他知道不管那里出现什么，都对他们不利，所以必须阻止。

鲁盛孝拿起刚从木箱里掏出的一个竹筒，朝着黑暗中的大概位置按动机括，发出一阵利物破空的“嗤嗤”声，随后是铜镜上发出雨点般的“叮叮”声，筒中所藏银针如漫天雨丝倾洒在东面的铜镜上，这是“银毫花语”。

东面的铜镜又悄悄复位了，对家畏缩了，他们放弃了东面的行动。

鲁一弃已经满脸是汗，双臂也已经酸累，但他仍然在努力，救护的动作仍然正确有力。

鲁盛孝坐了起来，他又拿起一件东西。那是一把三联小弩，可以一下子发出三支弩箭。他把小弩搁在膝盖上，坐着不动，继续把那小弩朝向东面。那是盲爷登太湖石落铰龙网时给他的启示——对家会出乎意料地反复从同一个方向撤扣，而且刚才逃脱的几个百岁婴也都是隐入东面的铜镜背后。

屋里突然间光芒一闪变得明亮，随即就又恢复黑暗。

光线亮起的同时，东面又有两面铜镜瞬间转开，就在这一亮一灭之间，鲁盛孝发出三支箭，再次阻止了对家的行动。屋里又是一片黑暗。

鲁盛孝拿起第三样东西。那东西像是一把木工雕花时用的双头方形木槌，叫“梅花双飞”。

鲁盛孝握着那锤子，锤头指向了西面的铜镜，身体也转向西面。

鲁一弃已经很累了，他吹气的时候能感到自己额头的血管在跳动，眼睛也有些发花。

屋子里又一亮，还是在东面，两面铜镜同时转开，两个迅疾的身影扑向鲁盛孝。而鲁盛孝现在却是背对着东面，他受伤的身体恐怕连转身都来不及。

随着机括的弦响声和物体破空声，双婴倒纵回去，隐入铜镜背后不再出现。

鲁盛孝心中很清楚，那对百岁婴都受伤了。

刚才鲁盛孝就在想：东面依旧是最危险的方向，必须严加戒备。但现在武器已不多了，最好能灭了对家几个人扣儿，那样才有脱出的机会。所以应该给他们来个回落扣。这“梅花双飞”两面都可以伤人，虽然鲁盛孝把锤子的一端朝向西面，但暗中按动的机括却是向后发射的，所以九支“五分梅花钉”，有七支被双婴身体带走。

鲁一弃终于疲惫地瘫坐在地上。他已经尽了最大的努力，再也没有气力继续下去了。

鬼眼三唯一的眼睛眨了一下，显露出扭曲变形的表情，一只焦黑的手慢慢地向鲁一弃探过去。

这不是尸变，这是复活，这是重生。鬼眼三恢复了心跳和呼吸。

鲁一弃轻轻握住鬼眼三的手，说道：“你暂时还不能动。”

鬼眼三相信鲁一弃，他放下了手，闭上眼睛，调整呼吸。他已经死过一回了，现在如果不能尽快恢复的话，恐怕还是会死在这个坎面上。

阳鱼眼现在是黑暗的，里面的三个人谁都不说话，也没有拿出照明的东西。他们仿佛是在等待死亡，也仿佛是在等待光明。

既然是阳鱼眼，它就不会像阴鱼口那样永远黑暗。果然，一股温热泛起，让他们感觉到明亮，感觉到灼热，感觉到一股吞噬一切、摧毁一切的可怕力量。

随着这种诡异的灼热感越来越强，铜镜的背后缓缓飘出些许闪烁着暗红色光芒的花朵，有点像野菊花，不大，也不很亮。看上去很轻，好像跟柳絮差不多，飘飘悠悠往阳鱼眼中落下。

但那些暗红色的花朵就像是血染的一般，充满了死亡的气息，犹如魔鬼手中诱惑、毁灭生灵的摩娑花。

越来越多的花朵在空中飘荡盘旋，旋绕成一个暗红的死洞，一个血的旋涡。在铜镜的反射下整个阳鱼眼都被映照成红色，鲁一弃他们就如浸没在一个盛满滚热血液的大缸中。

东面墙壁缓缓转开了几个口子，鲁盛孝抓起铁錾对准那渐渐开启的空当，随时准备投掷出去。铜壁只转了一个很小的角度，什么都没有，只有一股风。那风顺着阳鱼眼的四壁和布置巧妙的铜镜流动，带动那些飘落的花朵都横飞起来。

鲁盛孝再次平躺在地上，其中一朵红花几乎是擦着额头飞过，他的胡须和发梢竟然被烤得有一点发黄卷曲。

鲁一弃拿起鬼眼三的雨金刚挡在身前。有两朵红花被挡住，但它们没掉落，也没飘走，而是黏附在雨金刚的伞面上，发出“吱吱”烧熔声。灼热感从伞骨上传来，伞的内面也出现了两块红印，越来越红，越来越亮，红印的中心已经发白，冒起缕缕白烟。

鲁一弃把伞往旁边铜镜上一砸，甩落了那两朵红花。手中的雨金刚竟然被熔出两个山楂大小的圆洞。再看那铜镜，铜汁汩汩滴落，镜面扭曲变形，而那红花却是越来越亮，越来越红。

“熔金天火魔菊”，这名字在鲁一弃脑中一闪而过。

东面开启的铜壁又动了一下，气流发生了变化。已经快被吹拂到西壁的红花在两扇铜镜之间打了个旋儿，再次向鲁一弃他们横飘过来。这次往回飘的红花已经降低了高度，最低的已经接近地面。

鲁一弃对鬼眼三说了声：“千万别动！”然后拉起鬼眼三的双脚往后拖了几步，让过了最低的几朵红花。红花毕竟不是墙，它们有高有低有空当。鲁一弃便找准一个空当，把鬼眼三从空当里推到花墙另一边，自己也随即趴下，贴紧地面，躲过那些花朵。幸亏地面很是光滑，他才能迅速完成这一切。

鲁盛孝的身体比鲁一弃宽厚得多，已经没办法从空隙中穿过了。红花逼近，他只能强忍身上的剧痛，手脚并用地不住往后退。

退着退着，鲁盛孝摸到一个东西，那是被鲁一弃打死的百岁婴。他想都没想，拼全力把那尸体拖起，掼向紧逼他的几朵魔花。

那尸体带走了三朵花，给鲁盛孝让出一个可通过的空当。

尸体剧烈地燃烧，瞬间化成灰烬。可怕的不止于此，那火烧完尸体后竟然不灭，还在继续燃烧，很快就把地面熔出一个瓦盆大的洞。看来这血红花朵不仅是死亡之花，还是地狱之火。

四周又有许多红花落下，铜壁又动作了，有人要他们尽快死去。气流重新改变方向，把所有熔金天火魔菊汇聚在一起，更加密集。一堵由死亡之花、地狱之火堆垒起来的墙壁横飘过来。

鲁盛孝钻过刚才的空当，刚站直身子就又要向侧面摔倒，幸亏被赶过来的鲁一弃扶住，跌跌撞撞地聚拢到鬼眼三旁边。

血红的花墙压了过来，再没有讨巧的办法躲避了。

鬼眼三早就睁开了唯一的那只眼，他也早就清楚了周围的状况，现在的情景明确地告诉他：又得死一回了。鬼眼三用焦黑的手轻轻抓住鲁一弃，他奇怪自己曾经是那么的惧怕死亡，可现在却没有太大的失落和遗憾。

血红的花墙已经近在眼前，鲁盛孝的双腿有些颤巍巍的，他一把扯开棉袍扣子，脱下长棉袍，在头顶上抖作一个扇形，朝花墙摔去。

棉袍在燃烧，地面在燃烧。

花墙出现了空当，他们又逃过一次必杀的扣。可是这里的扣是不死不休的，所以那些要命的花朵还是会转头。铜壁上的口子再次调整角度，随着气流的改变，花朵再次调头狂扑过来。他们已经无路可退了。

血红花墙压迫到跟前了，密度更高，速度更快。灼人的热浪压迫住呼吸，眉毛、头发已经开始发焦卷曲了。

真的就只有死路一条了，面前是火墙，背后是铜壁，上天无路入地无门。

又是千钧一发的最后关头，鲁一弃拿起大伯丢在地上的铁錾，插进铜壁的空隙中用力朝外一撬，铜壁板块晃了晃，却没怎么动，可那逼迫过来的血红花墙却明显顿了一顿。鲁盛孝看出鲁一弃的用意，他回转身，也抓住铁錾，和鲁一弃一起用力。

“嘎嘣嘣……咣！”一声巨响，四扇开口一起转开到最大角度，一股劲风直冲而出。花墙散了，花朵毫无规律地飘向各个方向。南、北、西三个方向的铜镜上，还有地面上、屋顶上，到处都有。那些花朵一粘即燃，一燃即熔。

阳鱼眼重新变得明亮。这阳鱼眼屋顶竟然也是铜铸的，熔化的铜汁“噗噗”地滴下，和地面上铜镜烧熔的铜汁汇成一片，在火光的闪烁照耀下，明晃晃、黄灿灿的。

那血红魔花温度极高，碰啥烧啥，可燃烧后引燃的面积并不大，都是往深处烙。所以这阳鱼眼的坎子面并未被烧断，这里仍是个无路的绝断坎。

伯侄二人松开手，铜镜重又关合上。虽然仍未脱险，但鲁一弃还是深深地松了口气。他看着那些花朵不断变红变亮，“熔金天火魔菊”这几个字又在脑中出现。

《西域记·天物解》[1]记载：“西域有恶山，产火精，形如菊。燃金、木，势不止，遇水旺，唯土石能阻。谓熔金魔菊。”

《神器说论》[2]讲：“神之三昧真火之意实取西方魔域菊形火精，其名熔金天火魔菊。”

鲁一弃口中喃喃着，反复琢磨文中之意：“燃金、木，势不止？燃金、木，势不止？遇水旺？”

鬼眼三一直到现在都还躺在地上，虽然有几次他也想站起来，可是力不从心。贴紧地面的后背很容易就感觉到灼热，他拉拉鲁一弃的裤腿，轻声说了句：“下面。”

地面的颜色已经由暗黑变成暗红，而且还在继续变红变亮，地面的温度也在快速上升。特别是被血红魔菊烧出的洞口，一团团火星从中喷

---

1 一部古老的游记，记录的大都是西域的风土人情和物产。谁是作者有两种说法，一说为天竺僧侣坦党，一说为唐代驻辇关镇守使王震贺。

2 一本小册，主要是对一些典籍、残秘本中的概念进行注解。为明代太常寺编修龚鸿朗等七人编写。因是官府书，版印不多，注解的东西又生僻，不大为世人所知。至清朝初便已少见，现古玩市场上可偶见这种书的残页。

出，在空中飞舞。刚才那些魔菊把地面烧熔烧透，不知在下面又引燃了些什么，正在地下熊熊燃烧。

鲁盛孝用铁錾敲了敲地面，发出的是空闷的金属撞击声，从敲击声推断，这里的地面应该是架空的，下面有夹层或者密室。

现在的阳鱼眼就像一只有盖的锅，正在炉火上烧煮，煮的是鲁一弃他们。

地面上的大洞口慢慢涌出两股火红的水流，那水在翻腾着，像是刚刚烧开。水本身并不红，是被水中漂浮滚动的魔菊映出来的。这水中的魔菊和铜镜铜上黏附的魔菊不大一样，它们不是暗红的，而是火红火红的，而且特别的亮。

火红的水流和滴淌的铜汁混合在一起，所经之处，铜镜纷纷倒落在水流之中，很快就熔化不见。而铜镜上黏附的魔菊掉落水中后，马上也变得火红，变得明亮。

“原来这就是遇水旺！魔菊遇水不灭，反而烧得更旺，温度也更高。魔菊温度一高，烧熔铜镜的速度也就更快。”眼前的景象给鲁一弃提了个醒。

知道了答案，也就意味着绝望。

阳鱼眼中现在是热浪滚滚。地面温度不断升高，地面上的洞口在逐渐扩大，开始将熔化之势延伸开来。流淌着的热流势头也越来越凶猛，纠裹着地面上的铜汁和不断倒落熔化的铜镜朝鲁一弃他们包绕过来。

面前是火海油锅，背后是铜壁铁墙，暗处还有鬼魅般的百岁婴在伺机攻击。

鲁一弃他们再次无路可逃，必死无疑。

第六章　班门“弄斧”：鲁班留给班门门长的神秘信物

鲁一弃跟着大伯许多年，却从不知道大伯戴着这么个挂件。当那挂件从大伯胸前拉出时，鲁一弃见到一团灵动闪耀的气息，暗红、暗绿、米白三种色彩在流动。那是一枚玉石雕成的斧头，没有柄。玉身古锈斑驳，温厚润泽。从朴拙的外相做工就可以看出，这玉件至少有两千年的历史。

院中院

当年离开家的路是那么难，现在回家的路更加难。鲁盛孝抹去一把汗，长叹了一口气，他现在最后悔的是把鲁一弃带上这条死亡之路。他并不吝惜自己的生命，只是他这唯一侄子的年轻生命才刚刚有点绚丽的色彩，却要熔入这片刺目的血红之中。他现在能做些什么？什么都做不了。也许可以期盼，期盼奇迹的再次出现。他定定地看着阳鱼眼的鱼尾部，那里的铜镜也在熔化，但并没有出现当年那样可脱出的缺口，很明显，坎子面没有破。他知道，照这样熔化下去，那缺口迟早会出现。但他们肯定是等不到了，就算能等到，那混合了铜汁的热流也早就把那鱼尾处覆盖，过不去了。

“要是现在那里能破开就好了。”鲁盛孝自言自语道。

鲁一弃把破了大洞的棉袄脱下，一是他已经热得不行，二是要给鬼眼三的背部垫点东西，不然就要被烤焦了。听到大伯的话，他顺着大伯的目光望去，那里是阳鱼的尾部。他又看了一下地面上流淌的火红热流和熔滴的铜汁，阳鱼眼还没有被完全覆盖，他们还有途径到达那里。

“那里真可以出去？”鲁一弃边拉起鬼眼三边问道，他知道如果不抓紧时间，那路径就要被热流覆盖。

“我当年就是从相同方位的缺口逃出去的，可现在那里没有缺口。”鲁盛孝沉重地说道。

“这么说，那里应该有条活路，至少也是个薄弱处，也许可以炸开它。”鲁一弃不太习惯说坎子行的切口（行话），其实活路叫缺儿，薄弱处叫空儿。

边说着话，鲁一弃边把鬼眼三背在身上。鲁盛孝一手拄着铁錾，一手撑着雨金刚。现在的情形真是不能有一点耽搁了。他们要尽快向鱼尾处移动，因为通往那里的路径就要被热流覆盖了，也因为脚下的地面已经烫得站不住脚了。

路走了一半，鲁一弃忽然站住，他回头，双眼望着大伯，很平静地问了一句：“还回家吗？”

鲁盛孝愣住了。现在这个节骨眼还问这样的问题，这个自己一手养大的侄子在这一天里给了他太多的惊异和不懂，他不知道应该怎么回答，只好反问：“还能退吗？”

鲁一弃背着鬼眼三往回走，他们回到原来待的地方。鲁盛孝跟在后面，他不知道鲁一弃要干什么。通往鱼尾的路径渐渐被翻腾的热流和滴淌的铜汁覆盖，他们已经失去了最后的机会。

鲁一弃重新把鬼眼三放下，从大伯手中拿过雨金刚撑好，挡在鬼眼三身前。他示意大伯也躲到雨金刚的背后，于是鲁盛孝有些艰难地蹲下身子，浑身的疼痛和灼人的热浪让他呼吸困难。

鲁一弃站在东南方向的几块铜镜面前。他掏出手枪，装满子弹，但他并没有马上开枪，而是盯住那些镜子，仿佛在欣赏镜子中自己的身影。鲁盛孝有些着急，热流已经不远，地面更是烫如烤板，鬼眼三贴着地面的黑包布已经开始冒起白烟，随时都会燃起明火。

在看不到的地方也有人在着急，那人是为热流铜汁流淌得不够快而着急。他同样不清楚鲁一弃要干什么，但已经有四个百岁婴按他的意思守在那些铜镜背后，随时可以杀出。

鲁一弃举起枪，忽然侧身向东北方快速跑动。他一边跑一边开枪，子弹射中东北角的一块铜壁，这处铜壁曾经为了吹动魔花开启过，就算不是缺儿，也是个空儿。所谓空儿其实就是坎面儿暗藏扣子的地方，也包括扣子撒出必须留下的微小空当，以及扣子发挥作用的边缘区域。鲁一弃刚才站在东南方的铜镜前，这铜镜就是个空儿，现在他枪击的铜壁也是个空儿。这就像技击招法一样，花式越多，漏洞也就越多；这坎面儿中的扣子越多，空儿也就越多。

因为铜壁板块比铜镜厚，所以和刚才枪击倒悬百岁婴一样，那上面击穿的圆孔很整齐，没有四散的裂纹。鲁一弃跑出六步，打了六枪。六个圆孔一个接着一个，连成一个弧形，再要有两颗子弹，那弧形连成一个圆，就可以把一块小铜板分离出来。

可是枪里没子弹了，也来不及重新装填。鲁一弃冲到铜壁前面，举起枪柄就砸。他必须快，必须赶在暗藏之人看出意图之前，在百岁婴赶到之前。

暗藏的人没明白鲁一弃要干什么，但他还是发出指令，四个百岁婴也已经快速从坎道移位，到达东北角的铜壁背面。

铜镜上的弧形被砸得朝里弯倒了一些，鲁一弃掏出手雷，拉开保险，塞在空隙中。

手雷爆炸了，就在鲁一弃也躲避到雨金刚后的一瞬间爆炸了。铜镜的碎片如同雨点一样四溅，爆炸的气浪差点把雨金刚掀飞。鲁盛孝和鬼眼三死死抓住伞把和伞骨，这才稳在那里挡住无数的铜板碎片。

爆炸的气浪刚刚平息，鲁一弃就提着装满子弹的手枪冲到缺口前。缺口外倒着四个百岁婴，在挣扎、在抽搐。他们的脸上和身上插满了铜片，鲜血从七窍中流淌出来。

鲁一弃马上赶回，背起鬼眼三往缺口跑去，鲁盛孝紧随其后。才到缺口处，热流和铜汁就已经把他们刚才停留的地方覆盖，垫在地上的棉袄在血红的热浪中冒了个火苗就不见了。

那缺口不大，但很适合百岁婴进出。旁边的铜板背后是厚厚的砖岩，幸亏找对了地方，不然就算炸碎铜壁也还是无法脱出。

鲁一弃先钻出去，然后把鬼眼三接出来，最后是鲁盛孝。此时鲁一弃朝阳鱼眼里瞧了最后一眼，热流和铜汁已经覆盖了整个坎面，中间的地面已经熔化并向下塌陷，屋顶的铜汁如雨一样滴下。这里真的成了一个魔鬼的炼炉、恶鬼的火窟。

缺口外面是一道高墙，黑乎乎的，看不出到底有多高，抬头往上，只能看到有一些小雪花从上面的黑暗中飘下。鲁一弃辨别了一下方向，背着鬼眼三顺高墙往右走去。鲁盛孝还是一手拄铁鋆，一手撑雨金刚跟在后面。他们脚下不停，连绕了好几个弯。终于走不动了，鲁一弃和鲁盛孝都累得气喘如牛，不约而同地停住脚步。

鲁一弃知道这里不能久留，他只是需要喘口气。

"一弃啊，这路对吗？"鲁盛孝一边喘一边问。

鲁一弃没回答，好一阵，等呼吸平稳了些，他才说:"大伯，你从前破鱼尾脱出，是离家而走。今天我们是要回家，所以要破鱼额而出。这墙是沿鱼脊绕向而砌，出来后往右是东北方。如果阴阳鱼外有八卦图外布的话，我们所走方向应该是坤位。八卦的坤卦是阴爻，阴爻其形中断，正好表明是活路一条。"

"对家会不会又反其道而行？让我们自投死路？"鲁盛孝对没有实际经验的侄子还是不怎么放心，刚才在阴鱼口选择进口时，他听从了侄子的见解，可是却走入了一个没有活路的坎子面。

"应该不会，你说过，你当年出来时最后一道坎就是阳鱼眼，最后的也就意味着是最厉害的。那么我们进来，它就仍然应该是布置在最后一道。既然在它外面再无坎面了，那对家的布置就该重新合复正位，因为后面的路是留给自己走的。在他们预计中，根本就没想过会有人能闯过这一步。"从鲁一弃的语气里可以听出，他对自己的分析很自信。

走出没多远，他们真的看到了一个简单门楼，通向二进院。

鲁一弃他们气喘吁吁、跌跌撞撞地来到门口。那是座非常普通的门楼，和两边高大的围墙相比，显得很单薄。在门口一眼就可以看出二进院子也是宽大异常，所以配上这么一扇门真有点像肥牛头配樱桃口。

如此单薄的构造是很难布置坎面的，而且按照鲁一弃的分析，这门是给对家自己走的，那就更不会有坎面儿布置。所以他们很从容地站在了门口。

门大开着，透过稀疏飘落的雪花，隐隐可以看到二进院里有个建筑。鲁一弃感到一种莫名的亲切，于是他想都没想就迈步走到了门里。

他看清了那座建筑，是个小宅院，一个和北平许多平常人家差不多的四合院，一个被四合院包围的四合院。

这就是我的家！没等大伯开口，鲁一弃就给了自己一个答案。

“放下我！”鬼眼三边说话边挣扎着要下来，“我不能进去。”

鲁一弃很奇怪：“为什么？”

“规矩，是规矩。”鬼眼三嘴里的规矩是江湖规矩，也是倪家的规矩。江湖上门派之间，是不可以进到对方总堂和内祠的，而倪家的规矩是不得进入人家的祖屋，因为祖屋都有这家祖宗的魂灵和家神护佑，会对干盗墓的不利。

鲁一弃虽然不是江湖中人，但他知道江湖上有些规矩是比生命都重要的。于是他把鬼眼三放下，安置在内侧台阶下面。他从大伯那里要过雨金刚和尸犬石，把雨金刚放在鬼眼三身边，尸犬石放在鬼眼三掌心，然后把鬼眼三的手掌握得紧紧的。

鲁一弃的心中有种难言的酸楚，但他说话的语气却是异常的平静：“你躺着别乱动，否则刚刚恢复的心跳和呼吸随时可能停止。我很快就回来带你出去。”

鬼眼三却笑了笑，没说话。可就在鲁一弃要站起离去的瞬间，鬼眼三一把抓住鲁一弃的手臂：“你没说尸偶如何发声。”

鲁一弃摇摇头说道："你这人呀，知道八音盒吗？回去我送你一个，你一看就知道了。所以你一定要保住性命，不然我的八音盒就不知道该送给谁了。"

"给我！"鬼眼三很坚决地说，"我死，放我墓里，也让我的后辈同道不至于走空。"

"那我给你多搞个尸偶陪葬。"鲁一弃笑了。

"快走吧，辰光不早了。"鲁盛孝在催促，语气很是焦躁不安。说完这话，他就头也不回地向那四合院走去，脚步虽然一瘸一拐，却十分坚定。

鲁一弃也站起身来，回头看到鬼眼三嘴巴夸张地开合了一下，却没发出声音。鬼眼三焦黑的右手食指僵硬地斜指着一个方向。鲁一弃不用顺这手指的方向看，就已经知道他指的是鲁盛孝，但鬼眼三所做口形是什么意思，他却没看出来。鬼眼三的嘴巴又很夸张地动了一下，依旧没有声音。这次鲁一弃看懂了，所以他对鬼眼三也做了个口形。

鬼眼三嘴角露出了个不太明显的笑意，然后有些艰难地拖起身上的黑包布，把自己连头带脸都盖了起来。

鲁一弃走出好几步，他再次回头看了看鬼眼三。裹在黑包布里的鬼眼三一动也不动，就像是一具待葬的尸体。雪花飘落在黑布上，堆积在黑布的皱褶里，勾画出几道浅浅的白色沟槽。棉袄在阳鱼眼都被烧掉了，现在身上只剩下残破的小褂子，他不禁打了个寒战。

鲁一弃站在小四合院的门口，却没有回家的激动。这院中院的门楼很小，门紧闭着。两边有一副对联："定方圆不舍规矩，执大工难得心性。"上有一横批："匠心慧和"。单从这对联上就可以看出这是一个工匠世家。

很明显，鲁盛孝倒是真的到家了。他走上台阶，在门环上摆弄了几下，大门开了。鲁盛孝把门推开一个不大的间隙，侧着身子挤了进去。

鲁一弃也跟了进去。鲁盛孝进门之后并没有马上往里走，而是重新把门关上，插好门栓，然后从门框边的墙缝里拉出一根马尾弦，系在门栓尾部的小孔里。

鲁一弃知道，大伯这是在拉弦布坎。鲁盛孝的动作很快，布完一道坎子就马上转身走过影壁，同时把墙角往上第四块砖整个翻转过来布了二道坎。其实鲁盛孝心里清楚，这些坎不大可能挡住对家的高手，他只是想多争取一点时间。

鲁一弃跟在大伯背后，没说一句话。他也确实帮不上什么忙，只是默默地看着大伯熟练的操作。然而他还是觉察到有什么不对劲，他看看大伯，希望大伯能发现点什么。而鲁盛孝只是忙着做自己的事情，他拖着伤重的身体，在垂花门的背后扳井字格为口字格，布下了第三道坎。

三道坎布下，鲁盛孝已经累得呼呼直喘，再加上身体的伤痛，热汗夹杂着冷汗一起流下。鲁一弃知道大伯现在是极度地疲劳和虚弱，从一更天闯入到现在，他们水米未进，而且还一直处于高度紧张和全力搏杀中，大伯更是几度受伤。

院子里，鲁盛孝想再布一个形影双迷障[1]，俯身去移动一个海棠花的花盆，可是没能移得动。鲁一弃正想过去帮他，他却摇摇头放弃了：“算了，还是快进去吧。多一道坎也不见得能阻了他们多少辰光。”

两个人没再动任何东西，直接就来到正房门口。鲁盛孝拿活舌钩针小心地挑开了门环上的蹄踏蝴蝶扣，走进不是很大的正房。正房里很暗，鲁盛孝却像是都能看得清楚，没任何磕碰就把房里的几盏烛火点着了。正房里登时一亮，一块巨大堂匾出现在鲁一弃的面前。

巨大堂匾上面写有两个篆体金字，由于时间久远已经变得黯淡，但

1　一种障眼的法门，利用一些草木花盆与周围环境配合，让人在其中移动时产生人动影子不动、人不动影子倒在动的错觉，从而无法判断自己移动的方向距离和脚下虚实。

字体却是有骨有力、形神兼备。鲁一弃认得，这两个篆字是“班门”。这两个字让鲁一弃感到熟悉而又陌生。面对正屋里的每一物，鲁盛孝却是感慨万千：“二十多年了！这里倒是一点都没变。”

这句话让鲁一弃若有所思，眉头不由微微一皱。他看了看“班门”那块匾额，再看看大伯的脸，欲言又止……

“什么都别问，先拜门宗祖先。”鲁盛孝看出侄子有强烈的疑虑，他面色凝重地制止了。现在已经不需要任何解释了，如果鲁一弃真的有超凡灵性，那么一会儿就什么都知道了。如果他没那天赋，那真是知道得越少越好。

鲁一弃走到祭桌前，牌位中间最大一块上只有七个字：“祖师匠神般公位”。鲁一弃从旁边的香筒里抽出三支香，随手摸了一下祭桌面。然后划火，点香，恭恭敬敬地将香插在香炉里。在祭桌前面有一个拜垫，鲁一弃扑倒在拜垫之上，连磕三个重重的头。

鲁盛孝示意鲁一弃站起身来，朝他走了过去，用手中拄着的铁鋬拨开拜垫。拜垫下是青石铺成的地面，鲁盛孝又小心翼翼地从脖子上取下一个挂件。

鲁一弃跟着大伯许多年，却从不知道大伯戴着这么个挂件。当那挂件从大伯胸前拉出时，鲁一弃见到一团灵动闪耀的气息，暗红、暗绿、米白三种色彩在流动。那是一枚玉石雕成的斧头，没有柄。玉身古锈斑驳，温厚润泽。从朴拙的外相做工就可以看出，这玉件至少有两千年的历史。

玉件贵重与否首先是看它的年代和底蕴，其次看它的润泽程度，也就是行中说的几分毫、几分透。一般来说越是古物越不可能有十分精巧的雕刻，所以远古留下的珍稀玉器多是外相朴拙无华的玉玦、玉环，也有少数其他形状和用途的玉件儿。而现在大伯手中的这枚玉斧，可以说是个少见的极品。

鲁盛孝弯下腰，找到拜垫下青石地面上一个不大的口子，把斧口轻轻插入。玉斧滑入缺口，严丝合缝。鲁盛孝左右手抓住系在斧子背后的挂绳，往外绷紧，然后旋拉了个一百八十度。

做完这些，鲁盛孝直起腰退后两步，鲁一弃见大伯退后，也往后挪动了些。这一刻，鲁一弃忽然很紧张，他已经不像在大门口时那样平静。他心中忽然冒出一种难言的慌乱，那是一种近家情怯般的慌乱。他听到自己的心跳声很响，一声，两声……当第五声响起的时候，青石地面一阵响动，旋开了一个圆形洞口。

正房里所有的烛光都照不到圆洞的内部。可是鲁一弃没觉得那洞里黑，就在这洞口开启的同时，他却见到一蓬紫气喷涌而出，紫气中华光四溢、瑞气纵横。这是宝气，这就是宝气，鲁一弃根本不需要静心凝目细细感觉，紫色云霞般的宝气就已经把他包绕其中。那紫色气息在升腾，在起伏，在洞口处如莲花般绽开，回旋着的紫色光环在正屋中层层叠叠，一波波地蒸腾扩散。

鲁盛孝没有那样的感觉，他根本无法体会到鲁一弃现在拥有的世界，但他从鲁一弃脸上表情看出了异样。他没说一句话，看着自己的侄子如同着魔了一般直往那圆洞中走去。

三圣石

风水学有阳宅与阴宅之分。寻求家兴族旺之人一般都在阴宅上做文章，千方百计要给祖坟点一个藏风聚气、显龙卧虎的好穴。其实阳宅的风水对福祸运道的影响更大，而且阳宅本身的环境地点、构造布置与居住之人的心理、生理都有着很大关联。所以，古时富贵讲究人家都挑选水活路通、依邻丰荣的地方建阳宅，而且在建宅时还要在风水眼上安置镇宅重宝。

但俗话说，风水轮流转。这风水是会变化的。比如说这“依邻丰荣”，宅子所依之山丘、树林本身就有四季枯荣的变化；而所安置的重宝，不管是何种极致宝物，它瑞祥宝气的护佑也是有变化的。这些宝物一般是一百年瑞气腾跃，可保家、人皆旺；一百年瑞气平和，那样家道也就平常，无富贵也无贫灾；再有一百年则瑞气尽敛，宝物自身需吸纳日月天地之精华，此时宝物则无护佑之功了。所以，人们常讲富不过三代，就是此种缘由。

鲁一弃顺着青石铺就的台阶走下圆洞。越往下走，那腾跃起伏的紫色气息反而越来越暗淡了。底下是一个怎样的地方，鲁一弃不知道，他只能清晰地感觉到那层层紫气是从一块黝黑大石上升腾而出的。

那石头有床榻大小，朝上一面很平整。鲁一弃心中莫名地感到这石头很亲切，很温馨，是他的一个起点，也是他的一个归宿，真的和梦中的家一样。他仿佛觉得自己前世也是一块石头，是从这大石上掉下的一个棱角。

鲁一弃走了过去，没有踌躇，没有犹豫。他的心中有不可名状的依恋和兴奋，他伸出双臂，带着抚摸的渴望和拥抱的冲动。

手指轻轻落在石头上面，很小心，很温柔，就像是在抚摸情人的身体。石头的手感很润泽细腻，但它的表面并不光滑，布满凸凹的纹路。那些似曾相识的纹路像文字，也像图画，似乎在诉说着什么。

手指在拂拭，在划描。他把自己的脸颊轻轻靠在石面上，一瞬间，他感觉脑海中的文字和图案在飞舞盘旋，那些记忆中曾经不懂、不认识、不理解的东西全汇聚在一起。一幅画面出现在他面前：山峦起伏，林茂塬翠，一条奔腾的大河岸边，柳树拂扬。仿佛有三位古服高髻之人，他们盘腿坐在一方大石之上，手舞足蹈，指点天地山河，在论说着什么。

他不由一惊，脸离开石头。眼前依旧是黝黑大石放出的淡淡紫气，刚才的幻境已消失无踪。而那幻境对于他来说，感觉是那么的真实，像是看到一幅画，像是在读一本书，像是推开赏景的窗。他有些不由自主地再次把脸贴上去，幻境又出现了。这次他没有马上离开，他对那幻境充满了好奇和向往，同时产生了融入这石头的强烈欲望，而这石头也有一种力量在吸引他、容纳他。

鲁一弃再次离开那石头，并且退后了一大步。但此时他的目光变得迷离，似看非看；他的表情很茫然，无喜无悲，无嗔无欢。他慢慢褪去身上所有衣物，赤条条如刚出世的婴儿般走向那块大石，他俯向石面，以一种胎儿的姿势把整个身体蜷伏在上面。

鲁一弃这一刻没有了自己的思维，他的脑中只有无数的文字和图案在飞舞盘旋，有大石上的，也有他印象中的那些古玉、石片上的。他已感觉不到初冬的寒冷，取而代之的是母体般的温暖。他现在就是个重新回归母体的胎儿，感受着母体带给他的另一个世界……

两千四百年前，鲁国有一名工匠叫公输般，是一位宅心仁厚、匠心独具的大匠。他遍走天下，建屋架桥，修路造庙。同时访名匠高人，求学过人技艺。不管他走到何处，身后都跟着一位道人，从早到晚都手持一管笔，但有笔无简，凭空写画，也不知是在记些什么。

公输般与道人并不相识，他也不知道这道人是什么时候跟在自己后面的。而且那道人好像不会说话，与公输般从未有过一句交流。公输般心地仁厚，对这些方外之人很是客气，每次息工吃饭都邀道人同桌共食，而且都是让道人先吃。就连主人家敬奉的师父饭，开、收工宴，也是把那道人让在上座。那道人跟在公输般背后足有三年，公输般的弟子门人都管那道人叫笔道人。

公元前四百四十八年，楚王发兵攻宋，请公输般到楚国制造攻城器具。公输般虽不愿，可是却无法拒绝楚王。当时墨家始祖墨翟便冒着被杀的危险，来到楚国劝说楚王休战，楚王不允。墨翟便言楚国无法攻入宋国，因为他已经派遣禽滑（gǔ）厘（xī）[1]率领墨门三百名弟子，带着自己设计和制造的守城器械去宋国协助守城。楚王不信墨翟的守城器械可以敌过公输般的攻城器械。于是命二人演示一番。公输般运用各种器械和方法，对其九攻，墨翟则一一化解，予以九拒。楚王见公输般的器械果然无法攻破墨翟的防御，便放弃了攻打宋国的计划。

墨翟出了楚王宫殿，公输般却在宫外等候。他邀墨翟到一个僻静处，摆出攻城九变之法，墨翟看后大惊，此九变他无一能解。公输般言曰：此九变之法非我所能，我可带你见设九变之人。墨翟欣然前往。

一条大河边，远处有重峦叠嶂，近处有绿原丛林。在翠绿柳树之下，黝黑大石之上，盘坐着笔道人。

笔道人微笑着示意公输般和墨翟也坐上大石，然后取出一幅帛卷在

1　“禽滑”是华夏古姓氏。禽滑厘，春秋时期魏国人，传说是墨子的首席弟子，他的字为慎子。他的后代以他的字作为姓氏，形成慎姓。

大石上摊开，让二人同观。

星移斗转，不觉间三个昼夜。道人收起帛卷，拿笔在大石上写下“论得”二字。于是墨翟先说，他把三日中从这帛卷上学到之术论说一番。有疑有错之处笔道人会在石上写出，加以点拨。而后公输般也将所学论说一番，笔道人也一样指点。两人这一番论说又是一个昼夜。

第五天的早晨，风朗露清，轻烟缥缈。笔道人取玉牌一块，玉盒八只，然后启仙唇朗声吐真言：“昔时禹分九州，定疆界，此疆却非一元俱统的神州之疆。这是因一元之形中有八处世间极凶穴眼，破一元俱统之局。前番灭纣封神，各仙家大犯血光杀伐之厄，毁了数百年乃至千年修真善果。所以此番八宝定凡疆皆由凡间圣贤力行其事。我观天下博爱之心、至巧之技兼具唯二贤。这广播福泽的大事二位一定不会辞拒。”

道人指指那八只玉盒言道：“此八件天宝，各携金、木、水、火、土、天、地、人，五行三才八道仙旨。凡间八处极凶穴眼相距不远都有极祥瑞之地牵制。你等须在这祥瑞之地建可靠筑构安放这八宝。如能遂天意人愿，天宝历经八极轮回之数，将蓄满天地日月精华，饱浸世间万千气象。那时将其投入极凶穴眼，则凡疆永固。”

“何为八极轮回？”墨翟问道。

“百年兴，百年平，百年蕴，三百一轮回，八极八轮回。”

“可我等如何可保数千年后之事？”公输般也问道。

“那就要二位贤圣的后代子孙能做到奇巧代代传，仁慧世世有。但世事神仙也难料，天意还须人力为。有些事情是要看世人造化的。”

道人把面前八只玉盒中的三只推至墨翟面前，五只推到公输般面前，继续言道：“这四个昼夜之中，你二人所学机巧侧重各不相同。公输般是巧多过机，你来定天、地、人、金、木五宝。方向东北、东、东南、南、西南。你将此玉牌上这五穴之处境形、景貌记下。墨翟是机多过巧，你来定火、水、土三宝，方向为西、西北、北。这三处却是更加艰难，须冲险破难、斗妖伏魔。你墨门多侠义勇士，你定这三宝也算是合天意吧。你可记下三穴境形、景貌。”

等到公输般与墨翟记下玉牌上所需内容后，道人用那幅帛卷将玉牌整齐包裹好，在大石上点弄一番，大石上开启出一个石匣。道人将帛卷与玉牌放入石匣，然后重新封闭好，竟无一丝缝隙凹凸。

做完这些，笔道人含笑面对二人，继续言道：“今日我三人在此石之上设了这个三界之中数千载来第一大局，此石亦得此福泽，后世会把它唤做‘三圣石’，待八极历数圆满，自会石破天惊。贫道此处还有几句偈语送二位，或许可保数千年子孙不改祖宗之愿。”

于是在白帛上写下：“七分天机三分巧，守则一方，出则天下”，交与墨翟并言道：“你墨家子孙终难舍侠勇杀伐声名富贵，却也有弃之为隐士高贤者。”又写下：“三分天机少人晓，多布宝，少纷扰；七分巧工广传道，惠世人，养幼老”交与公输般并言道：“班门子孙虽无巨拥高座，却能保代代衣食滋润，技艺名扬四方。”

最后，笔道人在大石之上信手画了一个圈，很圆很圆。像他这般废规矩而成方圆，非得灵台万丈空明，心镜不沾丝毫尘埃不可。

“但愿果真八方穴定，但愿凡疆真能如同此圆！”道人说完飘然而去，隐入缥缈的雾霭之中，留在石上的墨翟、公输般也渐被雾霭掩盖。

鲁一弃猛然醒来，他不知道已经过了多久，还做了一个奇怪的梦。

当他的意识还在梦中情景未曾恢复过来时，却发现自己眼前的石面上有一个圆形的纹路，很圆很圆，和那道人画的一样圆、一样大。那圆中纹路纵横，此起彼伏，倒像是地图一般。随后，又发觉自己的手所放之处似乎正是那道人开启石匣的地方，手指不由得轻轻点拨。其实他刚刚在梦中并未注意道人开启的手法，但好像天生就会一般。他的手指在此处点拨自如，石匣悄无声息地开启了，顿时，鲁一弃觉得那紫色气息腾跃得更加生猛灵动。他起身探头，向那石匣中看去，发现一个包裹，正是他梦中见到道人放进去的包裹。

鲁一弃小心翼翼地把包裹取出，就在这一刻一个千古的使命压上了他的肩头。

那帛卷非丝非革，竟不知道是什么材料制成的。他把它摊在大石之上，慢慢将帛卷翻开。虽然这地室中很是黑暗，但此时鲁一弃却能借助蒸腾的紫气灵光，看见淡黄色帛卷上密密麻麻的篆体小字。当帛卷完全翻开时，可见右角最上端有三个较大篆字，鲁一弃认识，那三字乃是“机巧集”。其下单独一列文字，内容是：“识三界之变皆有律规，谓机；作得奇器改控律规，谓巧。具机巧者其心、气、力、智皆趋至圣；其能可福惠济世，万代功成。”淡黄色的帛卷之中还包有一块羊脂玉牌。玉牌上也刻满文字，字很小，而那字体更为古老，一时看不出是金文还是甲骨文。

鲁一弃这时感到很是寒冷了，他突然意识到自己一丝不挂。他滑下石头，穿好衣物，把那《机巧集》和玉牌重新包好，在贴身衣袋中放妥当。他现在急切地想上去，不知道自己已经下来多长时间，而上面现在到底是什么状况。

鲁一弃刚走上台阶，身后轰然一声，回头看去，那三圣石突然自行破碎，变成一堆碎石，那环绕的紫光也瞬间尽消。鲁一弃心想，果然是应了刚才幻境中那道人所讲石破之说，却不知那天惊又会应在何处。

鲁一弃很小心地从洞口探出身子，他非常地警惕，脊背处的肌肉绷得紧紧的，小腿足尖运足力量，就像是只潜伏捕食的豹子，随时可以扑出也能瞬间逃离。

上面的正屋之中一片死寂，只有那几支蜡烛的火苗依旧在跳动扑朔。正屋的门敞开着，大伯不知到哪里去了。鲁一弃没有出声，他只是仔细地查看四周，查看屋内摆设有没有变动。他慢慢向门口走去，一迈出正屋门槛，就看到了大伯的身影。鲁盛孝站在正屋台阶的下面，背对正屋大门，小雪花已经铺满头顶和双肩。身着单衣的他在这雪夜的院中竟没有感觉到寒冷。

“大伯。”鲁一弃小声叫了一下。鲁盛孝没有反应，还是站在那里一动不动。鲁一弃没有再叫，也没有走过去，反而慢慢后退，退到正屋门槛的里面。接着张开双臂，拉住左右两扇门叶，然后也停住不动，看着大伯。

鬼眼三在鲁一弃离开时指着鲁盛孝做了个口形。鲁一弃第二次才看出来，那口形说的是“当心”两字。所以他回了个“知道”的口形给鬼眼三。大伯确实有很多异常举动，这鲁一弃早就发现了，但他总觉得应该是大伯练了什么功走火入魔了。

鲁盛孝的身体开始抖动起来，很剧烈地抖动，头顶和双肩的积雪被抖得簌簌往下掉。他的身体在抖动中一点点转过来，鲁一弃见到的是一张痛苦、恐怖、扭曲的脸。脸色青绿，双眼血红，眼光却是呆滞茫然，不知道是在看着什么。随着面部肌肉的不断抖动和抽搐，豆大的汗珠一颗颗从脸颊落下。他迈开脚步，朝正屋走来。鲁一弃随着他逐渐靠近的脚步也将两扇门叶逐渐合上。

鲁盛孝茫然的眼神突然一怔，两只血红的眼睛死死地盯住鲁一弃。鲁一弃从这眼神中感觉到兽性的疯狂和嗜血的杀气。

鲁盛孝的脚步突然变快，如同电闪一般，一双肌筋纠结的大手直奔鲁一弃。那眼神给了鲁一弃很大的震撼，他的动作迟疑了。直等到鲁盛孝一双大手已经离自己面目不远时才意识过来，他快速关门，可已经迟了，门叶再也合拢不上，因为鲁盛孝的一双手卡在两扇门叶之间。

鲁一弃死死抵住大门，门外有很大的推力。卡在门间的那双手在挥舞、在寻找，它们需要找到一个地方发泄力量，它们要抓住东西，捏碎、撕烂。

两扇门叶在剧烈地晃动，门柱发出“咯吱咯吱”的怪叫。鲁盛孝也发出一声怪叫，随着这声怪叫，鲁一弃被一股大力撞出，跌出四五步远，门枢断裂，两扇门叶倒在两边。鲁盛孝冲进了门里，向鲁一弃冲去。鲁一弃身体一滚，躲到一边。鲁盛孝冲到八仙桌前，一抬手掀翻了桌子，转身再次向鲁一弃冲了过去。这时鲁一弃已经站起身来，他顺手拿过一张茶几，抵住鲁盛孝，可鲁盛孝还是继续往前冲，鲁一弃根本无法抵挡住他的冲力，脚下一路后滑，一直被推到墙角。鲁一弃双脚在墙角边上借力撑住，这才将鲁盛孝的冲势挡住。

两个人之间形成了一个相持的局面。鲁盛孝口中“呼呼”怪叫，一双手不断地向鲁一弃挥舞、抓挠，可是由于茶几的高度远远长过他的手臂，他的蛮力扑抓全都落了空。

鲁一弃体力渐渐不支，他撑在墙壁上的双腿已经开始发颤，手臂也已经推不住茶几，只能把自己的前胸抵靠在茶几面上，利用背部和腰部的力量与鲁盛孝相抗衡。

鲁盛孝停止了无效的挥舞和抓挠，他生硬地低下头，看了看卡在胸前的茶几腿。忽然双臂往上一抡，茶几腿顿时断成数节四散飞出，砸在墙壁上、支柱上、屋顶上。鲁一弃的身体失去支撑，不由自主地前冲跌倒，他刚想跨步稳住身子，脖子就被鲁盛孝掐住了。那双手的劲道大得出奇，鲁一弃知道拥有这样力量的一双手顷刻就会要了他的命。他想都没想顺手就把还留在手中的茶几面儿对着那手臂砸下。

那双手没有松，手臂也没动，而那茶几面却又裂成碎片。鲁一弃扔掉手中碎片，双手握住鲁盛孝的双腕，使劲往外掰，那手依旧是纹丝不动。鲁一弃只好伸出腿，抵住鲁盛孝腹部，使劲往外推。

那双越卡越紧的手让他呼吸艰难，脑中一片空白，眼前金星乱舞，双腿软弱无力。试图用腿把鲁盛孝推开的动作变成了垂死的抽搐。他的脑子已经缺氧，他的意识已经模糊，他看到鲁盛孝那双血红的眼睛离他越来越远、越来越远，最后消失不见，只留下一片黑暗……

班门斧

“当啷”一声，如金钟脆鸣，是片状金属物的敲击声。鲁盛孝突然一愣，脖子生硬地朝院子那边一拧，眼睛一翻。又是一阵金属碎裂的声音传来。鲁盛孝突然间好像想到什么，扔下鲁一弃又向外面冲去。

鲁一弃跌倒在地，他仰面躺在地上，身体尽量抬起，张大嘴巴拼命喘气，他这二十年来第一次如此渴望呼吸。过了许久，他才侧转过身体，艰难地爬起来。他害怕鲁盛孝突然再转回来，那样的话，就必死无疑了。他现在要做的是找个地方躲起来。

鲁一弃并不知道自己家里有什么地方可以躲藏，就算知道，那鲁盛孝也肯定能够找到。他扶着正屋中的撑梁柱，看了看东西两边房间的门都关着，他不敢轻易去打开那门，因为即使在自己家里，坎面扣子对谁都是一样的。更何况打进这屋以来，他发现好多现象都不合常理。

他在想是不是重新回到那个圆洞下面，他可以在进去的同时把那玉斧拔出，这样外面的人就没法进去，而且他相信，鲁家人建的暗室肯定有后路。就算没有后路，他还有一个保障，那就是身上的《机巧集》，有了这个造就两位旷古巨匠的帛卷，要从中找到打开暗室口的方法应该不是难事。

他有些踉跄地走向地面的圆洞，看看洞口，再看看玉斧的位置。接着他拉住玉斧的系绳，毫不犹豫地拔出玉斧，地面洞口边缘的青石开始在旋动，洞口迅速缩小。鲁一弃快走两步，准备跳下圆洞。就在此时，门口有一声惨呼响起，那声音在屋里划过一道弧线掉落在他身后。随着重重的落地声，一只手紧紧抓住了他的脚踝。

鲁一弃低头看去，摔在脚边的是鲁盛孝。他现在已经没有了疯狂的表情，只剩下痛苦的挣扎。他胸前的单衣已经破开了一个巨大的枫叶状口子，露出黑紫色的皮肉。嘴角处鲜红的血沫一股股涌出。

就在鲁一弃低头一看之间，那洞口已经封闭，变成了与平常无异的青石地面。

与此同时，一个高大魁梧的身影出现在正屋门口。

门口的人真的是个魁梧的巨人，比鲁一弃要高出将近两头，虽然穿着厚厚的棉衣，却照样可以看出衣服里肌肉凸鼓、虎背豹腰。不过看不到他的面容，因为他是负手背对着门。

那人的身形突然凭空朝后移动了两步，这两步的移动没有一点征兆。他的背影没有一点变化，就连衣襟都一动不动。

鲁一弃看了一惊，怎么又来了个“尸偶”，这可是自己无法应付的，现在只有赶快打开洞口，躲进洞里。还没等他把玉斧插入石缝，鲁盛孝就已经恢复过来。他果然已经没了刚才的疯狂，而是忍着浑身剧痛对鲁一弃简单说了句：“扶我起来。”

鲁一弃把鲁盛孝扶了起来，鲁盛孝却把鲁一弃推到一边，轻声说了句：“躲在祭桌下面。”自己则拖着浑身的伤痛，艰难地一步步走到左侧的第二根立柱前，伸手将上面一个柱木常见的节疤按陷下去，然后从中抠拉出几根细弦。

那个巨人般的背影又凭空移动两步，已经进到门里。鲁一弃一直死死盯住他，却竟然没看清楚他是如何越过半尺多高的门槛的。

鲁盛孝高声喝道：“围我班门二十载，今日又想赶尽杀绝，我便遂你个愿，不怕死你就到跟前来。”

听到此话，鲁一弃脑中灵光一闪，口中不由寒气倒吸。进家门后发现的许多不合常理的现象全出现在眼前。他大叫一声：“不能。”然后提枪快步走到鲁盛孝身边，按住大伯的手说道：“这弦儿不能拉，他们围住我们家二十年，这里肯定早就进来过。而且为了找到我们家藏在此处的秘密，这二十年里定是常来常往。这里早就被他们翻个底儿朝天了，以前的坎面他们不可能没发现。布置门口几个坎面的时候，我瞧各关节转动自如没一点滞涩，就觉得不对。进这屋子后，发觉屋子里很干净，扑跪时拜垫无扬尘，蜡烛有新的滴挂，特别是祭桌，我在上面竟然没摸到一点尘埃。本来北平城的气候应该是一夜铺尘，而一点尘埃都没有，只能说明有人在我们进来前不久刚刚在这里动过了手脚。”

那身影没有继续往前移动，他似乎也在聆听鲁一弃的分析。等鲁一弃讲到此处，他忽然发出一阵哈哈大笑：“没想到，鲁家还有人。难怪能一路闯到此处，那么多妙局子、绝命套都没阻住你们。”声音如铜钟般洪亮。从这洪亮的言语中鲁一弃听出来了，他不是“尸偶”，是个人，是个真正的人，一个动作迅捷如电的巨人。

接着，那个身影慢慢转了过来。鲁一弃最先看到的是一双眼睛，一双充满杀气和怨毒的眼睛。他见过这眼睛已经不止一次，而现在终于见到了这眼睛的主人。

这人真没有什么特别之处，除了身体高大魁梧外，能引起别人注意的就是他黝黑面庞上从额头到嘴角的一条伤疤。而从穿着气质上看，那人也就是个扛包拉车的粗人而已。

“既然来了，那就多待半日，等我主上赶过来与二位一叙。”巨人的语气里带些不容辩驳的蛮横。

“不行，我不想留。”鲁一弃说话的声音不高，眼光也不凶，犹如一座山岳般平和安详。

而那人却明显有一些紧张，他的面部肌肉在剧烈收缩，脸上的伤疤像条大虫子在蠕动。

“已经忙乎了快一夜了，我不想再费手脚，除非你们逼我。”那巨人依旧十足地狂傲，但有时外表的狂傲却恰恰反映出内心的不自信。

“这一夜你忙得有用吗？就算逼你，你觉得你有几成胜算？”鲁一弃言语上步步紧逼。

“哼哼，这你应该问他。”巨人指指鲁盛孝，“他知道我有几分胜算。”此时他的语气中有了些焦躁。

“那你觉得你们门中的技艺相比较，应该是技击厉害还是坎扣厉害？”鲁一弃的语气越来越轻蔑。

那巨人不知道怎么回答，有些哑口结舌。他的表情很是为难，他不会说自己身手差，他更不敢说主上布的局子差。

“也难怪，你也就是个末流角色，是不知道这些坎面扣子的奥妙的，你家主上也就是叫你看看门、松松弦而已。你也就和那些疯狗差不多。”很明显，鲁一弃是要激怒他。

巨人果然被激怒了，眼中像是要喷出火来。他身子没动，脚下却凭空移动，像个影子般闪过来。

“你知道你主上围住这里二十年是要找到什么吗？”鲁一弃对他闪扑过来的身影没有做出一丝反应。

那巨人的移动非常迅速，只一瞬间就贴近了鲁一弃。他的大手也快伸到鲁一弃的脖子上了，看来这是想一把拧断他的脖子。可是一听到鲁一弃这句话他马上缩了手，身形也停住了。

“你说，要是我把你主上想要的东西毁了，你和我会有怎样的后果？”鲁一弃仍旧没有理会那人的反应，自顾自地说道。

那人的反应突然变得迟钝，他完全停止了移动，看来他真的是在思考这个问题。

就在这一刹那，鲁一弃的枪响了，他依旧是把枪藏在粗布包里，隔着那粗布开的枪。

他知道，自己这趟闯入已经不止一次用枪，这巨人竟然敢在门口背对自己，肯定是不惧怕自己手中的枪。而且刚才自己竟然没看出他是如何越过门槛的，那他在这一瞬间的移动速度并不比三更寒虫慢多少。鲁一弃心里算得非常清楚，要想击中这样的人，就必须运用其他手段。

现在他们之间的距离很近了，那巨人也分了神，这是最好的时机。于是枪响了。

鲁一弃这次没有射击对方要害，他知道打要害的话需要将枪管抬高，而这样的一个小动作肯定逃不过巨人的觉察力。于是他把开枪的动作尽量减到最小，只是扣动扳机。

巨人连膝盖都没有弯曲就猛然腾空而起，子弹擦着他的鞋底飞过。巨人知道自己不能往后退，后退下落的过程中要是再有追击，他就很难在空中躲避了。所以跃起的巨人居然做了个小巧的曲腰前翻，从鲁一弃头顶飞过，落在他的身后。

鲁一弃也动了，但他的动作很难看，连滚带爬，却也很迅速，巨人越过他头顶的时候，他就本能地蹲下前纵，左手撑地，身体侧向翻滚。侧向翻滚的瞬间，右手向身后落地的巨人又开了一枪。

此时的巨人虽然是背对鲁一弃，但他身形如鬼影般倏然平移，轻松就躲过这颗子弹。

鲁一弃就地滚过半周，跌坐在地上，身子半仰，举手打出第三枪。

巨人此时已经转过身来，这直奔眉心的一枪他躲闪得更轻松，身体就好像根本没动。

鲁一弃感到有些绝望，他知道最好的时机都已错过，现在已经没有任何击中这巨人的可能。

巨人往前移动了两步。不知道为什么，虽然知道鲁一弃无法对他造成伤害，他心中还是有一种说不清、道不明的畏惧，就和对他主上的畏惧一样。

鲁一弃突然倒转枪口，对着自己左肋处，笑嘻嘻地说道：“你是想毁了你主上要的东西吗？”

巨人又一次愣住了，他再次停在那里不敢前行。这是他第二次犯这样的错误。

鲁一弃的枪口虽然对着自己，可是他的身子是左侧着的，枪口可以迅速滑过左肋，再用拇指反扣枪机。虽然希望渺茫，鲁一弃还想最后搏一下，他反扣枪机连发剩下的三颗子弹。

巨人和鲁一弃在全神贯注地对决，他们都疏忽了在场的第三个人——鲁盛孝。他虽然靠着厅柱坐在地上，但是手中始终握着那一股细弦。他现在已经知道这坎面被对家动了手脚，所以按刚才双方所站方位判断，鲁一弃现在的位置应该是最安全的。而那巨人反倒站得离自己近了，他差不多是和鲁一弃调换了位置。而且那巨人此刻在鲁一弃的威胁下有些迟钝发呆，这是个绝好机会。于是鲁盛孝拉动了弦子，他是抱着同归于尽的心思。

弦响，坎动。东西两屋的门无声滑开，随之一排排弩箭如雨点般射出。屋子正中顶棚椽格[1]落下三道，数十支镖梭尽数射下。

弦子果然是被动了手脚，这些弩箭和镖梭的目标都是鲁盛孝和那巨人。巨人的动作还是很快，一双大手挥舞着，拨打掉无数的暗青子。但也有暗青子他拨打不掉，那就是鲁一弃连发的三颗子弹。巨人听到了枪响声，他只能躲避。第一枪他就没躲过去，直接命中左肋，可第二枪、第三枪竟然都未命中。不过躲这两枪也让他付出了很大代价，他的右大腿被一支镖梭射中，左背部连中两支弩箭，左小腿也被一支弩箭射中。

受伤的巨人显得很慌乱，其实按他的功力，受这点皮肉伤照样可以在举手间要了鲁一弃和鲁盛孝的性命。但他着实很害怕、很紧张，怪叫

1　木瓦结构房屋，梁上钉了用以铺瓦砖和青瓦的木棍。

一声，身体腾空扑向大门，在这过程中又有两支弩箭钉在他的右臂和右肩上。

巨人呼啸着不见了，两轮的梆子声响过，坎子面也静了。这一仗鲁一弃毫发无伤。他站起身来，看到鲁盛孝靠坐在厅柱那里，上身前后插着不下十支弩箭，两腿更被几只镖梭钉牢在地上。上身流的血倒不多，这是因为弩箭没有导血槽，箭杆堵住了伤口，血不容易流出，而他的双腿下面却是血如洼泽，并且还在一股股地往外涌。

鲁一弃奔了过去，他想按住伤口，却又无从下手，一双手悬在那里不知放在何处好。

鲁盛孝一把抓住鲁一弃，艰难地说道："把我的木箱拿来。"

鲁一弃迅速转身，拿来大伯的木箱，他希望这木箱能给大伯带来还阳的可能。

木箱没有带来还阳的可能，它带来的只是最后的嘱托。

鲁盛孝的嘴里往外涌着血，他用力喘过一口气，指指木箱的一个屉格："中下暗杠推进，左提右按打开。"鲁一弃按他的话打开了屉格，这是个密封很好的屉格，不大，里面有本挺厚的绢册。封面上有十分俊秀的两个行书"班经"。

鲁一弃顺手翻开第一页，只有竖写的两行字："但能闻听石中言，便觉八方宝所在。"

鲁盛孝又深吸一口气："洞下有所获吗？"

鲁一弃答道："天宝八方镇凶穴，八极数满定凡疆。《机巧集》、方位玉牌我都拿到了。"

鲁盛孝眼中放出一阵绚丽的光："真的？！你真的听懂石中言了？！那里面竟然真有这些宝贝？！"

鲁家世代守护这块三圣石，却无一人能领悟出其中奥妙所在。

鲁盛孝喘着气接着说道："我班门祖师公输般，后世人称鲁班。班门之中世代都是建屋架桥、送吉布瑞的厚道匠人。只是这两千多年中，天宝定凡疆的八宝没能尽到其位。墨门、班门中都有人失责，更有人监守自盗，将天宝另携他处，这才有今日这般血光杀戮。”

鲁一弃对大伯说的这些没有表示一点惊讶，就像是许多年前就已经知道。

鲁盛孝大力咳出一团血块，接着说道：“现在八极数到，你又命中注定有封穴之缘，带上弄斧往南去吧。与你爹会合，把祖师爷留下的遗命给了了，这也是为苍生造福，给子孙积德。弄斧在身，你就是班门的老大门长，一路自会有有缘人相助。”

“那弄斧是？”鲁一弃没搞清楚。

鲁盛孝指指鲁一弃一截挂在口袋外面的玉斧系绳。鲁一弃把那玉斧拉出口袋：“就是这个？这就是班门信物？”

鲁盛孝点点头。接着他精神陡涨，一把抓住鲁一弃的手，抓得很紧很用力，然后字字清晰地说道：“记住几件事：一、不要相信任何人，除非那人已经为你丢了命。二、我不知道三更寒虫卵到底什么时候发，说七天是为了让倪三能陪我们闯过这一段，他如有异常，立时要灭了他。三、我死以后，一定要烧了我的尸身，不然会有异变。其实我早在内宅院就被猞猁抓伤，那两只猞猁的种头是‘铜头铁背癫疯爪’，我中了……‘猞猁疯’的毒，时间……长了，我……疯毒……一发，谁都……不认识……了，逮谁……伤谁。刚才，要不是……那大个儿……碎铁八卦……破蹄踏蝴蝶扣，把我……惊醒，我连你……都给……毁了……还有……”他真的没有气力说了，鼻息间渐渐地没了声音。

鲁一弃轻轻掀开大伯肩部单衣的破口，那里的伤口已经发绿发黑，还长出密密的绿毛。他终于知道大伯为什么总有异常了，他是独自在承担着一份痛苦，而且他一早就已经知道自己无法再走出这家门了。

大伯没有再发出一丝声音，鲁一弃知道自己该出去了。他看着坐在血泊中的大伯，心中很是难过。这是他这辈子最亲近的人，他也知道在以后的日子里再不可能有这样的亲人，包括他的父亲。但他没流眼泪，现在还不是流泪的时候。

鲁一弃推倒了几个烛台，火很快就点燃了祭桌旁的帷幔、牌位、桌椅、梁柱。火越烧越旺，把鲁一弃的脸映照得通红通红。他把《班经》、“弄斧”收好，枪膛装满子弹，然后冲出了大门，冲进了越来越猛的风雪中……

第七章　养鬼婢：
一个养鬼的女人

这是一个年轻美丽的女子，美得让鲁一弃都觉得有点心慌。身上的衣服是杭绸料的荷叶边，立领半长衫，雪白色的，质地很是光滑柔软。衣袂飘逸，煞是妩媚，只是在这寒冷的冬夜里显得过于单薄。她的面容很苍白，如同透明的一般，有两次离鲁一弃很近飘过，鲁一弃清晰地看到她脸上皮肤下的青色血管。她的一双明眸秀丽而灵动，充满了惊讶和好奇。

冲破雪

鲁一弃冲出“班门”小院，进来时所布的坎面果然都被破了。他一路也没遇到阻挡，顺利来到小院门外。回头看时，院中已经腾起数丈高的火焰。这个家，这个真正意义上的家，他只待了半个时辰左右，还没来得及把所有地方看一遍，就亲手将它化为灰烬。

风雪大了，雪花被北风卷带着，片片抛撒下来。

鬼眼三还躺在二进院门口的台阶上，身上披盖着的黑包布已经变成了白色的厚絮，整个看上去更像是个条形的雪堆。

鲁一弃快步走过去，见到鬼眼三让他心里有些兴奋。鬼眼三现在对于他来说，是亲人，是兄弟，是要相扶相助冲出这凶险之地的依靠。他从来都没有如此强烈地想要依赖一个人。

渐渐靠近鬼眼三了，疑惑也渐渐变浓。不对！很不对！怎么好像少了些什么。难道是那厚厚的雪把什么东西掩盖了吗?

躺在那里的人少了些尸气，身边的雨金刚是伞头靠近上身，而伞把却靠近脚边。对于一个高手来说，常用的武器就像自己身体的一部分，应该放在最合适、最顺手的位置，以便随时能拿起击出，绝不会摆放得如此别扭。

鲁一弃停住脚步，就在离鬼眼三不到十步的地方。他心中暗暗估算了下，如果这距离再小一些的话，真正的技击高手从跃出雪堆、越过这段距离直到制住自己，这一连串的动作所需的时间是不会给自己留下射击机会的。他也没离得太远，他同样知道，距离太远，自己从开枪射击到击中目标所用的时间，那些高手可以从容地由卧倒状跃起躲开子弹。

这是个恰到好处的距离，也是个让对手尴尬的距离。他站得很直，枪也举得很从容，他甚至已经把枪机扳到临近击发点。

“我不知道你把我兄弟弄到哪里去了。可你却犯了个不小的错误，把你自己很大方地摆放在我的枪口下。所以现在你能做的，就是把我兄弟送回来换你的命。”鲁一弃的声音不高，却气势如虹，语气是决断的也是狂横的，就连他自己也为言语里透出的肃肃杀气而感到心颤。

那人没有反应，依然一动都没动。

所以枪响了，鲁一弃毫不犹豫地开枪了。枪声过后，那雪堆上出现了一个穿透的洞眼。子弹进去的半边有些焦黑，子弹出去的半边却带出几缕嫣红。雪堆里的身体明显抖动了一下。

“你比我要好，虽然耳朵穿个洞，倒直接可以戴耳环了。我的耳朵却是被切做两瓣儿，戴重一点的耳环恐怕下半截会拉掉了。”鲁一弃的语气比刚才温厚俏皮多了，雪堆下的高手不但需要忍耐一枪击穿耳朵后的疼痛，而且还要忍受言语嘲弄的心理刺激。

雪堆稍微动了一下，最上面的雪珠纷纷滚落。

鲁一弃的语气变得更加温和：“你跃起，蹿出，两大步可躲到院门外。我从你起身的同时五弹齐发，你觉得会不会有那么一两颗打中你后脑或者后心？”鲁一弃嘴里虽然说着这样的话，可心中真的是一点底也没有。只要这主儿的身手不输那个巨人，他就连两成把握都没有。

可是他的言语却让雪堆中的人心中更加没底。特别是耳朵被穿了个洞后，他就对这次偷袭完全失去了信心。他只是奇怪，自己到底什么地方露了馅儿。

一声响亮的口哨声从雪堆中传出。鲁一弃眉头一皱，双目微眯，持枪的手臂顿时定住，扳机一触即发。

雪堆没动，二进院的门口反倒涌出了一团浓稠紫黑的尸气。鬼眼三出现了，他的身上被三道绳索捆绑着，背后还紧跟着两个百岁婴。

“散了绑绳！”鲁一弃看着踉跄憔悴的鬼眼三，嗓音突然间重又变得凶狠尖厉。那两个百岁婴有些慌乱地解开捆绑的绳索。百岁婴是不懂害怕惊慌的，他们慌乱的反应其实是操纵人的反应。

“三哥，绕过台阶到我这边来，离那雪堆远点。”的确，如果让雪堆中人瞬间跃起，抓住鬼眼三当盾牌，那鲁一弃的努力就前功尽弃了。

鬼眼三是老江湖，一眼就瞄出这场面是怎么个状况，他比鲁一弃更清楚自己应该走哪边、怎么走。虽然动作有些不稳，速度也不快，却没给雪堆里的“人坎”留下丝毫机会。转瞬间，已经站到鲁一弃身旁。

鲁一弃心中很高兴，脸上的表情却没有丝毫变化。他再次放低声音，温厚地说了句：“成交了，走吧。”

雪堆缓缓起伏了一下，应该是雪堆中暗藏的高手在深深换气。突然，雪堆骤然炸开，黑包布往空中高高掀起，带起的雪花漫天飞舞。借着雪花的掩护，一个灰色身影如同鬼魅般一闪，隐没在二进院的门外。

这主儿的身手比那巨人还快，就算没有扬起的雪花做掩护，其身形面目也很难看得清楚。

鲁一弃擦擦额头的汗，他心中轻呼一声“万幸”，幸亏是自己提前识破了他的计划，从心理上先压他一筹，让他方寸自乱，否则自己这个险招万难行成。

其实还有更重要的一点，连鲁一弃自己都不很清楚。那就是他身上所携带的气相、气势，那气相、气势盲爷感觉得到，鬼眼三感觉得到，对家的高手更加感觉得到，包括先前那个巨人。他们的功力远胜盲爷和鬼眼三，感觉也倍加强烈。所以他们的慌乱和畏缩，全都是因为这股气带来的压迫和震撼。

鬼眼三见鲁一弃一个人回来，不禁问了一句：“老大呢？”

“出去再说。”鲁一弃的语气像是命令。于是鬼眼三蹒跚着捡起雨金刚，抢先直往二进院门外走去。鲁一弃赶上几步，一把扶住他的胳膊：“就剩我们俩，死活一起走！”

鲁一弃和鬼眼三两个人相扶着走出二进院，脚步很匆忙。他们不想遇到更多高手，他们也不能给对家留下重新布坎和恢复坎面的时间。

二人走到阳鱼眼，这里已经不见了房屋，地面倒是多了个太极阳鱼状的大铜堆。新熔化的铜堆金灿灿亮闪闪，雪花落在上面眨眼间就变成袅袅青烟。熔金天火魔菊虽然厉害，却也没有烧出房屋的范围，果然如典籍上所言：“遇土而止。”

他们直接在另一侧破断墙壁上发现了阴鱼口的通道进口，那进口处的棉帘已经烧没了。在亮闪闪的铜堆映照下，过道里也没有来时那么黑暗。即便这样，鲁一弃还是拿出了波斯萤光石，他来时在漆黑正屋里吃了亏，这趟不想重蹈覆辙。

过道里的尸偶不见了，对家肯定是把这扣子收了，却不知有没有重新填在坎面上。他们小心地走入正屋，那南窗依旧开着，窗外的雪花也依旧在飘，可这雪花却不再是银尸絮了。走到窗口处，窗外本来还有个木制隔墙，现在木制隔墙不知被什么撞碎了，以至于从窗口就可以看到院子。

正屋的门依旧紧闭着，上面的机括弦扣鲁一弃和鬼眼三都不知道怎样解。没办法，他们只好决定从窗口跳出去。

窗台只有半人多高。鲁一弃收起萤光石，先把鬼眼三扶上窗台。现在鬼眼三虽然恢复了，可还是十分虚弱。

鬼眼三刚蹲上窗台，一阵白色的劲风就把他重新吹进正屋。他在空中飘了个曲线，然后重重地摔落在地。鲁一弃闪电般地拔出了枪。他知道鬼眼三虽然虚弱，但他不是树叶，他是个七尺男儿。把个大男人吹得那么虚飘，这风来得邪性！

的确邪性，鲁一弃刚拔出枪，那白色风儿又一个旋儿扫过，枪便被吹得掉落到墙角。鲁一弃顺着枪被吹走的方向迅速退走。屋里全是黑色的，枪也是黑色的，急切间就怎么也找不到了。

白色的劲风吹进了屋子，却没带进一片雪花。它带进来的只是些比风雪更彻骨的寒气。在鲁一弃看来应该叫鬼气或者妖气。

那风真的很白，白得有些刺目。鲁一弃见过这白风，那是在他刚进到这鬼屋子的时候。

白色的劲风，婀娜的身形，像影子般绕行起来，绕行得很快，整个身影都显得淡淡的，若隐若现，让人看不清劲风中那白得几乎透明的美丽面目。

“当心，这是养鬼婢！”鬼眼三挣扎着坐起来。“快贴墙站！”说完他也连躲带闪地爬到墙角。

“这养鬼婢相貌七分人，三分妖，可她却是三分人，七分鬼，快躲！”说话间那阵风已经飘到鲁一弃身边，宽宽的白色荷叶袖里伸出一只纤细秀美的手，温柔地抚向鲁一弃的脸颊。鲁一弃在鬼眼三的提醒下侧身弯腰躲过。那风中白影一招不中就又远远绕开。靠住墙壁还是有好处的，至少让这白影无法连续出招。

“哈哈，大少，我知道了，你脸上尸毒是她落的。”鬼眼三有些兴奋。鲁一弃倒没觉得什么，刚才一见到养鬼婢他就已经猜到了。

鬼眼三的声音引起了养鬼婢的注意，那婀娜的白风朝他袭过来。鬼眼三使劲把雨金刚张开，挡在面前。他清楚自己目前的体力，一撞之下即会跌躺墙角。可那婀娜的风却在快碰到雨金刚的瞬间转向飘走。

接着婀娜的身影绕个斜圈又一次飘然出招，这次目标是鲁一弃。鲁一弃从容地避让开。此时他觉得这养鬼婢除了手上有尸毒，攻击却不十分凶狠，而且速度也越来越慢。

确实，这次出招之后，那养鬼婢连招都不出了，只是远远地飘来飘去，越来越慢。就像是在一个装满黏液的大缸中转圈，而那黏液在渐渐凝固。

不过随着速度的变慢，她携带的白风却是越来越浓，身后逐渐拖出淡淡的痕迹，像是无形透明的黏液，粘住了她影子的碎片，并且将那碎片不断拉长延伸。

而接下来的情形就更加神奇了，她的身体仿佛变成了几支巨大的画笔，每一支都在连续不断地画着圈，身后的那些白色痕迹连成一片，最后汇聚成一个白色的巨大圆筒，并且不断往外扩展开来。

鲁一弃的表情很平静，心中却充满恐惧。他在这白色圆筒上看到了脸，好多张脸。其中有个女人的脸，他见过。那脸曾试图把他带到阴曹地府，他们都管她叫“鬼”。

鬼眼三听说过这圆筒。教他茅山法术的师傅曾经详细地描述过，这叫“五鬼推倒山”，是集“鬼打墙”、“鬼压身”、“鬼运财”、“鬼推磨”、“鬼套索”五鬼之力，将人卷入其中，勒、拧、扭、折、压、卡、挤、碾，让人在其中受尽折磨煎熬而死。可惜的是，师傅当时没有讲破解之法，因为他自己也不会。所以鬼眼三现在只能念咒求神，他把所有驱邪避鬼的经文咒语念了个遍。

圈筒越来越大，白色越来越浓，鬼脸越来越真切，反倒是那养鬼婢的脸越发看不清了。

鲁一弃和鬼眼三身体紧贴墙壁，因为那鬼圆筒已经在他们面前了，他们已经感觉到其中强大的旋转吸力，如同巨形旋涡一般。

鲁一弃从口袋中掏出萤光石，高高举起。在这黑屋子里，萤光石的光芒显得十分明亮。可是那光芒照在五鬼筒圈上，如同被吸收了一样，丝毫不起作用。

“大少，上次是鬼，且身陷阴阳，亮盏有用。现在是养鬼婢，在阳界，没用。”鬼眼三说这话的时候，不但身子紧贴墙上，就连脸也侧了过来。

鲁一弃放下萤光石，看了一眼口中嘟囔不停的鬼眼三。鬼眼三是懂茅山术的，他觉得鬼眼三应该有办法应付面前这种状况。

“三哥……”鲁一弃的话才开个头，就被卷入圆筒，强大的压力让他再也吐不出一个字。

鬼眼三承受的压力更大，由于他很久以前就知道这圆筒的厉害，心理上就先崩溃了，而此时他的身体也确实虚弱。所以在被卷入鬼圈的刹那，他那嘟囔声变成了单一的惊呼，可刚刚响起就又被强大的压力堵回喉咙。

两个人在圆筒中挣扎，透不过气来，胸腹被深深压陷，一股股奇怪的力道像是要扭断他们的脖子和四肢，并把他们一点点撕碎。他们的面部肌肉已经扭曲变形，眼球鼓凸出来，似乎随时会夺眶而出。浑身的疼痛折磨着他们，让他们感到自己很快就会被这些力量挤干，挤成薄薄的两张人皮。

鲁一弃首先停止了挣扎，因为他知道挣扎是没用的，这只会使自己死得更痛苦、更悲惨。

《道德经》有云：“曲则全，枉则直……夫唯不争，故天下莫能与之争。”无为则无力，运用顺其自然的力量。顺风呼，顺水流，由高而下，圆转自然。大力无处着力，那便是无力。

于是他放松了自己，眼不见，耳不听。力来则转，力去则停。他的身体在五鬼合力的作用下打起旋儿，四肢和脖子开始随来力画圈。

鲁一弃首先感觉到呼吸通畅了许多，虽然胸口和腹部仍然感觉被什么东西压住，却比原先轻多了，身体承受的扭压之力也减少了许多。

他索性放松双腿，连站立的力量也放弃了。奇怪的是，鲁一弃竟然没有摔倒，他还是站在那里，不，应该是浮着。他的双脚轻飘飘地耷拉在地面上，画着圈。他感觉更加轻松了，鬼圈的力量不允许他瘫软倒下，那些试图折磨他的各种力道又分出一部分架住了他的身体。

鲁一弃感觉轻松了许多，便稍稍睁开眼睛，看到了那个飘动的白色身影。这是一个年轻美丽的女子，美得让鲁一弃都觉得有点心慌。身上的衣服是杭绸料的荷叶边，立领半长衫，雪白色的，质地很是光滑柔软。衣袂飘逸，煞是妩媚，只是在这寒冷的冬夜里显得过于单薄。她的面容很苍白，如同透明的一般，有两次离鲁一弃很近飘过，鲁一弃清晰地看到她脸上皮肤下的青色血管。她的一双明眸秀丽而灵动，充满了惊讶和好奇。

除了师父和自家几个不常见到的长辈，养鬼婢见过的陌生人很少，陌生男人更少，被她看见后还活着的陌生男人几乎就没有。但是她现在已经十分确定面前这个年轻男子会活着。因为直到把这男子卷入圈中她才感觉到，那男子身体里蕴藏着一种神圣的力量。她知道，与这种力量相比，自己的力量是很渺小的，因为鬼力是永远无法与神力抗衡的。这男子可以将“五鬼推倒山”的劲道反加在她身上，轻易将她困住或者扼杀，但他只是十分悠闲地将这种力量一点点地散发出来，是他不会控制和驾驭这种力量？是他故意在耍弄我？还是他不愿意对我施加这种力量？想到这里，她白得透明的脸上忽然有一抹微红。

鬼眼三快死了，就在鲁一弃和养鬼婢对视的时候。他不是鲁一弃，没有心道天成、力合自然的道行。他的奋力挣扎已经变成垂死挣扎。他的难受程度是无法想象的，远远超过在阳鱼眼被电击而死的苦痛。他感觉自己就像是被磨盘慢慢地碾，细细地磨。这“五鬼推倒山”似乎是要把每个细胞都挤捏碎后，才会让他死去。鬼眼三现在心中迫切希望自己快点死去，因为遭受的这种折磨比死不知要难受多少倍。

鲁一弃也注意到鬼眼三，可却帮不了他，心急如同油煎。只是这刹那的分神，鲁一弃立马觉察到身体承受的压力迅速增加。他只得再次定下心神，摒弃心中一切欲念随力而转。

脸红的养鬼婢知道凭自己的能力杀不了面前的年轻男子，于是她不知不觉中把加在鲁一弃身上的力量撤出几分，在鬼眼三身上的压力却陡然加了几分。也许这对鬼眼三是个好事，压力的陡增可以让他尽快死去，免受更多折磨。

鬼眼三的挣扎已经很无力，整块黑包布死死地缠裹在身上。黑包布上原先被天湖鲛链勒出的几道口子在拉长、绽开，在整张黑包布上裂出几道宽窄不一的布带，这些布带深深地勒进肉中。他的一双手臂已经挥展不开，只能举在头肩处艰难地扭来扭去。

“嘣——哗——”响亮的爆裂声从鬼眼三身上传来。

鲁一弃不由大惊，脸色一下子变得和养鬼婢差不多苍白。他再也顾不上自己的状态，站住身子，往鬼眼三那边看去。

尸王眼

鬼眼三的脑袋没有被压爆，身体也没有被撕碎，而是黑包布在鬼眼三手臂的挣扎对抗下爆裂成了无数碎布条。这许多的布条全都勒压在双臂和后脑上，而且越来越紧，把脑袋和手臂往下压。鬼眼三满是白沫的嘴巴大张着却看不出有什么气息进出。

鲁一弃也再次陷入旋涡，虽然现在他身上承受的力量已经远没有开始的时候大，但依然是他无法挣脱的。而且鬼眼三的惨状让他再也不能集中注意力放松身体，随力而动了。于是他便索性朝着鬼眼三那边靠拢。可是他身上所承受的力道立刻增加，动弹不得。鬼圈就是这样，你越是挣扎，它施加给你的力也就越大。

养鬼婢更惊讶了，那个如同畅游江河的人怎么一下子沉到水底？他不再继续运用他身体中蕴含的神奇力量，他到底想干什么？看样子是为那个一只眼睛的人，难道他想和他一起死？

鬼眼三在尽量坚持不被布条把脑袋勒压下去，眼罩的牛筋滑过头顶后便连同眼罩掉落在地上。

鬼眼三慢慢抬起头来，布条和牛筋滑过头顶时，把他在阳鱼眼就已经烧焦蓬竖的头发拉搅得更竖更乱。此时他的发型如同一个疯子，也像地狱归来的鬼魂。

养鬼婢看到了一张恐怖的脸，她再也无法控制那五鬼之力了。那些鬼力在逃避，在隐藏，全不管她的逼促，都溜回她荷叶状衣襟上缝挂的养鬼袋里。

鲁一弃身上的压力眨眼间逃了个干干净净，他被自己挣扎的力量摔在地上。可是他此时更关心的是鬼眼三。

鬼眼三的牛皮眼罩下不是瞎眼，也不是窟窿，那里有只很大很亮的眼睛。那眼睛散发着红光，血红血红的，像是一把死亡的火炬。

鬼眼！鬼眼三真的有一只鬼眼！还不是一般的鬼眼，这是尸王眼！

十年前，湘西锁将山地界怪事频出，众多无辜生灵莫名遭遇不测。江西倪家应湘西赶尸族言家所邀，门长老大带高手十一人亲自出马，探得锁将山有一秦代墓穴。他们点穴移茔破开了那墓。墓中有紫黑石棺一口。打开棺盖，其中有具身着将军盔甲的尸体，脸长紫毛，从外相看就可以知道已然是僵尸成王。这尸体被一根嵌金寒铁打制的链条锁住，另有三根玄纹铁钉钉在胸口。可这链条已经松了一圈，而铁钉的“牟”字尾端也已经锈断。于是他们将链条重新锁扣结实，并用咒符定变。让言家派人下山准备铜棺、铁木、黑狗血绳，好在天明前火送凶身。

可是就在子时尸王即将起身尸变的时候，西北贼王夏盲爷用“羊吓狼[1]”之计，诱开倪、言两家高手，偷走了嵌金寒铁打制的链条。本来这也无妨，可是盲爷走时链条带落了尸王身上三道定变符咒。要是盲爷能看见，捡起再贴上也就没事了。可瞎子毕竟是瞎子，符咒这样的一张纸片落地是无论如何都听不出来的。所以当两家高手回头时，已经晚了，尸变了。倪三的一个叔叔和一个堂兄被僵尸王抓死，湘西言家也有三个高手被害。倪三被尸王挖去一只眼睛并吞吃掉。倪家和盲爷的梁子也就是在那时结下的。

幸亏倪家来时发鸽信给茅山派求助。倪三的师傅带着三位茅山高手此时恰好赶到，这才制住僵尸王，天明前铜棺铁火送了凶身。

1　江湖术语，是指在自己力量单薄的情况下，做出别人无法摸透的或者看似强大的外相来吓唬对方，转移对方注意力，从而达到自己目的。

在与尸王的战斗中，倪三的师傅也摘下尸王一只眼睛，随手填入倪三的眼洞。没想到那尸王眼遇血自活，与倪三的眼洞长为一体。倪三的师傅说了句：“权把有眼当无眼，随它吧。”倪三这才皮罩盖眼十余年，却没想今天倒救了自己的命。

养鬼婢停止飘移，打眼看了下尸王眼，便扭转了头。不是她不敢看，她并不害怕这尸王眼，而是想看看突然摔倒的鲁一弃怎么样了。

鲁一弃没受到什么伤害，他站起了身，径直走到鬼眼三旁边，扶鬼眼三坐到地上。鬼眼三坐下的动作很慢很艰难，这么个简单的动作他竟发出不下三声呻吟。

养鬼婢看到鲁一弃行动自如，似乎微微点了一下头，随即白得几乎透明的脸上又泛起一抹淡红。她该走了，可她没飞出窗户，而是走到正屋的门口，手上稍稍拨弄便打开了那黑乎乎的大门，径直走了出去。

大门的响动才让鲁一弃意识到养鬼婢还在。当他抬头看到养鬼婢迈出门槛的时候，他觉得自己应该说点什么。

养鬼婢已经走出大门，再要不说，可就没机会了。

“多穿点，你这样会冻着的。”鲁一弃憋足劲的豪言壮语到嘴边竟然变成这样一句，这话说完他心里不由有些慌乱。

可这句话让养鬼婢更慌更乱，她脸上的绯红在飞快地变浓。脚下急急地一个点弹，身子飞纵而出，瞬间不见了踪影。她飞纵的姿势还是那么美，但好像和刚才的动作不大一样，稍有些硬硬歪歪的感觉，没了原先的飘逸自然了。

鲁一弃在墙角处找到了枪，他检查了一下，枪没问题。

枪没问题，鬼眼三却有问题，拼尽全身的力气才干咳出几声，从嘴角处挤出一些紫黑的血迹。此时他身体的每一处都浸没在疼痛之中，嘴角处的紫黑血迹不断往外涌，流满下颌，再从下颌滴挂到地上。吐出淤血对鬼眼三是好事，要不血脉在哪里一堵，他人就废了。

鬼眼三双手颤颤巍巍地从地上捡起牛皮眼罩，然后慢慢抬高手臂试图戴上。可是他现在的状态就如同一个垂死的老人，努力了好几下都没能戴好，还是鲁一弃走过去帮了一把。

鲁一弃指指他的包囊问道：“是不是吃点药粉？”

鬼眼三坚决地摇摇头。他这药粉是不能多吃的，要隔十二个时辰才能服第二次，要不然会肚烂肠穿。他指了指腰间的酒壶。鲁一弃忙帮他抽了出来，打开盖儿递给他。鬼眼三手哆嗦着把酒壶凑到嘴边，鲁一弃忙帮着扶住壶底，鬼眼三这才顺利地抿了一口酒。这酒下去，鬼眼三的状态明显好了许多。他又抿了第二口，这时的手已经不大抖了。他不再要鲁一弃帮着扶酒壶底了，越喝越快，最后索性直灌下肚。酒壶空了，他自己把壶盖儿盖上，放回腰间。

鬼眼三苍白的脸红了，脖子、手臂也都红了。他站了起来，没有要鲁一弃扶，而且比他坐下时还要敏捷。虽然他在这动作中也轻哼了两声，可从表情上却看不出有什么痛苦，而且，他还麻利地把身上已经碎成许多布条的黑包布扯掉。

“走吧，大少。时间一长，堵杀的人坎会更多。”鬼眼三捡起了雨金刚，边朝门口走去边说道。

这酒竟然这样神奇，小半壶就能让一个垂死的人在片刻间恢复正常，比那药粉还有效。鲁一弃很是感到好奇。

鬼眼三走得很快，他知道天亮前无论如何都要把鲁一弃送出这个地方。所以他必须抓紧时间，赶在对家复坎之前，赶在对家援手到来之前，更要赶在沸烈麻的麻醉效果消失之前。

什么是沸烈麻？就是他刚刚喝下的那小半壶酒。这是江西九连山侯老人酿制的“猴儿酒[1]”再加慧仁寺和尚所配“仙梵倒”调制而成。

1　以猴子窝里掏出的各种野生果物、野生稻粟酿制而成，其酒劲十足。

少量饮用可以镇惊定魂、解乏祛痛；大量饮用可以麻醉肌体，使其无痛感，可作外科挖疮切腐之用。他们倪家出去做活都要带上此酒，一是在遇到怪异可怖事情的时候用来镇定心魂；二是在被毒虫毒青子伤了后止痛割肉；三是在过度疲惫时能起到去乏和兴奋的作用。

鬼眼三从来没喝过这么多的沸烈麻，他不知道喝这么多能坚持多久，他也不知道会不会由于喝得过多而倒地睡着。移动的脚步很快，可是脚掌落地的感觉却不那么明显了，这样的效果到底是否正常，鬼眼三也不知道。

鲁一弃紧跟在鬼眼三身后，他不需要像鬼眼三那样胡思乱想，所以有时间东张西望。院子中间比他们进来时还要乱，正屋的台阶下蜷伏着几只半掩在雪中的僵死瘦犬，天灵盖已经裂开，不用想，那肯定是三更寒破体了。巨型蜾蠃的残破尸体已经全被积雪覆盖。奇怪的是，那四棵桑树不知怎么断了一棵。正屋东侧墙壁倒了半边，可以看出那里是双层的墙壁，那夹层间应该就是暗藏尸偶的地方。特别让他惊讶的是靠近垂花门的地方倒卧着一只猞猁，是铜头被人击碎而死。凭猞猁的速度，想要它的命肯定是迅疾的一招之间。什么人能在一招间碎了铜头铁背猞猁的铜头？这人又为什么要杀了铜头铁背猞猁？是对家的对头还是自家的帮手？

鬼眼三脚步很轻快，他踏上垂花门的台阶，在垂花门门槛前突然停住。他是想回头看看鲁一弃有没有跟上。

就在他站住的刹那，两个小巧矫健的身影同时从垂花门外面两侧跃下，这两个身影是要袭击鬼眼三。他们计算得非常准确。按照鬼眼三的走动速度和他们扑下需要的时间，应该正好在门槛外半步可以一袭即中。可是他们的计算中没有包含鬼眼三脚步的突然停住，所以他们这一击距离鬼眼三远了一步。

这是两个百岁婴，他们是这世上动作和反应最为迅捷的杀手之一。

虽然目标没有走到预定地点，但他们立刻变招，将手中砸空的玄铁短棍的尖头朝门槛里的鬼眼三刺去。

鬼眼三正好转身，身体的左侧都卖给他们了。一根圆棍刺在鬼眼三左肋，一根刺中左肩，可是距离确实太远，都只入肉不到两寸。

由于沸烈麻的作用，鬼眼三竟然没有感觉到疼痛。所以他左手臂一竖，格开肩部棍子，然后挺身往前，雨金刚的伞头直奔另一个百岁婴的面门撞去。那百岁婴刚好落地，见手中兵刃刺中鬼眼三左肋，身体往前侧倾，准备迈步向前将棍尖儿继续推进。

百岁婴没想到会这样，中招儿的对手不退反进；鬼眼三也没想到，只想逼退敌手的招式竟然轻易得手。

随着一声清亮的脆响，那百岁婴小脑袋的头骨盖被掀飞，他手中的棍子继续推进了半寸不到就停住了。身体直直倒下，小手还死死抓住棍子不放，把那插入鬼眼三左肋的棍子重又带动拔出。

另一个百岁婴已经变换了位置。他借鬼眼三手臂格开棍子的力量，斜落在鬼眼三的背后。前面百岁婴被雨金刚撞死的同时，后面的棍尖也刺向了鬼眼三。要是一般的人，这时的刺入位置都会选择后心。可是百岁婴的身材太小，他够不到那么高，所以他选择的位置是肾脏。

棍尖刺到，就在鬼眼三挺直身体的同时，背后的百岁婴把棍尖狠狠地刺入鬼眼三的身体。

鬼眼三还是没有感觉到疼痛，他只是觉得后腰部有很大的推力。这推撞力让他向前跌出，脚下只来得及迈出半步，脚尖磕绊在门槛上面，整个身体便从垂花门里跌翻出去，稍稍沾地就一个鲤鱼打挺站起。

这完全出乎百岁婴的意料，他本以为这一招刺中肾脏就可以要了目标的命。可是没有，那是因为鬼眼三的身体挺起，刚好把腰间的银酒壶挡在他的棍尖前面。玄铁棍尖刺穿两层壶壁和牛皮带，却未曾入肉。

可是百岁婴的反应很快，弹跳节奏急促而且有力。小小的身形弹起，在门框上一个借力，跃到门外，双脚正好落在刚刚站起的鬼眼三肩上。他小腿在鬼眼三脑袋两边运力一夹，就像只猴子一样牢牢地站立在鬼眼三肩上，然后双手合握尖头短棍，往两腿间鬼眼三的天灵盖插下。

百岁婴刚上肩，鬼眼三想都没想就丢掉雨金刚，伸手抓住百岁婴大腿，一边使劲往下拉拽，一边晃动摇摆身体，试图将百岁婴甩落下来。可那百岁婴忽然一个弯腰，腾出左手一把抓住鬼眼三头顶蓬乱的头发，鬼眼三急切间竟拽他不下来。可是他不断地摇摆和晃动身体，也使得百岁婴持棍的手臂伸开不断摆动，腰部不断调整用力方向，以此极力保持身体的平衡，因而放弃了致命的一刺。

鬼眼三的摇摆晃动并不激烈，沸烈麻的药效让他动作僵硬。百岁婴手臂摆了几下就适应鬼眼三的动作，他于是又举起右臂，寻找机会要把尖头短棍插入鬼眼三眉心。

一声枪响，在黎明前的寂静中显得分外尖厉。随着这声枪响，鬼眼三身体突然直直倒下，迅速而且有力。

鲁一弃开枪了。他看到鬼眼三被袭，早就想帮他一把，可是他们纠缠在一起，让他一直找不到机会。当百岁婴在鬼眼三肩上站住后，他知道机会来了。

可就在扣动扳机的瞬间，垂花门高大梁脊上滚落下两团东西，挟两道寒光直往鲁一弃头顶扑下。他知道自己必须让，此时出现的一切意外都是会要命的，特别是那寒光。可不懂技击之术的他只能凭意识稍稍躲开一点点。同时枪响了，于是射出的子弹也偏了一点点。

鬼眼三的身体摔在地上，重重地。那撞击地面的沉闷声音让这黑暗的空间猛地一震，周围一切似乎都停顿了一下，就连空中飘舞的无数雪花也瞬间凝固。与撞击地面的声音一同传来的还有尖锐的惨叫声和物体的爆裂声。

鲁一弃躲不过梁脊上的东西，他的身体和那东西接触后便向后腾空跌出。

一声枪响，三颗子弹。鲁一弃还没落地，那两团东西也还没落地，但其中一团东西上出现了三个呈品字状的血孔。鲁一弃有些遗憾，他觉得本该只有一个弹孔的。

带血孔的物体舒展落地。是个人体，一个百岁婴，一个刚刚死去的百岁婴。另一个物体双脚落地，也是百岁婴，他稍稍沾了下地面就一个轻巧弹跳奔鲁一弃扑去。

鲁一弃也落地了，后背落在积雪上并远远滑出。身体推开积雪，留下一条一人宽的青砖地面和一根鲜血画成的红色线条。最后在一个用他身体推成的雪堆上停住。

枪声再次响起。虽然鲁一弃只剩一颗子弹了，可面对飞扑而来的百岁婴他不能有丝毫的吝啬。子弹直奔胸口，空中的百岁婴无处躲藏。

凭鲁一弃的枪法本可以击中其眉心，可他不敢冒险，瞄着胸口开枪了，这样比较保险。

子弹击中百岁婴胸口。那小东西在子弹的撞击下往后一个空翻，双脚落地。紧跟着就二次跃起，从空中扑杀下来。

这百岁婴竟然没受到丝毫伤害。鲁一弃呆呆地愣在那里。

斯人归

扑杀而来的百岁婴，动弹不得的鲁一弃。一个杀手，一个猎物。

鲁一弃似乎已经感到自己正在归去。他的眼中瞬间闪过了仙山、圣溪、经幢、道鹤、宝莲。特别是这宝莲，如同一朵祥云般冉冉飞来。

雨金刚，保神的祥云，护仙的荷莲，而此时，它更是惩恶的法械。张开的雨金刚转动着飞过来，就像是口巨大的钹。

百岁婴的身体落下，摔在鲁一弃后面的积雪里，压出个小小的无头人形；百岁婴的头颅落下，掉在鲁一弃前面的青砖地面上，还在不停地原地旋转。雨金刚轻飘飘地落下，就在鲁一弃的身边不到两尺的地方，它锋利的伞沿闪烁出一圈血光。

鬼眼三走了过来，他竟然没事。看来鲁一弃的子弹虽然偏了，但肯定是没误伤到他。

垂花门外的台阶上倒着鬼眼三肩上的那个百岁婴，他的后脑泡在血洼里，眼睛瞪得大大的。

鲁一弃没开枪前，鬼眼三就想到一个办法，可是还没等付诸行动，百岁婴的玄铁短棍就已经插向他的前额。是鲁一弃的枪声分散了百岁婴的注意力，让他一惊之下停住手中的棍子。鬼眼三抓住了这个绝好时机，抓牢百岁婴两边大腿，直直地、重重地往后摔倒。

随着鬼眼三的倒下，百岁婴死死抱住鬼眼三的脑袋，并抓牢头发，打算在接近地面的时候跳下。这次却和平常有所不同，他已经跳不下鬼眼三的肩头，因为鬼眼三把他牢牢抓住，如同他牢牢夹住鬼眼三的脑袋一样。

百岁婴的后脑砸在青石台阶的边角上，那尖锐的惨叫声和物体的爆裂声就是这么来的。

鬼眼三没说一句话，沸烈麻把他的嘴巴都麻醉了。他捡起雨金刚，巡视了一下四周，确定不再有埋伏，才把雨金刚放在脚边，掏出药盒，用小勺舀出黄色和红色药粉喂入鲁一弃口中。酒壶里已经没有可以送服药粉的酒了，于是鬼眼三随手抓过一把积雪，塞到鲁一弃的嘴中。积雪在嘴中化作冰冷的雪水，带着药粉流入鲁一弃的喉咙。

鲁一弃右臂的伤口淌着血，鬼眼三又舀了一勺白色药粉洒在伤口上，本想包扎一下，可是身边没有可用的东西。他身上的黑包布已经碎成条条，出正屋的时候就扔了。鲁一弃的棉衣在阳鱼眼烧掉了，现在身上只剩单衣。再看看百岁婴身上的布料，太小了，没法用，只好作罢。幸好这药粉的止血效果很好，才一会儿，血就不怎么流了。鬼眼三也在自己右肋和左臂的伤口上洒了药粉，这才将药盒收好。

从鲁一弃的脸色上看，就可以知道药粉的效果很好，起效也很快。鲁一弃在鬼眼三的帮助下站立起来，迈步来到无头的百岁婴身边，重又跌坐地上。

鬼眼三不解地看着他，他却叫鬼眼三将百岁婴的尸身翻转过来，然后自己伸手扯开百岁婴的衣扣。百岁婴胸口裹着厚厚的纱布，纱布下面还有吸血麻垫，麻垫正中嵌着一颗子弹。鲁一弃的这一枪打穿了棉衣，打穿了纱布，却没能穿透吸血垫。这吸血垫是几十张薄麻片叠在一起制成，起到吸能缓冲的作用，最终阻止了子弹的进入。

鬼眼三转身查看另几个百岁婴，他们也一样，身体上的不同地方也裹着厚厚的纱布，这些应该是在阳鱼眼受了伤的百岁婴。对家把在阳鱼眼受伤的百岁婴又都派出来了，看来他们也没人手了。

鲁一弃扶鬼眼三走出了二进院，现在鬼眼三扶鲁一弃走出了垂花门。两个人的生死在这里是如此紧密地联系在一起。

前面是燕归廊的入口，虽然天已经有些蒙蒙亮，可是那过道中却仍是伸手不见五指。鲁一弃下意识地摸了摸包中的枪，没多想什么就和鬼眼三闯进这片黑暗。

走进去没两步，鲁一弃和鬼眼三就又退了出来。两人又置身在漫天的雪花中，无数雪花淹没了他们。他们再次面临死亡的黑暗，恐惧和绝望淹没了他们的眼神。

黑暗中伸出一双大手，巨大的手，把他们的脖子捏得稳稳当当，他们的身体已经被提拎得双脚快离地了。

鬼眼三在沸烈麻的作用下还能动作，还能反击。雨金刚砸了出去，声音如中败革。一股大力把雨金刚猛弹回来，鬼眼三一时竟抓不住他常用的兵刃，脱手飞出。

握住鬼眼三脖子的力量急速增加。鬼眼三虽然感觉不到疼痛，却也无法呼吸。他抓住那只大手，拼命想把手指掰开。手指没掰开，大手更没松，而鬼眼三的力量却在迅速消失，他踮着的脚尖已经无力地拖在地面上。

鲁一弃比他更早放弃抵抗。一开始被卡住喉咙，他就没怎么挣扎，只是本能地在钢铁般坚硬的手腕上拍打了几下就停止了。

“哈哈哈哈！”大手背后传来一阵狂笑声，笑声在黑暗的过道里回荡，“我是个末流角色？我是只疯狗？哈哈、哈哈，你说我现在有几分把握？哈哈哈哈！”

鲁一弃从狂妄的话语里已经知道这大手是谁的了。可他的视觉已经模糊，视角在缩小。在他模糊的视线范围内，只剩那狂笑的大嘴，黑乎乎的，张开得很大很大。

笑声戛然而止，取代它的是喉咙里发出的奇怪“咯咯”声。大嘴依旧张开着，只是多了一根黑乎乎的东西，它从里面伸出来，长长的，尖头上还在滴着什么液体。

大手松了，鲁一弃和鬼眼三都跌落地上。他们急速地呼吸，同时庆幸死亡之神和他们再次擦肩而过。

鲁一弃气息还没完全缓过来，倒已然看清了，这人他见过，是在“班门”里交过手的巨人高手。

那巨人充满惊愕地看着自己嘴巴里突然冒出的东西。那是一截尖细的钢杖，杖头上还在往下滴着鲜血和唾液。钢杖突然不见了，可巨人的嘴依旧大张着，眼睛里充满迷惘。他听到自己体内传出一种声音，那声音如同奔牛长长的鼻息，又如同山间喷涌的急流。鲜血从钢杖刺出的洞眼中激射而出。

他的眼神从惊愕到迷惘，从迷惘到不甘。终于眼珠往上一翻，手臂往外一张，那高大得有些离奇的身体往前轰然扑倒。鲁一弃和鬼眼三急急往旁边躲开，让出中间一块空地。巨人就扑倒在他们两人之间的空地上，溅起雪泥无数。

倒下的巨人身后出现了一个熟悉的身影，让鲁一弃和鬼眼三搞不清到底是人还是鬼。他穿着件长棉袍，不，准确点说应该是长袍那么长的碎布片。碎布片上全是暗红色的斑块，那是凝结的血渍。大腿往下的棉裤和袍襟都不见了，赤脚没穿鞋，精瘦腿上全是还未愈合的新鲜伤痕。双目是皱褶交错的老疤上嵌了对“青白”，手中握一根精钢制成的细长盲杖，杖尖上正滴落着血珠。

是盲爷，已经死去的盲爷。

“老大，是你吗？大少，倪三，有人吗？言语一声啊，是你们吗？”盲爷的声音压得很低，沙哑的声音显得有些森森然。

鲁一弃和鬼眼三都没答话，在没弄清情况前，他们不打算答话。

盲爷已经听到他们两人粗重的喘息声了，他迈动光脚丫踏着积雪慢慢走了过来，并且半蹲着身子，伸出一只手，朝鲁一弃那方向摸索着。

鬼眼三已经缓过来了，他没动地方，只是悄悄把背后的梨形铲抽了出来。

盲爷听到鬼眼三那边有轻微的声响，他眼白子扑闪了下，扭头沙哑着嗓子喝道："别乱动！不管你是谁，你现在气息不匀，取家伙磕碰拖拉，偷袭我？找死呢！"

鬼眼三没动，他原本就没打算偷袭，凭自己现有的体力，就算想偷袭，也肯定失败。

盲爷在继续摸索，他的每一个动作都显得十分痛苦，嘴角不断地抽搐，面部肌肉也抖动不停，口鼻中喷出的气息在这寒冷的大雪天里化作一团团的白雾。

摸索的手离鲁一弃还有很长一段距离，鲁一弃就已经开口了："夏叔，真是你吗？你没死？"

确实是盲爷，盲爷确实也没死。鲁一弃从他口鼻处喷出的一团团白雾知道，蹲在自己面前的不是鬼，是人。所以他马上开口出声，他怕再出现什么误会。

"大少!老大呢？倪三呢？你们都没事吧？"

"嘿嘿，还惦着我，心没瞎。"既然鲁一弃开口了，鬼眼三也就放心了。

"你个挖洞的鼠崽子不是一直也惦着我呢，我能不把你给惦着。你幸好没死，省得我买铜棺送你这个凶身。"盲爷嘴里骂着，脸上却是很高兴。他对鬼眼三这番尖酸毒骂，让鲁一弃和鬼眼三更加确定这是如假包换的盲爷。

原来盲爷踏飞蛾索登太湖石时，被铰龙网裹住，摔入池中。在被裹住而网还没收紧的瞬间，他左手拉动牛皮水壶的带子，将斜背在腰下的牛皮水壶拉到后背心的位置；右手横持盲杖往外推。

铰龙网收紧，网上刀片排列成螺旋状铰刺过来。盲爷身上立时刀进肉破、血花飞溅，便摔入池中。

的确是有许多刀片刺进他的身体，却没刺中一处要害。盲爷知道只有忍住疼才能救得命。他对自己忍受疼痛的能力很自信，年轻时他面带笑容把一块烧红的铁块放在大腿上，直到红铁变白、白肉变黑，并凭此从马帮头子李大骆手中赢了十四亩好地。

抵靠在网上的背部被许多刀片刺中，但他还是用后背心死死抵住，这样才能支撑住前面的手臂。后背心这处要害有牛皮水壶的垫靠，只损失了水壶和大半壶水。他持盲杖的右手臂也被许多刀片刺中，可他也不能松，只有用盲杖和后背把网推开一个空间才能让其他各部分的要害免受刀片铰刺。

摔下水池后，他本想放松身体，浮在水面上。可是水中突然聚拢许多东西，围住他撕咬，十分凶猛。脱身之后他才知道那是旗鳍虎齿鱿。

盲爷不可能继续忍耐和镇定了，现在就算他能忍受住网中的疼痛，也不能对水池里的东西无动于衷。

他站起身来，这一动，插进身体的刀片开始割切他的身体。水中的攻击也更加集中，他的双腿成了撕咬的目标，转瞬间他的棉裤、鞋子、棉袍下摆全成了碎片，腿上的皮肉也开始离体而去。

离他不远处突然有一个巨大的水花溅起，冲击力把他抛上池岸。半个时辰后，他终于用左手解开铰龙网的绳扣，钻了出来。此时他已经成了个血人，小腿上还死死咬着一条旗鳍虎齿鱿。

他爬进廊道里的一个角落，用随身携带的金创药膏胡乱涂抹了一下伤口，就再也支撑不住，昏睡过去。

醒来时，已经不知道过去多久。雪花被风吹拂着，飘进廊道落在他脸上。他的伤口比开始时更疼了，如果一直这样躺下去，终究是会死的。于是他忍住疼痛，用盲杖支撑着站起。

站起来了，却不知应该走向哪里。这廊道他不敢乱走，他看不到自己在太湖石上留下的记号。他现在这状态要是再陷在燕归廊的坎面中，是绝无机会脱出的。他感到一丝凄凉，失去一双明招子，连用自己鲜血铺成的活路都无法看到。进不能进，退又不能退，此时哪怕对家出个人坎，让自己与他们拼个鱼死网破也比这样陷在坎中动不了要好。

忽然，他听到角落旁边有动静，像是从墙那边传过来的，于是摸索着墙面一点点移过去。他尽量不发出声音，他知道自己能听到别人的动静，而要是稍不注意，自己也会被别人发现。对家的那些高手都是高深莫测的。

他摸索的手忽然落空了，这一段没有墙，而是一个一人多宽的过道。他小心地走进去，把呼吸放长放缓，把脚步放轻，朝着有动静的方向摸了过去。地面很光滑，他又是赤着脚，这使他的脚步如同猫一般无声无息。

前面出现了打斗声，不用想，肯定有一方是自己人。可是他们的动作怎么如同抱做一团？这样抱在一起混战的情形，不要说他一个没眼的人，就是明招子在一旁也很难插手。

巨人的笑声很陌生，巨人的话语很狂妄，巨人的声音很响亮。这一切帮助盲爷找到目标，找准方向，然后毫不犹豫地将手中细长盲杖奋力刺出。盲杖穿透巨人的后颈椎，从他大张着狂笑的口中穿出……

“走吧，我们出去再说。”鲁一弃用商量的语气说。于是他们相互搀扶着再次走进过道中的黑暗。鲁一弃本来想掏出萤光石照亮。可是鬼眼三止住他。在黑暗中撑个光盏子反而更危险，会让对手看清攻击目标。他和盲爷，一个夜眼，一个听风辨声，黑暗对他们反而有利。

鲁一弃感觉差不多应该到了进来的地方，他便停住说道：“是这地儿了。”

“不，还没到。”盲爷自信地说道，“我进来时踱过步子。”

于是他们继续往前走，鲁一弃越走越觉得不对，他正想问盲爷是不是记错了，盲爷已欢快地说道：“到了，到口子了。”

黑暗中，鬼眼三果然看到了出口。鲁一弃也能感受到出口透进的晨曦。可是等他们走出通道后，才发现不对，这里的廊道和他们进来的廊道不一样，道面上的第三块凸出的小青砖都没有被断掉。

鲁一弃心中有些着急，可是他脸上没流露出分毫。

鬼眼三后背贴在墙面，朝廊道来处走了好几步，然后又回来，说道：“在那边，青砖都开了。是不是走过去？”

鲁一弃看看过道口，那里有两面铜镜，再看看对面廊柱，也有铜条一根。他恍然了：“我说光点怎么传到此处，原来不是走的廊道，而是走的暗道。很巧妙，一般人就算懂十里传影的技法，也很难想到这路数，而是继续依廊道行进，最后再入其坎。”

可现在该怎么走呢？从廊道回去？从暗道回去？回去了又能怎么样？这廊道倒行会不会另设坎面？谁都不敢做主，这需要非同一般的能耐，可是他们三个连自己在哪都不知道。

天已经放白了，飘落的雪花开始看得清楚了。鬼眼三有些焦躁不安，他感到身上到处难受，沸烈麻的药效就快过去了。盲爷在这番折腾后，刚愈合的伤口又崩裂了，新鲜的血液再次染红棉袍。

一个白色的俏丽身影出现在回廊的前面，是养鬼婢。她已经披上一件长可及脚的白底银花棉披风，并把自己身体严严地裹在其中。她见到鲁一弃时的表情很复杂。好一会儿，她从披风中伸出一条白如玉、嫩如藕的胳膊，朝鲁一弃招招手。

鲁一弃贴墙往养鬼婢那里走去，鬼眼三想拉他，可才刚刚伸出手，一阵痛彻心脾的苦楚袭来。

鲁一弃的思维很清晰，养鬼婢肯定不是要杀自己，如果她的目的是杀，那么他不过去也一样逃不过。现在这情形，她轻而易举就可以杀了他们三个。而且在正厅的时候，她就完全可以要了自己和鬼眼三的命，可是她没有。

披风中飞出一道白风，在廊道中盘旋了几圈，凸起的青砖就都断了。白风缩回到养鬼婢手中，隐约间可以看出那是一匹洁白的丝缎。

鲁一弃不用再背靠墙壁上行走了，他大步朝养鬼婢走去。鬼眼三和盲爷相互搀扶着紧跟其后。鬼眼三其实想走在鲁一弃前面，可是他力不从心，赶不上去。

养鬼婢指指前面的回廊，那儿有个很大的弧形弯。养鬼婢如影子一般快速飘向前，廊道里的凸起小青砖全断了，变成一个不太平坦的普通廊道。鲁一弃带着鬼眼三和盲爷跌跌撞撞地跟上，养鬼婢已经不见，再往前的青砖也都没断。

就是这里，鲁一弃稍微寻找，就发现了如同墙壁的暗口。他们冲出了暗口，从高大的山茶花丛中走出来。

一出来，就见到布设南徐水银画的第三座影壁，他们转过影壁，走进门厅，看到了这宅子的大门。这里的扣子都还没来得及恢复。

快到门口了，鲁一弃突然站住，门外有种异样感觉，这感觉很熟悉。从进来这宅子，这感觉就反复出现，是危险，是杀机。

雪中行

门外还有杀机暗伏，是谁？

百岁婴尽灭，高大巨人丧命，养鬼婢不知何故让路放生。那么就剩一个了，灰色背影！

鲁一弃拔出手枪，率先冲出大门。他要赶在危险和杀气把大门口完全笼罩前占据一个最有利的位置。

鲁一弃在大门前的台阶上站住，居高临下，鬼眼三和盲爷紧跟其后。鬼眼三虽然全身都沉浸在剧烈的疼痛中，但他还是勉力打开雨金刚站在左侧，护住鲁一弃胸口。盲爷则持盲杖护住右侧，细尖的杖头斜指东南天空，血珠顺着粗圆的杖尾一颗颗滴下。

天色已经大亮，透过漫天飞舞的雪花，可以清楚地看到门口的雪地里停着的一辆带板棚马车，马车前站着一个人，穿着灰色棉袍，戴一顶护耳皮帽。他背对大门，正看着对面茶摊儿老板放桌凳、支茶棚。

灰衣人听到身后的大门口有响动，忙回过头来。原来是鲁一弃的四叔。他看到鲁一弃马上快步跑上台阶，可刚走上一级台阶便止住脚步，因为鲁一弃的手枪正对着他。

“别动，你的每一个动作都会成为我开枪的理由。”鲁一弃的声音脆亮却不失磁性，让人无法抗拒。

陈四老板站住了，他不敢动弹分毫，他知道鲁一弃的枪法，不要说这么近，就算百步开外，一样可以指哪打哪。

同时不敢动弹的还有一个人，就是正在干活的茶摊儿老板。那老板正要往支好的竹架上抛棚布，现在他被吓得拎着那堆布站在雪中一动不动，任凭雪花飘落在他额前、鼻上。

枪口从四叔惊诧的脸前移到一边，在他肩头上部停住，瞄准了另一个人——茶摊儿老板。

鲁一弃知道自己身边的两个人有些支撑不住了，特别是鬼眼三，他手中的雨金刚已经在轻微抖动。

"毡帽下的耳朵有没有好？要我送你个耳环吗？"鲁一弃说这话的时候尽量显得轻松，他是想让对方忽视鬼眼三的状态。

可是从那茶摊儿老板眼角斜瞄过来的寒光就可以知道，他已经发现了鬼眼三的虚弱。

"你忙什么呢？收拾茶摊子还是收拾烂摊子？我们倒着实忙了一夜。现在我兄弟尿急了，天寒地冻的，我也想赶着去喝碗热豆汁儿。要不我们倒是可以帮你收拾收拾。"鲁一弃的话让茶摊老板听着很不是滋味，同时他也看到鲁一弃嘴角稍稍翘了一下。

"我很奇怪，你真的很自信，每次都把自己摆在我的枪口下。这次我依旧给你个机会，我数三声，第一声你做好准备，第二声你可以动，第三声我开枪。"

那茶摊儿老板的眼角处的寒光已经变成了火，他拼命咬着牙，自己怎么说都是个江湖上少有的高手，竟被一个小毛孩子当猴子耍。

可高手毕竟是高手，他不会轻易把怒火爆发出来，因为那对瞬间就要决出生死的人是大忌。他也不会轻易做出攻还是逃的决定，高手之所以成为高手，就是不做没把握的事。他们不会轻易拿生命当赌注。

摆茶摊儿的仔细盘算，场面上的形势对鲁一弃确实非常有利，比在二进院门口还要有利。首先对手居高临下，一把钢伞护住他半截身体，而自己完全暴露在他射击的范围内。再说赶车的那人是个生力军，身手如何又是个未知数。最后还有那个盲爷，一个瞎眼的人敢和他们一起闯入宅中，并且有命出来，这就非同一般。而且他盲杖所摆姿势也可以证明他是把好手。

“可以开始了吗？”鲁一弃的声调变了，变得沉稳狠辣。

茶摊儿老板抓棚布的手猛然一紧，他知道手中这物件儿的威力，就算是一对四，这一把要撒出去，至少可以要了三个人的命。可是那样自己还有没有命？

“一！”这声音如同霹雳，大有彻地府冲霄汉的气势。

茶摊儿老板背部神经绷作一条直线，双臂和肩部肌肉隆起，右脚脚尖偷偷在往积雪中钻，那是要找到实地。

“嘘！”鲁一弃只是呼了口气。大雪天的早晨刺骨的冷，只穿着小褂的他还是觉得内衣被汗水吸贴在肌肤上。

鲁一弃连做出个“二”字的口形都没来得及，那茶摊儿老板已经松开抓棚布的手，身体腾跃而起，如电般往后倒纵出去。等鲁一弃“二”字的口形改作嘘气时，灰衣高手已经离西边的那些巨木没几步了。这时就算真的开枪，子弹也追不上他了。

“大少，你是怎么看出他是个人坎的？”鬼眼三很是钦佩地问道。

“他的摊儿出得太早，选择的天气也不对。这样的风雪天能卖几碗茶水？连柴禾钱都不够。”鲁一弃边扶着鬼眼三走下台阶边回答他的疑问，“他还犯了个错误，我叫别动，他怎么知道我是在让他别动，如果他真就是个摆茶摊儿的，如果他从没和我交过手，会如此安分地一动都不动？一般的人只会把我当个傻子。”

“大哥他……”四叔的嘴巴张了张又闭起，他也知道这样的问题很多余。再说，四人能走出三个已经远超出他的预料，比设想中好多了。

走下台阶，走到马车旁边，鬼眼三已经迈不出步子了，由鲁一弃和四叔架着，双脚在雪地里拖出两道沟。

把鬼眼三架上马车，四叔一回头，发现了奇怪的东西：“那是什么？虫子！这大雪天哪来这么些虫子？”

鲁一弃也回头望去，的确，茶摊老板丢在地上的白色棚布下爬出一群五颜六色的虫子。

盲爷赶忙问是什么样子的，鲁一弃便大概说了一下。

盲爷很夸张地倒吸一口风雪天里的冷气：“星罗棋布！是星罗棋布！这暗器是毒青、暗青双合，其中有尸蚕、乌蝎、角瓢等毒虫七种，数量总要有百十多只，还有毒蒺藜[1]、八棱钉、陀螺镖、花瓣镖等等总共也在一百二十枚左右。刚才那人坎是退了，要是不退，除非大少抢在前面把他一下就撂了，否则，他至少可以和我们来个同归于尽。”

“不，是把我们全灭了！”鲁一弃的语气淡淡的，表情也淡淡的，可是心中却很是后怕，“我出垂花门的时候就没子弹了，就是有也不一定能伤到他。”

这话说完，就轮到那三个人冷汗直流。他们对面前这个年轻人很是困惑，不知道他真是个神人还是个疯子。

说完这话，鲁一弃坐上马车拿起皮鞭。盲爷听到鲁一弃上车，他也手扶板棚，跨步上了马车。四叔没上去，他是有家小的人，他踏不进江湖。鲁一弃也没想让四叔上来，盲爷刚跨上马车他就甩鞭抽在马身上，马狂跑起来。

鲁一弃不会赶车，会赶的把势光听到鞭响却不打到马身上。但是现在三人中他的伤势最轻，只有他这外行来做这车把势了。他没轻重地抽打马身，对家的援手随时都会出现，他必须赶紧离开这危险的地方。

四叔在后面追了几步，然后停下喊了声：“先往西行，出门头沟，保重啊！”

1　一种暗器，铁制，由多个方向的尖刺枝杈组合而成，上面淬毒。

鲁家祖屋被烧毁的这一天，《北平城记》[1]中有记载：“天坛东大宅，不知其主，夜有两次走水，未成殃。天明后竟全宅尽焚为飞灰。周边巨树皆焦，池水尽枯。”

一辆马车在漫天风雪中行进，从路边立着的石碑可以知道，这是通往河北沧州的大道。

“前面不远就是霸州了。”盲爷回过头来说了一声。

鲁一弃他们没有往西走，他不知道四叔为什么要让他们往西走。但他知道必须兑现大伯许下的承诺，去沧州找韦经道替鬼眼三拔了蜾蠃卵。同时他也记得大伯的嘱托：往南走，与自己的父亲会合，不要相信任何人，除非那人已经为你死了。大伯死了，所以他觉得大伯和四叔之间，应该相信前者多些。

此时马车已经改为盲爷驾驭。盲爷驾车另有一套。他蹲在车架上，不用鞭子，而是用盲杖点敲马的臀部和辕架来控制行进方向。他的驾驭技术是鲁一弃无法比拟的，就算是个赶车的好把势都不一定有盲爷驾驭得好。

鲁一弃坐在车尾，鬼眼三在板棚内沉沉睡去。四叔不但在车中放下了水和食物，而且还备下了几套衣服和伤药。鲁一弃他们换上了衣服，也填饱了肚子，伤药却没动，因为盲爷、鬼眼三身上带的都比这药效果要好许多倍。

盲爷睡不了，马车颠簸得厉害，他全身的刀伤，稍稍碰一下就会裂开口子钻心地疼痛，所以他索性让鲁一弃休息，自己来驾车。蹲在车架上伤口倒是没什么东西碰到。只是风雪太猛，雪花迎面扑进口鼻让人很不舒服。他只得将板棚帘布搭在头顶上，遮住整个面部，反正他看不见，也不需要看。

1　一部大事记，记录的都是北平城里民间发生的大事。最初为京尹府下民事录执事编撰。至民国以后，由民间选推当地德高望重的几人共同编录。

鲁一弃也睡不着，车子太颠簸了，远处始终有“呜呜”的风声传来。他坐在车尾，看着漫天飞舞的雪花沉思许久，然后从贴身衣服袋中掏出《机巧集》。他把《机巧集》在面前展开，其上很多语句的意思他都无法理解，只能寻读得懂的来看。即便是这样，片刻间，神奇和奥妙就将他拥入其中，让他忘却周围的一切。

鬼眼三一只眼半开着，让人看不出是在睡觉还是在凝视。盲爷微侧着脑袋，头顶着的棚帘掀开半边，神情像是聆听。

大道土石路面上的马蹄声和路边泥草路面的马蹄声是不同的，盲爷就是通过马蹄声来控制辕马始终在大道上行进的。可是现在他的耳边忽然传来了一种奇怪的声音，像是风吼声，也像是号哭声，呜呜咽咽的。这大风大雪中有风声也正常，可不正常的是这风声却如同沙漠中突现的大风沙那样，来得突然而且狂暴猛烈。

狂风怒吼声中突然传来尖厉的鸣啸。盲爷和鬼眼三都听得十分真切，那是鹰的啸声。鬼眼三梦游般霍然坐起，手中紧紧抓住雨金刚。

这漫天的风雪中有鹰在翱翔，有鹰在长啸。狂风声，鹰啸声，让这大风雪的天气变得越发地寒冷和诡异。

只有鲁一弃还沉浸在《机巧集》的神奇和奥妙之中。他始终没有抬头，凝视的双目中放射着奇异的光彩，这光彩连接着他手中的《机巧集》，并与之融为一体。

风声和鹰啸是从背后传来的。听得出来，声音接近得很快。

“大少？”盲爷用询问的语气叫了一声。

鲁一弃没有一丝反应。

“先避避吧。”鬼眼三答了一句，像是在替鲁一弃回答。

盲爷把盲杖高高举起，重重落在车杠上，“啪”的一声，比好把式甩的响鞭还响，像清脆的枪声。

马儿小步地奔跑起来。它已经走了太远太久，无力再撒蹄狂奔了。

鬼眼三披上一件羊皮里子的暗青色夹袄，双手撑着车板挪动屁股，来到盲爷的旁边。他背对着盲爷，眼睛却一直盯着入魔般的鲁一弃。

扑进板棚的雪花落在后脖颈里，让他不由一个激灵。

“是追我们？”鬼眼三背对盲爷问了一句。

“八成是的，能听出是长白花喙猎鹰。那风声倒没什么特别的，只是太咋呼了。”盲爷说着又重重敲了一下车杠。

“肯定是风声？不是哨口、角号？”鬼眼三似乎已经改不了和盲爷抬杠这个习惯了。

“你能把个哨口或是角号吹这么长这么亮个音儿？就算是那些神怪传、仙侠传里练气的仙家都没这气儿。”说完这话，盲爷狡黠地龇牙一笑，笑意中带着一丝莫名的寒意。

鬼眼三没有再说话，盲爷的话无可辩驳。他只能缩缩后脖颈，那一丝莫名的寒意直冲脑门，让他的眉头紧紧皱起，难以舒展。

鹰啸声再次传来，仿佛就在头顶。风声依旧没有什么变化。马车虽然加快了速度，却并没能与身后的人拉开距离。

茫茫荒野一片银白，面前这条道很长很长，似乎没有尽头。

风声越来越狂，鹰啸就在头顶。背后的危险已经很近了，只是由于大雪的遮掩，依旧看不清是什么。

突然一声刺耳的哨声从身后传来，很明显地带着杀戮的气息，紧贴着他们的车顶飞过去。

盲爷高举的盲杖停在半空，鬼眼三的眉头倒竖。这声音逼近速度之快，破空之尖锐，他们知道无论那是什么，这份力道都是他们无法与之抗衡的。

“看看附近有没有雪窝子、地沟子，弃车躲一下。”盲爷在对鬼眼三说话，可是鬼眼三没有回答，也没有起身去看。他依旧盯住鲁一弃的嘴巴，看那嘴巴无声地张合了几下。

“应该不用，背后的人没打算把我们怎么样，出北平他们就坠在后头，好像就是要搭伴而行。”说话的是鲁一弃。大概是那尖利刺耳的哨声将他从沉迷中唤醒，他合上《机巧集》收入怀中，然后站在车尾，手搭凉棚朝车后望去。

“无羽哨管箭，重是普通箭矢的三倍。箭尾无羽，分出交叉两路哨管，箭出破空哨管旋向导流。这样可以让箭的速度、力量、射程都达到普通箭矢的两倍。”鲁一弃早就在《百兵纪叙》中看到过无羽哨管箭这霸道兵器，这种箭是明朝时东厂能人从汉代的斜尾硬羽箭改进而来。但要将这箭射出是需要千石硬弓的，否则不出三十步它就会偏离准心。

“看不到射箭的人，那么这人至少在两百步以外，这么远的距离就算千石硬弓也要拉到十三的月形。”鲁一弃像是说给那二人听，又像是在自言自语，“不知道能这样拉开千石硬弓的人力量到底有多大？”

盲爷和鬼眼三都没有说话，能拉开千石硬弓的人，他们也都没亲眼见过，只是听说。

又走了十几步，他们见到了那支箭。那箭就斜插在大路之上，北风吹过，尾部的哨管发出很轻很轻的嗡嗡声。

这是一支很长很粗的铁箭，黑色无光，箭插在地上很稳，在狂风的吹拂下竟然没有一丝摇晃。

马车绕过箭矢，不敢做丝毫停留。他们心中非常矛盾，想见见能拉开千石硬弓的高手是什么样，可又不想让这样一个高手追上。

又一声刺耳长哨破空而来，就如同一把锋利的刀要把漫天的风雪划出一道空明。

最先反应的是鲁一弃，感觉告诉他，这哨声里挟带的浓烈杀气是冲他们而来。于是他采用最为简单快速的躲避方法，直接顺着斜下的车尾滑到地面。鬼眼三则双手拉住板棚架子，身体挂出车外，紧贴在板棚的外侧。盲爷一只脚勾住车杠，另一只脚勾住板棚木架，腰部往后来个倒挂金钩，悬在了马车下方。

箭矢穿过车棚，声音由尖利刹那间变得如同闷雷，飞出车棚时已经变了角度，射入路边茫茫田野，不见了踪迹。

鲁一弃从地上爬起来，几步快跑追上马车，纵步跳上车尾。盲爷和鬼眼三也收势回到车内。鲁一弃第一眼看到的是棚帘布上一个碗大的圆洞。一支箭射穿砖壁石墙都不算什么，但要将布帛这样垂挂着的软物射出一个圆形的窟窿，却是要远远超过射穿硬物所需力道的。

“三哥，你瞧瞧右手边是不是一条雪掩的小道？”鲁一弃此时已不太相信自己的感觉。判断山形地貌，对于鬼眼三来说真是小菜一碟。他可以在一片荒草杂木中看出深埋地下的墓穴，现在要找到积雪掩盖着的一条道路，那真是有百分之两百的把握。

“是小道。”鬼眼三在棚帘被风吹起的瞬间就已经确定。

“转过去。”鲁一弃很坚决地说到，是命令的语气。

怪异的风吼声离他们越来越近了。盲爷没有任何反应，丝毫没有要转弯的意思，也没有准备给别人一个理由。车上顿时很安静，只能听到车后传来越来越响、越逼越近的风吼声，呜呜咽咽，如同号哭。

鬼眼三急了：“老瞎鸟，你还聋了？”

“为什么要转道？不是说没危险，只是要和我们搭伴赶路吗？”盲爷用沙哑的嗓音问道。

这样的问话竟然从一个老江湖口中说出。鬼眼三觉得很是幼稚，甚至带些无赖的口吻。

鲁一弃很认真地对盲爷说：“他们原来一直坠在背后没有动作，肯定是因为时机没有成熟。可是刚才那一箭已经明显告诉我们，他们开始动手了啊。”

鬼眼三显然不会跟盲爷辩解这样的幼稚问题，他一把从盲爷手中夺过缰绳，右手一拉，转进那条小道。

盲爷木然蹲在车杠上没有动弹。如同丢了魂魄中了邪，任凭风雪裹满全身。

马车转入小道便行得更慢了，颠簸得也非常厉害。

盲爷刚才倒挂车下的动作让小腿上的伤口又破裂了，血顺着腿流下，染红了新换上的鞋袜。

鲁一弃用很温厚的目光盯住盲爷，盲爷感觉到了。不知道为什么，这让他觉得很不自在，有种莫名其妙的羞愧感。也许这目光中包含着道心、佛性，而自己却是个天生的贼头。

“夏叔，我帮你处理一下伤口吧。”鲁一弃的话说得很诚恳，声音很温厚，像一股清澈的水流。这声音虽然不高，却掩盖了周围其他所有的声音。

盲爷的耳中只有这声“夏叔”在回荡，他再也听不见车轮的颠簸声，听不见板棚的摇晃声，听不见鬼哭般的风吼声。

盲爷沉默了许久，突然重重地吐了口气：“我们上当了。”

鲁一弃和鬼眼三对视了一下。

“我们刚才走的方向不对，路边的石碑可能被人换了。我们不是朝南往沧州方向，而是在一直往西。我们刚过的那个镇子应该是清水，现在是往涿鹿县方向在走。”盲爷这几句话说得很艰难，仿佛千斤的重量压住他，让他透不过气。

“我们这样走也成，不是已经往西走了半天了嘛。”鲁一弃的声音还是那么平静温厚，“我们从这条小道往北一段，然后再朝西，就算是在按四叔的吩咐走。”

盲爷没说话，他黯然低垂着头，蹲在车杠上。

“西风迎面，雪积前杠。这情形你觉不出？”鬼眼三知道这么一走就绕了个大圈，最起码要晚两天到沧州。他担心后脖颈的蜾蠃卵，很是着急。这一次盲爷垂着头没有反驳鬼眼三一个字。

鹰从高空直扑而下，在车顶低低掠过，车前传来了辕马的悲鸣，受伤负痛的马儿反而加快速度奔跑起来。

风声更急了，夹杂着无羽哨管箭的刺耳哨声飞来。箭矢从车前横飞过去，发出一声粗重的闷响，不知落在何处。

盲爷却站起身来，瘦削的身子挺得笔直，在颠簸的车杠上稳稳地站立着，果断地说：“快收拾东西，要自己走路啦。”

盲爷虽然看不见，但他曾经是西北贼王，和马打交道的时间多过和婆姨在一起的时间。有多少良驹骏骑随着他出生入死，都落得个暴尸荒野的结局。果然，那马又继续朝前跑了百十步远，就再也挪不动窝了。

这时三人已经下了车。盲爷来到马儿身边，伸手解掉勒带，卸下辕架。跟在他身后的鲁一弃看到那马的脖颈根部有个拳头大的血洞，淌着鲜血。从另一面下车的鬼眼三也看到了，这马是被无羽哨管箭射穿了脖颈，血流得很慢，是已经枯竭了；鼻雾成霜，是身体快没热量了。

盲爷用手摸了摸马鬃，嘴角撇了一下，很难看，不知道是哭还是笑：“马儿呀，让你受累啦，你早些歇了吧。”他的语气就像是和老朋友告别一样。说完这话，退后两步，右手举起盲杖，往前一送，杖头刺穿马儿的脑部。

盲杖抽出，马儿重重地倒下，四条腿一阵抽搐便没了声息。

“走吧。”鲁一弃在吩咐盲爷和鬼眼三，自己却没动地方，身后雪幕之中显现出了一辆平板马车。他缓缓转过身去，不需要太快，快也没用，如果车上的人打算射杀他的话，他绝无可能躲过。

赶上来的车无棚无架，只是在车子的正中竖着一杆两人高的幡。幡的前面站着个人，如同那幡一样，又瘦又高，满头的长发和幡杆上的幡帕飘带一样在狂风暴雪中飘扬。

幡子顶上挂着两个汤盆大的哨口，鬼哭般的风声是那儿发出来的。

“哨口！是哨口！看，看！”鬼眼三看着那呜呜发声的哨口欢声叫起来。他大概忘记了盲爷是看不见的，伸手拉住盲爷的一只手臂。

盲爷脸色铁青，手臂如同滑不及手的黄鳝，一扭一缠将鬼眼三的中指和小指扳住。同时拇指关节弯曲成角状，抵住了鬼眼三的脉门。

转瞬间，鬼眼三的兴奋变成惊愕和愤怒。

鬼眼三没法动弹了，他知道现在不管朝哪个方向用力，手都会脱臼。他没有想到盲爷会在这个当口如此计较动手。

鲁一弃没有看见两个人动手，因为他在仔细打量车上那瘦高得如同幡子的人。

那人的手上没有弓。他扶着一把少见的巨弩，巨弩搁在一个支架上面。这巨弩上搭着好几支无羽哨管箭，弩托下还有几个齿轮。鲁一弃听大伯讲过三联小弩和诸葛连环弩，可是这巨弩是哪个种类他一无所知。幡子的横杠上挂着两只哨口，还立着一只花喙猎鹰。哨口旁边拴着两条布绳，一时看不出是何用途。

“夏叔，你见过铜头铁背猞猁吗？”问这话时鲁一弃背对着这两个人，他看不到两个人是怎样的一个局面。

“什么猞猁？”鲁一弃的话语让盲爷一愣，手底不由自主地一松。

鬼眼三是不会放过这样一个稍纵即逝的机会的，他手腕往旁边一滑，躲过盲爷的拇指关节，食指搭住盲爷手腕外侧，拇指指尖扣住内侧脉门。

盲爷立刻就反应过来，手中用力，将鬼眼三的中指和小指反向扳折。鬼眼三用拇指和食指死死捏住盲爷腕口，不让盲爷继续发力。盲爷的力巧，而鬼眼三的劲大，两人成了一个相持局面。

猞猁这样珍稀品种的异兽，就算受了些伤，对家也绝不可能自行了结的。院中那只猞猁被人击碎头骨而死，看来不是盲爷所为。那就是说还有其他高手暗随其后闯入四合院中杀死了猞猁。弩手追来了，他会不会就是那高手？如果是的话鲁一弃和他应该不会有生死才解的矛盾。就算是对宝贝有任何企图的话，那也是可以蒙混周旋的，哪怕是动手了，他也有毁宝一招为恃。如果不是，那么暗中盯随的高手说不定就在附近，鲁一弃应该利用这个机会，让弩手知难而退。

鲁一弃朝车子走了过去，很轻松的样子。

马车停了，瘦高的人端平着他的弩，但箭尖却并非指向鲁一弃。

鲁一弃朝那车子又靠近了两步。瘦高的人眼中射出一道寒冷的光，倒是真真切切地指着鲁一弃。

鲁一弃能理会这眼光的意思，他站住了，站在呼嚎的风雪之中。西北风挟带着大片大片的雪花砸在他的头上、脸上、身上。

他笑了，面对着一个随时都能杀死他的高手，他大咧着嘴，任凭雪花落入口中，笑得非常开心。

瘦高的人眼中寒光闪烁，一直没有开口说话。但这并不能代表他的无忌和笃定，却恰恰反映了他的懵懂。

鲁一弃收住笑，他清咳一声开口说道："你很勇敢，这样的情景还紧追不舍。"

那人仍没说话，但是眼中的光芒倒是再次闪烁了几下。

"你好像并不珍惜自己的性命。"鲁一弃说这话的时候将自己的双目微眯。

瘦高个还是没说话，目光变得坚定且深邃。鲁一弃从中发现了浓烈的杀气，那是种不死不归的杀气。这是个不在乎自己生命更不在乎别人生命的屠杀高手，这是个以不断剥夺别人生命为乐的高手。

"你今天没有胜算，就算你能杀了我，也没机会体验成功的快乐。"说这话时，鲁一弃看出幡子横杠上多出的两根布绳和系哨口的布绳一样。可能原来是有四个哨口，不知被谁弄碎两个，连布绳都没来得及解下来。还有这样的风雪天，只要不是像他们那样匆忙赶路的，都会戴个护耳棉帽，而这个人的头发有帽子的压痕，却不见了帽子。

“杀了我，你无所乐，也无所得。我是谁，别人不知道，你也不知道。你主上也许过后会知道，可你能确定他真正的目的就是要我的命而不是其他东西吗？你这趟差事可有些吃力不讨好啊。”鲁一弃知道对家的高手都是聪明人，但聪明的人一般都多疑，多疑的人最忌讳被别人当傻子耍。是人就有极端，这就是弱点。所以必须将对方的智慧调动到极致，然后让他自我否定。

瘦高个没说话，只眨巴了两下眼睛，看得出，他是在疑惑，在思量。他接夜飞令连夜赶进北平援手，只见到那个卖茶看屋的在放火烧宅。他口中说的高人就是面前这个平常的年轻小子？他要我来追杀，而他自己却没跟上来，到底是怎么一回事？面前这小子说的也有道理，夜飞令里没指明要我杀什么人，是卖茶的让我追的呀。

“你的同门让你孤身赴险，看来你要是死了，他们可以将罪过全转嫁给你。”鲁一弃继续按自己的思路说着，“替罪还是其次，千万别留下笑料。就从你这一路的遭遇来看，你是不是有些上当的感觉？你的那些称兄道弟的同门说不定正在等着看你笑话。要是这趟你回不去，他们再将你的死状丑化一番，讲给你主上和其他门人听，那就……唉！”

话外之意这样明显，那人当然听得出来。他的目光很激愤，但不是对鲁一弃。大弩的箭尖又转过了一个不易觉察的角度。

幡架上的鹰大概发现了什么，突然发出一声尖利长啸。鲁一弃吓了一大跳，反叉在腰间的手迅速抬起，下意识地要护住面门。手臂抬到一半他马上意识到这动作很危险，这会让任何一个高手看出自己的内虚和紧张，无羽哨管箭随时都会穿透他的胸膛。

他一边在思考如何掩饰这样一个失态的动作，一边斜目观察瘦高个的反应。很奇怪，瘦高个儿额头两侧的血管在快速跳动，目光中除了慌乱和无措，就是懊恼和后悔。

鲁一弃不清楚面前这个不惧生死的人是怎么回事，他觉得是自己的作用。

是的，瘦高个儿的确懊悔。刚才就在鲁一弃抬手之间，他感觉面前这个被大风雪隔断在十几步外的毛头小子突然变了，整个人如同被旭日照耀一样清晰和明亮，方圆三步之内没有一片雪花落下。瘦高个儿知道自己见到的不是鲁一弃真正的身体，而是一个脱体而出的气场。面前这个毛头小子这样年轻，功力却已经到了返璞归真、藏利于拙的境界。自己的命就在他举手之间，他却能平静得如同朋友那样和自己侃侃而谈。

瘦高个儿垂下大弩。原先他是想拼死一击完成任务，可是现在他绝望了。

“走吧，以后或许有更好的机会。”鲁一弃看出了瘦高个儿的绝望，但他不知道这是因为刚才下意识抬手，本能地显现的内力将对手震慑了。

马车掉头走远，盲爷和鬼眼三也松了纠缠，两人都没占到便宜。

鲁一弃没有转身，因为打发走瘦高个儿后，他突然明白了为什么无羽哨管箭的箭尖始终没有对准自己。

因为他稍稍凝神静心，就发现身后远处茫茫风雪中还有两个怪异的气象。一个是青幽幽的一团，沉稳跃动，青白的气道一层层溢出，应该是某种利器锋芒的刃气，而且肯定是个少见的宝刃；还有一个则不明显，只是白花花地弥漫成一片，悚然却飘逸，在飞舞的瑞雪遮掩下若隐若现，这气相让鲁一弃觉得似曾相识，应该是鬼气。

沉默了片刻，鲁一弃转身，双手在嘴巴处圈成个喇叭状，向着那两股灵逸气势高呼道：“哎！来吧！我们一起走！”

狂劲的风把他的声音送得很远很远。

激发个人成长

多年以来，千千万万有经验的读者，都会定期查看熊猫君家的最新书目，挑选满足自己成长需求的新书。

读客图书以“激发个人成长”为使命，在以下三个方面为您精选优质图书：

1、精神成长

熊猫君家精彩绝伦的小说文库和人文类图书，帮助你成为永远充满梦想、勇气和爱的人！

2、知识结构成长

熊猫君家的历史类、社科类图书，帮助你了解从宇宙诞生、文明演变直至今日世界之形成的方方面面。

3、工作技能成长

熊猫君家的经管类、家教类图书，指引你更好地工作、更有效率地生活，减少人生中的烦恼。

每一本读客图书都轻松好读，精彩绝伦，充满无穷阅读乐趣！

认准读客熊猫

读客所有图书，在书脊、腰封、封底和前后勒口都有“**读客熊猫**”标志。

两步帮你快速找到读客图书

1、找读客熊猫

2、找黑白格子

马上扫二维码，关注“**熊猫君**”

和千万读者一起成长吧！